Marcel Proust:
Combray

Deutsch von Eva Rechel-Mertens

Deutscher
Taschenbuch
Verlag

dtv

Der Text folgt der Werkausgabe edition suhrkamp von Marcel Proust, ›Auf der Suche nach der verlorenen Zeit‹. Band I: ›In Swanns Welt‹, Erster Teil.

Juni 1976
Deutscher Taschenbuch Verlag GmbH & Co. KG, München
Lizenzausgabe mit freundlicher Genehmigung des Suhrkamp Verlags, der sich alle Rechte vorbehält

Titel der französischen Originalausgabe: ›A la recherche du temps perdu. Vol. I: Du côté de chez Swann‹. Gallimard, Paris
Umschlaggestaltung: Celestino Piatti
Gesamtherstellung: C. H. Beck'sche Buchdruckerei, Nördlingen
Printed in Germany · ISBN 3-423-01173-4

Das Buch

Im Jahre 1913 veröffentlichte Marcel Proust diesen Roman auf eigene Kosten. Das Buch fand zunächst wenig Beachtung. Erst nach 1918, als weitere Abschnitte des großen Meisterwerks ›Auf der Suche nach der verlorenen Zeit‹ vorlagen, wurde dieser erste Teil als Beginn einer entscheidenden Erneuerung des Romans in diesem Jahrhundert erkannt und gewürdigt. Proust ging es nicht einfach darum, Erinnerungen an seine Kindheit aufzuzeichnen. Dem Ich-Erzähler Marcel gelingt es vielmehr, die verlorene, längst vergessene Vergangenheit kraft unwillkürlicher, zufälliger Assoziationen als Gegenwart wiederzugewinnen. Berühmt geworden ist jene Szene, in der Marcel als Erwachsener durch den Geschmack eines in Tee aufgeweichten Gebäcks sich blitzartig und lückenlos an die Zeit in Combray erinnert. – Der kränkliche Marcel, Sohn wohlhabender Eltern, wächst in der Fürsorge der Mutter, der Großmutter und des Dienstmädchens Françoise auf. Schon als Kind zeigt er Interesse für Literatur, Bildhauerei und Malerei, angeregt nicht zuletzt durch Monsieur Swann, der den jungen Marcel tief beeindruckt. Der Erzähler läßt noch einmal eine Welt des Großbürgertums entstehen, in der man sich in rivalisierenden Salons um die Gunst von Künstlern und Intellektuellen bemüht, er charakterisiert die weniger Privilegierten, die Angestellten des Hauses, die kleinstädtische Bevölkerung, und ihm gelingen Landschaftsbeschreibungen von höchster Anschaulichkeit. »Schwerlich gab es seit den geistlichen Übungen des Loyola im abendländischen Schrifttum einen radikaleren Versuch zur Selbstversenkung.« (Walter Benjamin)

Der Autor

Marcel Proust, geboren am 10. 7. 1871 in Auteuil, gestorben am 18. 11. 1922 in Paris, stammte aus wohlhabendem Hause. Bereits als Neunjähriger erkrankte er an Asthma. Nach Schule und Studium war er längere Zeit ständiger Gast aristokratischer Salons. 1896 erschien sein erstes Werk, ›Tage der Freuden‹. Der Krankheit wegen lebte er später in völliger Zurückgezogenheit. Sein Roman ›Jean Santeuil‹ (erst 1952 veröffentlicht) blieb unabgeschlossen. Prousts Hauptwerk ist der Romanzyklus ›Auf der Suche nach der verlorenen Zeit‹, von dem weite Teile erst nach seinem Tode veröffentlicht wurden.

I

Lange Zeit bin ich früh schlafen gegangen. Manchmal fielen mir die Augen, wenn kaum die Kerze ausgelöscht war, so schnell zu, daß ich keine Zeit mehr hatte zu denken: ›Jetzt schlafe ich ein.‹ Und eine halbe Stunde später wachte ich über dem Gedanken auf, daß es nun Zeit sei, den Schlaf zu suchen; ich wollte das Buch fortlegen, das ich noch in den Händen zu haben glaubte, und mein Licht ausblasen; im Schlafe hatte ich unaufhörlich über das Gelesene weiter nachgedacht, aber meine Überlegungen waren seltsame Wege gegangen; es kam mir so vor, als sei ich selbst, wovon das Buch handelte: eine Kirche, ein Quartett, die Rivalität zwischen Franz dem Ersten und Karl dem Fünften. Diese Vorstellung hielt zuweilen noch ein paar Sekunden nach meinem Erwachen an; meine Vernunft nahm kaum Anstoß an ihr, aber sie lag wie Schuppen auf meinen Augen und hinderte mich daran, Klarheit darüber zu gewinnen, daß das Licht nicht brannte. Dann wurde sie immer weniger greifbar, wie nach der Seelenwanderung die Gedanken einer früheren Existenz; der Gegenstand meiner Lektüre löste sich von mir ab, ich konnte mich damit beschäftigen oder nicht; gleichzeitig kehrte mein Sehvermögen zurück, und ich war erstaunt, rings um mich her eine Finsternis wahrzunehmen, die für meine Augen sanft und ausruhend war, mehr aber vielleicht sogar noch für meinen Geist, dem sie grundlos, unbegreiflich, wahrhaft ›dunkel‹ erschien. Ich fragte mich, wie spät es wohl sei; ich hörte das Pfeifen der Eisenbahnzüge, das – mehr oder weniger weit fort wie ein Vogellied im Wald – die Entfernungen markierte und mich die Weite der öden Landschaft erraten ließ, durch die sich der Reisende zur nächsten Station begibt; der kurze Weg, dem er folgt, wird in sein Gedächtnis eingegraben bleiben durch die erregende Neuheit der Stätten, die ungewohnten Dinge, die er tut, ein Gespräch, das er eben geführt hat, oder den Abschied unter einer fremden Lampe, der ihm noch nachgeht in der Stille der Nacht, die nahe Süße der Heimkehr.

Zärtlich drückte ich meine Wange an die schönen Wangen des Kopfkissens, die in ihrer Fülle und Kühle wie die Wangen unserer Kindheit sind. Ich strich ein Zündholz an und schaute auf die Uhr. Bald Mitternacht. Dies ist der Augenblick, da der Kranke, der verreisen mußte, der in einem unbekannten Hotel die Nacht verbringt und dort von einem Anfall aufgeweckt wird, sich freut, wenn er unter der Tür einen Lichtstreifen entdeckt. Gottlob, der Morgen ist da! Gleich wird das Personal aufgestanden sein, er kann schellen, es wird jemand kommen und ihm Hilfe bringen. Die Hoffnung auf Erleichterung gibt ihm Mut zu leiden. Schon glaubt er Schritte zu hören: die Schritte kommen näher, dann entfernen sie sich. Und der Streifen Tageslicht unter der Tür ist verschwunden. Es ist Mitternacht; das Gaslicht ist ausgelöscht worden; der letzte Hausbediente ist fort, und er wird nun die ganze Nacht unerlöst leiden müssen.

Ich schlief wieder ein und wachte dann manchmal nur noch sekundenlang auf, gerade lang genug, um ein Knacken im Gebälk zu hören oder den Blick dem Kaleidoskop der Dunkelheit zu öffnen und dank einem kurzen bewußten Augenblick wohlig den Schlaf zu genießen, in dem die Möbel, das Zimmer lagen, dies Ganze, von dem ich nur ein kleiner Teil war und in dessen Unbewußtheit ich rasch zurücksinken würde. Oder ich war im Schlafe mühelos in eine für immer abgelaufene Phase aus meinem kindlichen Urzustand zurückgekehrt und hatte wieder den Weg zu den Ängsten der ersten Jugend gefunden, wie etwa jener, die ich verspürte, wenn mein Großonkel mich an den Locken zog: sie war an dem Tage dahingeschwunden – für mich das Datum eines neuen Lebensbeginns –, wo sie mir abgeschnitten wurden. Während des Schlafes hatte ich dies Ereignis vergessen, doch ich erinnerte mich sofort wieder daran, sobald es mir gelungen war aufzuwachen, um den Händen meines Großonkels zu entgehen, aber vorsichtshalber wickelte ich meinen Kopf vollständig in das Kopfkissen ein, bevor ich in die Welt der Träume zurückkehrte.

Manchmal entstand in meinem Schlaf aus einer falschen Lage wie Eva aus der Rippe Adams eine Frau. Während sie aus der Lust hervorgegangen war, die ich erlebte, bildete ich mir ein, daß diese mir erst durch sie zuteil geworden sei. Mein Leib verspürte in dem ihren seine eigene Wärme und drängte zu ihr, ich wachte auf. Die übrige Menschheit war mir dann ferngerückt im Vergleich zu dieser Frau, die ich vor Sekunden erst verlassen hatte; meine Wange war noch warm von ihrem Kuß, mein Leib von ihrem Gewicht zerschlagen. Wenn sie, wie es bisweilen vorkam, die Züge einer Frau trug, die ich im Leben getroffen hatte, setzte ich alles daran, ihr wieder zu begegnen; es ging mir wie denen, die sich auf die Reise begeben, um mit eignen Augen eine Stadt ihrer Sehnsucht zu schauen, und sich einbilden, man könne der Wirklichkeit den Zauber abgewinnen, den die Phantasie uns gewährt.

Allmählich verblaßte dann ihr Bild, ich vergaß das Geschöpf meiner Träume.

Der Schlafende spannt in einem Kreise um sich den Ablauf der Stunden, die Ordnung der Jahre und der Welten aus. Beim Erwachen orientiert er sich dann nach dem Gefühl an ihnen, er liest in einer Sekunde daraus ab, an welchem Punkt der Erde er sich befindet, wieviel Zeit bis zu seinem Wachsein verflossen ist; doch diese Systeme können sich verwirren und überschneiden. Wenn ihn am Morgen nach einer Spanne der Schlaflosigkeit der Schlummer beim Lesen, in einer anderen als der üblichen Schlafhaltung überfällt, so genügt das Aufheben seines Arms, um die Sonne aufzuhalten oder zurückzustellen, und in der ersten Minute des Erwachens wird er die Stunde nicht mehr wissen, sondern meinen, er habe sich eben erst schlafen gelegt. Wenn er aber in einer noch weniger geeigneten und gewohnten Haltung einschläft, etwa nach dem Abendessen in einem Lehnstuhl sitzend, so wird die Verwirrung der aus ihrer Bahn geschleuderten Welten noch vollkommener, der Zaubersessel trägt ihn in Windeseile durch Zeit und Raum dahin, und in dem Augenblick, da er die Lider öffnet, glaubt er, er habe sich vor Monaten in einer anderen Gegend zur Ruhe begeben. Aber es genügte, daß in meinem eigenen Bett mein Schlaf besonders tief war und meinen Geist völlig entspannte; dann ließ dieser den Lageplan des Ortes fahren, an dem ich eingeschlafen war, und wenn ich mitten in der Nacht erwachte, wußte ich nicht, wo ich mich befand, ja im ersten Augenblick nicht einmal, wer ich war: ich hatte nur in primitivster Form das bloße Seinsgefühl, das ein Tier im Innern verspüren mag: ich war hilfloser ausgesetzt als ein Höhlenmensch; dann aber kam mir die Erinnerung – noch nicht an den Ort, an dem ich mich befand, aber an einige andere Stätten, die ich bewohnt hatte und an denen ich hätte sein können – gleichsam von oben her zu Hilfe, um mich aus dem Nichts zu ziehen, aus dem ich mir selbst nicht hätte heraushelfen können; in einer Sekunde durchlief ich Jahrhunderte der Zivilisation, und aus vagen Bildern von Petroleumlampen und Hemden mit offenen Kragen setzte sich allmählich mein Ich in seinen originalen Zügen wieder von neuem zusammen.

Vielleicht beziehen die Dinge um uns ihre Unbeweglichkeit nur aus unserer Gewißheit, daß sie es sind und keine anderen, aus der Starrheit des Denkens, mit der wir ihnen begegnen. Wenn ich jedenfalls in dieser Weise erwachte und mein Geist geschäftig und erfolglos zu ermitteln versuchte, wo ich war, kreiste in der

Finsternis alles um mich her, die Dinge, die Länder, die Jahre. Noch zu steif, um sich zu rühren, suchte mein Körper je nach Art seiner Ermüdung sich die Lage seiner Glieder bewußt zu machen, um daraus die Richtung der Wand, die Stellung der Möbel abzuleiten und die Behausung, in der er sich befand, zu rekonstruieren und zu benennen. Sein Gedächtnis, das Gedächtnis seiner Seiten, seiner Knie und Schultern bot ihm nacheinander eine Reihe von Zimmern, in denen er schon geschlafen hatte, an, während rings um ihn die unsichtbaren Wände im Dunkel kreisten und ihren Platz je nach der Form des vorgestellten Raumes wechselten. Und bevor mein Denken, das an der Schwelle der Zeiten und Formen zögerte, die Wohnung durch ein Vergleichen der Umstände eindeutig festgestellt hatte, erinnerte er – mein Körper – sich von einem jeden an die Art des Bettes, die Lage der Türen, die Fensteröffnungen, das Vorhandensein eines Flurs, gleichzeitig mit dem Gedanken, den ich beim Einschlummern gehabt hatte und beim Erwachen wiederfand. Meine eingeschlafene Seite zum Beispiel wähnte sich bei diesem Bemühen um eine Orientierung in einem großen Himmelbett, und im gleichen Augenblick sagte ich mir: ›Schau, da bin ich jetzt doch eingeschlafen, obwohl die Mama mir nicht gute Nacht gesagt hat‹; ich war auf dem Lande bei meinem Großvater, der seit langen Jahren verstorben ist; und mein Körper, die Seite, auf der ich lag, treue Bewahrer einer Vergangenheit, die mein Geist niemals hätte vergessen sollen, riefen mir den Schein der urnenförmigen Ampel aus böhmischem Glas, die an dünnen Ketten von der Zimmerdecke hing, und den Kamin aus Sienamarmor in meinem Schlafzimmer in Combray bei meinen Großeltern in fernen Tagen, die mir in diesem Augenblick gegenwärtig schienen, ohne daß ich sie mir genau vorstellen konnte, ins Gedächtnis zurück: gleich, wenn ich völlig aufgewacht wäre, würde ich sie sicher wieder ganz klar erkennen.

Dann tauchte aus einer anderen Körperhaltung eine andere Erinnerung auf: ich war in meinem Zimmer bei Madame de Saint-Loup auf dem Lande. Mein Gott! Es ist mindestens zehn Uhr, sicher sind sie schon mit dem Nachtessen fertig! Ich habe bestimmt die kleine Siesta zu lange ausgedehnt, die ich – nach meinem Spaziergang mit Madame de Saint-Loup – jeden Nachmittag halte, bevor ich mich für den Abend umkleide. Denn viele Jahre sind seit Combray vergangen, wo ich, wenn wir spät nach Hause kamen, den roten Widerschein des Sonnenuntergangs auf meinen Fensterscheiben sah. In Tansonville, bei Madame de

Saint-Loup, führt man ein anderes Leben, eine andere Art von Freuden finde ich darin, nur des Nachts auszugehen, im Mondschein erst jenen Wegen zu folgen, auf denen ich einst im Sonnenschein gespielt; und das Zimmer, in dem ich wahrscheinlich eingeschlafen bin, anstatt mich zum Diner umzuziehen, sehe ich von ferne, wenn wir nach Hause kommen, vom Schein der Lampe erhellt, der einzigen Leuchte in der Nacht.

Diese verworren durcheinanderwirbelnden Erinnerungsbilder hielten jeweils nur ein paar Sekunden an; oft gelang es mir in meiner kurzen Unsicherheit über den Ort, an dem ich mich befand, so wenig, die verschiedenen Momente des Ablaufs, aus denen sie bestanden, voneinander zu unterscheiden wie die sich ablösenden Stellungen eines laufenden Pferdes, die das Kinetoskop uns zeigt. Aber ich hatte bald das eine, bald das andere der Zimmer, die ich in meinem Leben bewohnt hatte, wiedererkannt, und nach und nach rief ich mir alle in den langen Träumereien, die dem Erwachen folgten, in die Erinnerung zurück: winterliche Zimmer, in denen man, sobald man sich hingelegt hat, den Kopf in eine Art von Nest schmiegt, das man sich aus den verschiedenartigsten Objekten herstellt: eine Ecke des Kopfkissens, der Wölbung der Bettdecke, einem Schalende, dem Bettrand, einer Nummer der ›Débats roses‹, die man nach Art der Vogeltechnik zusammenklebt, indem man sich längere Zeit dagegenlegt; wo bei Eiseskälte das Vergnügen, das man empfindet, darin besteht, daß man sich von der Außenwelt getrennt fühlt (wie die Seeschwalbe, die als Nest eine Grube in der Erdwärme hat) und wo man, da das Kaminfeuer die ganze Nacht hindurch unterhalten wird, in einem großen Mantel aus warmer, rauchig duftender Luft schläft, durch den der Schein frisch aufflammender Scheite huscht, in einer Art von ungreifbarem Alkoven, einer warmen Enklave innerhalb des Raumes, einer heißen Zone mit veränderlichen thermischen Konturen, durch die von Zeit zu Zeit ein Luftzug weht, der uns das Gesicht kühlt und der aus den Ecken kommt oder aus den Gegenden am Fenster oder aus denen, die am weitesten von der Feuerstätte abliegen und schon abgekühlt sind – oder sommerliche Gemächer, in denen man sich gern eins fühlt mit der lauen Nacht, wo das Mondlicht durch die halbgeöffneten Läden dringt und auf den Fußboden vor dem Bett eine Zauberleiter malt, wo man fast im Freien schläft wie die Meise, die sich im Hauch des Windes auf der Spitze eines Strahles wiegt – manchmal auch das Louis XVI-Zimmer, das etwas so Heiteres hatte, daß ich mich darin selbst am ersten Abend nicht allzu unglücklich fühlte, und in dem die zierlichen Säulen, die so leicht die Decke trugen, sich anmutig teilten, um die Stelle für das Bett zu bezeichnen und freizugeben; manchmal auch jenes kleine und sehr hohe, das sich, nach oben zu verjüngt, durch zwei Stockwerke zog und zum Teil mit Mahagoni verkleidet war, in dem ich mich von der ersten Sekunde an durch den mir unbekannten Vetiverduft gleichsam seelisch vergiftet fühlte, überzeugt von der Feindseligkeit der violetten Vorhänge und der anmaßenden Gleichgültigkeit der Pendüle, die ganz laut vor sich hin schwatzte, als sei ich gar nicht da; – wo ein fremder, unerbittlicher, viereckiger Standspiegel schräggestellt eine der Zimmerecken verdeckte und damit in der angenehmen Vollständigkeit meines gewohnten Gesichtsfeldes einen Platz für sich in Anspruch nahm, der nicht vorgesehen war; – wo mein Vorstellungsvermögen, nachdem es Stunden hindurch versucht hatte, sich zu verrenken und in die Höhe zu recken, um genau die Form des Zimmers anzunehmen und schließlich die gigantische Wölbung bis oben hin auszufüllen, harte Nächte durchgemacht hatte, während ich mit nach oben gewandtem Blick, ängstlich gespanntem Ohr und beleidigter Nase klopfenden Herzens in meinem Bett ausgestreckt lag: bis endlich die Gewohnheit die Farbe der Vorhänge verändert, die Uhr zum Schweigen gebracht, den schrägen, grausamen Spiegel Mitleid gelehrt, den Vetiverduft zwar nicht völlig verjagt, aber doch überdeckt und die offenbare Höhe der Zimmerdecke beträchtlich vermindert hatte. Ja, die Gewohnheit! Sie ist eine geschickte, wenn auch langsame Umzugskünstlerin, die zunächst einmal unseren Geist wochenlang in einem Provisorium schmachten läßt; aber man ist doch froh über ihr Vorhandensein, denn ohne sie und aus eigener Kraft wäre man außerstande, ein Heim bewohnbar zu machen.

Sicherlich war ich jetzt wirklich wach: mein Körper hatte eine letzte Drehung vollzogen, und der gute Engel der Gewißheit hatte alles um mich her zum Stillstand gebracht, mich in meinem Schlafzimmer unter meine Decken gebettet und in der Dunkelheit meine Kommode, meinen Schreibtisch, meinen Kamin, die Straßenfenster und die beiden Türen annähernd an den richtigen Platz gestellt. Aber wenn ich jetzt auch noch so gut wußte, daß ich mich nicht in den Behausungen befand, von denen mir die Unwissenheit des Erwachens einen Augenblick lang wenn auch nicht ein deutliches Bild vor Augen gestellt, so doch glaubhaft gemacht hatte, daß sie vielleicht um mich gegenwärtig wären, so hatte doch meine Erinnerung einen Anstoß erhalten; ich versuchte nicht, gleich wieder einzuschlafen; den größten Teil der Nacht brachte ich damit zu, mir unser Leben von früher vorzustellen, in Combray bei meiner Großtante, in Balbec, in Paris, in Doncières, in Venedig und an anderen Orten, mir die Stätten und die Menschen, die ich dort gekannt, ins Gedächtnis zurückzurufen, was ich selbst von ihnen gesehen und was man mir erzählt hatte.

In Combray wurde täglich schon am späteren Nachmittag, lange vor dem Augenblick, da ich zu Bett gehen und, ohne zu schlafen, fern von meiner Mutter und meiner Großmutter aushalten mußte, mein Schlafzimmer der feste, schmerzhafte Punkt, den meine Gedanken umkreisten. Allerdings war man, um mich an den Abenden, wo ich allzu unglücklich aussah, zu zerstreuen, auf den Gedanken gekommen, mir eine Laterna magica zu schenken, die in der Zeit vor dem Abendessen auf meine Lampe gesetzt wurde; nach dem Vorgange der ersten Baumeister und Glasmaler der Gotik ersetzte sie die Undurchdringlichkeit der Wände durch ein ungreifbares Irisieren, durch eine unwirklich vielfarbige Bilderwelt, in der Legenden abgebildet waren wie auf einem schwankenden und nur für Augenblicke sichtbaren Kirchenfenster. Aber meine Traurigkeit wurde dadurch nur vermehrt, denn schon die veränderte Beleuchtung zerstörte die Gewöhnung, zu der ich meinem Zimmer gegenüber gelangt war und durch die es mir, wenn ich von dem Martyrium des Schlafengehens absehe, ganz erträglich geworden war. Jetzt erkannte ich es nicht mehr und fühlte mich beunruhigt wie in einem Hotelzimmer oder ›Chalet‹, in dem ich mich nach Verlassen des Eisenbahnzuges zum ersten Male befand.

Ruckartig vorwärtsreitend kam Golo, Böses im Sinne, aus dem kleinen dreieckigen Wald heraus, der mit seinem dunkeln Grün den Abhang eines Hügels samtartig überzog, und rückte in zuckender Bewegung auf das Schloß der armen Genoveva von Brabant vor. Dies Schloß war in einer gebogenen Linie ausgeschnitten, die offenbar nichts anderes war als die Begrenzung eines der Glasovale, die in dem Rähmchen ausgespart waren, das durch die Laufrinnen der Laterne geschoben wurde. Es war nur eine Ecke von einem Schloß, und vor ihm lag eine Heide, auf der Genoveva träumte, mit einem blauen Gürtel geschmückt. Schloß und Heide waren gelb, und ich hatte sie nicht erst sehen müssen, um ihre Farbe zu kennen, denn früher als die Glasscheibe in dem Rahmen hatte der dunkelgoldene Klang des Namens Brabant sie mir sichtbar vor Augen geführt. Golo hielt einen Augenblick, um mit trauriger Miene dem erklärenden Text zu lauschen, den meine Großmutter mit lauter Stimme vorlas und den er vollkommen zu verstehen schien, wobei er seine Haltung mit einer Gefügigkeit, die dennoch eine gewisse Majestät nicht ausschloß, dem Wortlaut anpaßte; dann entfernte er sich auf die gleiche ruckartige Weise. Nichts konnte ihn in seinem langsamen Ritt aufhalten. Wenn jemand an der Laterne rückte, sah ich deutlich, wie Golos Pferd sich auf den Fenstervorhängen weiterbewegte, sich mit den Falten wölbte und in ihren Schluchten verschwand. Aus ebenso unwirklichem Stoff gemacht wie sein Reittier, wußte sich Golos Körper mit jedem materiellen Hindernis, jedem störenden Gegenstand abzufinden, indem er sie einfach als Knochengerüst in sich hineinschluckte, und wäre es der Knopf an der Tür; auf der Stelle ihrer Form sich fügend, schwamm in unzerstörter Deutlichkeit sein rotes Gewand oder sein blasses, immer gleich vornehmes und gleich melancholisches Gesicht, dem keinerlei Aufregung wegen dieser Rückgratvertauschung anzusehen war, über ihre Oberfläche hin.

Natürlich fand ich einen gewissen Reiz in diesen glanzvollen Vorführungen, die aus merowingischer Vorzeit zu stammen schienen und den Widerschein jener alten Geschichten an mir vorüberziehen ließen. Aber ich kann gar nicht sagen, welches Unbehagen mir gleichwohl dieser Einbruch des Mysteriums und der Schönheit in ein Zimmer bereitete, das ich endlich so sehr mit meinem Ich angefüllt hatte, daß ich ihm nicht mehr Aufmerksamkeit als eben diesem schenkte. Nachdem der anästhesierende Einfluß der Gewohnheit aufgehört hatte, begann ich zu denken, zu fühlen – beides traurige Dinge. Der Knopf an meiner Zimmertür, der sich für mich von allen anderen Türknöpfen der Welt durchaus unterschied, daß er ganz von allein aufging, ohne daß ich ihn zu drehen brauchte, so unbewußt war mir seine Handhabung geworden, diente nun Golo als Astralleib. Sobald zum Abendessen geläutet wurde, hatte ich es eilig, in das Eßzimmer zu gelangen, wo die große Hängelampe, die von Golo und Blaubart nichts wußte, dafür aber meine Eltern und das Bœuf à la Casserole gut kannte, ihr Licht spendete wie an allen anderen Abenden auch, und Mama in die Arme zu sinken, die mir durch die Leiden der Genoveva von Brabant noch teurer geworden war, während Golos Verbrechen mich zu einer besonders sorgfältigen Gewissensforschung anregten.

Nach dem Abendessen, ach! mußte ich bald Mama verlassen,

die noch zurückblieb, um mit den andern zu plaudern, bei schönem Wetter im Garten, bei schlechtem in dem kleinen Salon, in dem sich alles dann aufhielt. Alle, außer meiner Großmutter, die fand, es sei ›ein Jammer, wenn man auf dem Lande war, in der Stube zu hocken‹, und die endlose Diskussionen mit meinem Vater hatte, weil er mich an Tagen, wo es allzusehr regnete, auf mein Zimmer lesen schickte, anstatt mich zum Draußenbleiben zu veranlassen. ›Auf die Weise wird er niemals stark und energisch werden‹, pflegte sie traurig zu äußern, ›gerade dieser Kleine, der es so nötig hätte, zu Kräften zu kommen und seinen Willen zu stählen.‹ Mein Vater zuckte dann die Achseln und schaute prüfend das Barometer an, denn er hatte eine Schwäche für Meteorologie, während meine Mutter, die sich möglichst leise verhielt, um ihn nicht zu stören, ihn mit zärtlichem Respekt anblickte, aber nicht zu aufmerksam, damit es nicht aussähe, als wolle sie in das Geheimnis seiner Überlegenheit eindringen. Meine Großmutter aber konnte man bei jedem Wetter, selbst wenn es in Strömen regnete und Françoise hinausgestürzt war, um die kostbaren Rohrmöbel hereinzuholen, damit sie nicht naß würden, im leeren, vom Platzregen durchfegten Garten sehen, wie sie ihre zerzausten grauen Haare zurückstrich, damit ihre Stirn den heilsamen Kräften von Wind und Regen um so mehr ausgesetzt sei. ›Endlich kann man einmal aufatmen!‹ pflegte sie dann zu sagen und eilte durch die aufgeweichten Alleen – die ihrer Meinung nach von dem neuen Gärtner, der kein Naturgefühl besaß und den mein Vater seit dem Morgen schon befragt hatte, ob das Wetter sich aufklären würde, allzu symmetrisch angelegt waren – mit ihrem hüpfenden, temperamentvollen Schritt, der sich nach den verschiedenen Empfindungen regelte, die in ihrer Seele durch den Rausch des Unwetters, die Macht der Hygiene, die Torheit meiner Erziehung und die Symmetrie des Gartens hervorgerufen wurden, nicht aber etwa nach Maßgabe des ihr unbekannten Bestrebens, ihrem prunefarbenen Rock die Schlammspritzer zu ersparen, unter denen er bis zu einer Höhe verschwand, welche für ihr Zimmermädchen stets ein Problem und ein Gegenstand der Verzweiflung war.

Bei diesen Gartenbesuchen meiner Großmutter nach dem Abendessen gab es etwas, was sie veranlaßte, ins Haus zurückzukehren: wenn nämlich in einem der Augenblicke, da der Turnus ihres Spaziergangs sie wie eine Motte an die beleuchteten Fenster des kleinen Salons führte, wo gerade auf dem Spieltisch die Liköre serviert wurden, meine Großtante ihr zurief: »Bathilde!

Komm doch und gib acht, daß dein Mann keinen Kognak trinkt!« Um sie zu necken nämlich (sie hatte in die Familie meines Vaters einen so anderen Geist hineingebracht, daß alle sie neckten und quälten), veranlaßte meine Großtante meinen Großvater, dem die Schnäpse verboten waren, ein paar Tropfen zu trinken. Meine arme Großmutter ging also ins Haus und beschwor ihren Mann, keinen Kognak zu trinken; er wurde böse, trank trotzdem sein Gläschen, und meine Großmutter ging traurig, entmutigt und gleichwohl lächelnd davon, denn sie war so demütigen Herzens und so gutartig, daß ihre Zärtlichkeit für die anderen und die geringe Wichtigkeit, die sie von ihrer eigenen Person und ihren Leiden machte, sich in ihrem Blick in einem Lächeln versöhnten, das ganz im Gegensatz zu dem, was man auf den meisten Gesichtern liest, Ironie nur gegen sich selbst enthielt; uns alle streiften ihre Augen wie mit einem Kuß, denn sie konnte ihre Lieben nicht anschauen, ohne sie leidenschaftlich mit dem Blick zu streicheln. Die Marter, die meine Großtante ihr auferlegte, das Schauspiel der vergeblichen Bitten meiner Großmutter und ihrer Schwäche, die sich im voraus geschlagen gab, wenn sie umsonst versuchte, meinem Großvater sein Glas Likör auszureden, das alles waren Dinge, an die man sich später so weitgehend gewöhnt, daß man lächelnd auf sie zurückblickt und wohl auch entschieden und in aller Heiterkeit die Partei des Verfolgers ergreift, um sich selbst zu überzeugen, daß es sich eigentlich nicht um eine Verfolgung gehandelt hat; damals aber flößten sie mir solches Grauen ein, daß ich meine Großtante am liebsten geschlagen hätte. Sobald ich hörte: »Bathilde, komm doch und gib acht, daß dein Mann keinen Kognak trinkt!« tat ich, an Feigheit bereits ein Mann, was wir alle tun, wenn wir groß sind und Leiden und Ungerechtigkeiten mitansehen müssen: ich wollte nicht sehen; ich stieg schluchzend im Hause hoch unter das Dach hinauf, wo neben dem Schulzimmer ein kleiner Raum lag, der nach Iris roch und außerdem von einem wilden Johannisbeerstrauch durchduftet wurde, welcher draußen zwischen den Mauersteinen wuchs und einen Blütenzweig durch das halboffene Fenster schob. An sich für einen spezielleren und niedrigeren Gebrauch bestimmt, diente mir dieser Raum, von dem aus man bis zum Turm von Roussainville-le-Pin blicken konnte, lange Zeit als Zuflucht, zweifellos weil er der einzige war, in dem ich mich einschließen durfte; dort ging ich allen den Dingen nach, die unverletzliche Einsamkeit erfordern: Lektüre, Träumerei, Tränen und geheime Lust: Ach! ich wußte nicht, daß meine

Großmutter sich weit wehmütiger als mit den kleinen Diätfehlern ihres Mannes mit meiner Willensschwäche, meiner zarten Gesundheit und der Ungewißheit, mit der sie meine Zukunft überschatteten, auf ihren ruhelosen Wanderungen am Nachmittag und am Abend beschäftigte, wenn wir ihr schönes Antlitz immer wieder schräg zum Himmel erhoben auftauchen sahen mit den braunen, durchfurchten Wangen, die im Altern fast den malvenfarbenen Ton der Äcker zur Zeit der Herbstbestellung angenommen hatten, und die, wenn sie ausging, ein zur Hälfte zurückgeschlagener Schleier zu überschneiden pflegte; von der Kälte oder einem traurigen Gedanken hervorgerufen, war darauf immer eine unbewußte Träne gerade im Trocknen begriffen.

Mein einziger Trost, wenn ich schlafen ging, war, daß Mama heraufkommen und mir einen Kuß geben würde, wenn ich bereits lag. Aber dies Gutenachtsagen dauerte nur so kurze Zeit, sie ging so bald schon wieder, daß der Augenblick, da ich sie heraufkommen und dann in dem Gang mit der Doppeltür das leichte Rascheln ihres Gartenkleides aus blauem Musselin mit kleinen strohgeflochtenen Quasten hörte, für mich ein schmerzlicher Augenblick war. Er kündigte schon den nächsten an, der auf ihn folgen sollte, wo sie mich verlassen haben und wieder unten sein würde. Das ging so weit, daß ich mir beinahe wünschte, dies von mir so heiß ersehnte Gutenachtsagen möge erst so spät wie irgend möglich stattfinden, und die Gnadenfrist, in der Mama noch nicht gekommen wäre, zöge sich recht lange hin. Manchmal, wenn sie, nachdem sie mich geküßt hatte, die Tür öffnete, um zu gehen, wollte ich sie zurückrufen und ihr sagen: ›Gib mir noch einen Kuß‹, aber ich wußte, daß sie dann auf der Stelle ihr strenges Gesicht zeigen würde, denn das Zugeständnis, das sie meiner Trauer und Aufregung machte, indem sie heraufkam und mir mit diesem Friedenskuß gute Nacht sagte, verdroß jedesmal meinen Vater, der das Zeremoniell übertrieben fand; viel lieber hätte sie mich diesen Wunsch, diese Gewohnheit aufgeben sehen, als mich auch noch darin zu unterstützen, daß ich einen zweiten Kuß von ihr wollte, wenn sie schon an der Tür war. Hatte ich sie nun aber erzürnt, so machte das die ganze Beschwichtigung meines Herzens, die sie mir einen Augenblick zuvor geschenkt hatte, als sie ihr liebevolles Antlitz über mein Bett neigte und es mir darbot wie die Hostie einer Friedenskommunion, bei der meine Lippen ihre leibhafte Gegenwart und die Kraft einzuschlafen von ihr empfingen, zunichte. Aber jene Abende, an denen meine Mutter alles in allem nur so kurz in meinem Zimmer verweilte, waren voll Süße, verglichen mit jenen, wo jemand zum Essen erwartet wurde und sie mir deshalb nicht gute Nacht sagen kam. Dieser Jemand war gewöhnlich Monsieur Swann, der, abgesehen von gelegentlich durchreisenden Fremden, ungefähr der einzige Mensch war, der uns in Combray besuchte, manchmal zu einem nachbarlichen Abendessen (seltener allerdings seit dieser gewissen unpassenden Heirat, denn meine Eltern wünschten seine Frau nicht zu empfangen), manchmal auch unangemeldet nach dem Nachtmahl. Die Abende, da wir, unter dem großen Kastanienbaum vor dem Hause, um den Eisentisch saßen und am andern Ende des Gartens nicht die übereifrig lärmende Schelle hörten, die beim Eintreten mit ihrem scheppernden, anhaltenden und gleichsam festgefrorenen Klang jeden überschüttete und betäubte, der sie in Bewegung setzte, wenn er ›ohne zu läuten‹ in den Garten trat, sondern das zweimalige schüchterne, runde und goldene Klingeln der Glocke für die Besucher, so fragten alle gleich: »Besuch? Wer kann das sein?«, aber alle wußten auch, daß es nur Swann sein konnte: meine Großtante, die, um mit gutem Beispiel voranzugehen, mit lauter Stimme sprach, wobei sie sich um einen Ton bemühte, der natürlich wirken sollte, verbot uns dann immer zu tuscheln; nichts, sagte sie, sei unhöflicher einem Ankommenden gegenüber, der ja glauben müsse, man sage gerade etwas, was er nicht hören solle; meine Großmutter wurde dann als Aufklärer vorausgeschickt; sie war ja immer froh, wenn sie noch einmal einen Vorwand fand, durch den Garten zu gehen, und benutzte die Gelegenheit, heimlich im Vorbeihuschen ein paar Stützen von den Rosen fortzunehmen, um ihnen ihr natürliches Wachstum zu lassen, etwa wie eine Mutter, die, um sie zu lockern, ihrem Sohn mit der Hand durch die Haare fährt, wenn der Friseur sie allzu fest angelegt hat.

Wir warteten dann alle gespannt auf die Nachricht, die meine Großmutter vom Feinde bringen würde, gerade als hätten wir die Auswahl zwischen wer weiß wie vielen Leuten, die uns überfallen könnten, und bald darauf pflegte mein Großvater festzustellen: »Das ist Swann, ich erkenne seine Stimme.« Er war wirklich nur an der Stimme zu erkennen, denn nur undeutlich sah man sein Gesicht mit der gebogenen Nase und den graugrünen Augen unter einer hohen, von blondem, fast rötlichem, ›à la Bressant‹ frisiertem Haar umgebenen Stirn, ließen wir doch im Garten sowenig Licht wie möglich brennen, um nicht die Schnaken anzuziehen, und ich ging dann unauffällig sagen, man möge den Fruchtsaft bringen; meine Großmutter legte Wert darauf, sie fand es liebenswürdiger, wenn es nicht so aussah, als wäre er nur ausnahmsweise und nur des Besuches wegen auf den Tisch gebracht worden. Obgleich viel jünger, war Monsieur Swann sehr intim mit meinem Großvater, der einer der besten Freunde seines Vaters gewesen war, eines trefflichen, aber merkwürdigen Mannes, bei dem zuweilen, scheint es, eine Kleinigkeit genügt hat, um die Regungen seines Herzens zu unterbrechen oder seinen Gedanken eine andere Richtung zu geben. Mehrmals im Jahre hörte ich meinen Großvater bei Tisch immer die gleichen Anekdoten über das Verhalten von Monsieur Swann senior beim Tode seiner Frau erzählen, an deren Lager er Tag und Nacht gewacht hatte. Mein Großvater, der ihn lange nicht gesehen hatte, war zu ihm auf den Landsitz geeilt, den die Swanns in der Nähe von Combray besaßen, und hatte erreicht, daß jener, damit er nicht bei der Einsargung anwesend wäre, einen Augenblick, noch ganz in Tränen aufgelöst, das Sterbezimmer verließ. Sie machten ein paar Schritte durch den Park, der in zartem Sonnenschein dalag. Plötzlich faßte Monsieur Swann meinen Großvater beim Arm und rief: »Ach! alter Freund, was für ein Glück, daß wir hier bei diesem schönen Wetter zusammen spazierengehen können! Ist das nicht wunderhübsch, diese Bäume, dieser Weißdorn und mein Teich, zu dem Sie mir noch nicht einmal gratuliert haben! Sie sehen ja so sauertöpfisch aus. Spüren Sie nicht diesen leichten Wind? Ach, man kann sagen, was man will, das Leben hat doch seine guten Seiten, mein lieber Amédée!« Auf einmal fiel ihm seine verstorbene Frau wieder ein, und da er es offenbar zu kompliziert fand, darüber nachzudenken, wie er in einem solchen Augenblick sich einer so freudigen Regung habe hingeben können, begnügte er sich mit einer Bewegung, die er immer machte, wenn eine schwierige Frage seinen Geist in Anspruch nahm, er fuhr sich mit der Hand über die Stirn, wischte sich die Augen und putzte seine Brillengläser. Gleichwohl konnte er sich über den Tod seiner Gattin nicht trösten, und während der beiden Jahre, um die er sie überlebte, sagte er oft zu meinem Großvater: »Es ist merkwürdig, ich denke sehr oft an meine arme Frau, aber ich kann nicht lange auf einmal an sie denken.« ›Oft, aber nicht lange auf einmal, wie der arme alte Swann‹, war eine der Lieblingsredensarten meines Großvaters geworden, die er bei den verschiedensten Gelegenheiten anbrachte. Ich hätte Swanns Vater wahrscheinlich für einen Unmenschen gehalten, wenn nicht mein Großvater, zu dessen Meinungen ich ein blindes Vertrauen hatte, dessen Urteil für mich ein Evangelium war und der mich oft zur Nachsicht gegen Fehler bestimmt hat, die ich eigentlich zu verdammen geneigt war, ausgerufen hätte: »Aber wieso! Er war eine Seele von einem Menschen!«

Obwohl der junge Swann, zumal vor seiner Heirat, sie oft in Combray besuchen kam, ahnten meine Großtante und meine Großeltern jahrelang nicht, daß er durchaus nicht mehr in der Gesellschaftsklasse lebte, in der seine Eltern verkehrt hatten, und daß sie unter dem Inkognito, das ihm bei uns der harmlose Name Swann verschaffte – wie vollkommen gutgläubige, ehrliche Hotelwirte, die ohne es zu wissen einem berühmten Straßenräuber in ihrem Hause Unterkunft gewähren –, eines der elegantesten Mitglieder des Jockey-Clubs beherbergten, den besten Freund des Grafen von Paris und des Prinzen von Wales, einen der verhätscheltsten Männer der großen Welt des Faubourg Saint-Germain.

Daß wir uns über Swanns glänzendes Weltleben in solcher Unkenntnis befanden, kam offenbar zum Teil von der Zurückhaltung und dem Takt, die in seinem Charakter lagen, aber auch daher, daß sich die bürgerlichen Kreise jener Zeit die ›Gesellschaft‹ wie bei den Hindus vorstellten, nämlich glaubten, sie setze sich aus geschlossenen Kasten zusammen, wo jeder durch seine Geburt demselben Stande angehöre wie seine Eltern, aus dem ihn nichts als etwa die Zufälle einer außergewöhnlichen Laufbahn oder einer unerwartet günstigen Heirat ziehen konnten, um ihn in eine höhere Kaste aufsteigen zu lassen. Monsieur Swann senior war Wechselmakler; der ›junge Swann‹ gehörte also für sein ganzes Leben einer Kaste an, in der die Vermögen, wie in einer bestimmten Steuerklasse, nur innerhalb bestimmter Grenzen schwankten. Man wußte, in welchen Kreisen sein Vater verkehrt hatte, man kannte also auch die seinigen, die, zu welchen er ›Zutritt hatte‹. Wenn er andere besuchte, so handelte es sich um Jugendbekanntschaften, die gute Freunde der Familie wie meine Eltern um so wohlwollender übersahen, als er auch nach dem Tod seines Vaters treulich weiter bei uns erschien. Aber es war tausend gegen eins zu wetten, daß diese uns unbekannten Leute, mit denen er verkehrte, solche waren, die er in unserer Gesellschaft nicht zu grüßen gewagt hätte. Wenn man Swann durchaus eine soziale Bewertung hätte wollen zuteil werden lassen, die ihn persönlich von andern Söhnen von Maklern in der Stellung seiner Eltern unterschieden hätte, so würde seine Note eher etwas minder ausgefallen sein; denn von Natur anspruchslos und von jeher mit einer ›Marotte‹ für Bilder und

Antiquitäten behaftet, wohnte er jetzt in einem alten Stadthaus, das er mit seinen Sammlungen vollgestopft hatte, die meine Großmutter immer gern einmal angesehen hätte; aber dieses Haus war am Quai d'Orléans gelegen; meine Großtante fand, daß man sich etwas vergäbe, wenn man dort lebte. »Verstehen Sie denn auch etwas davon? Ich frage nur in Ihrem Interesse, weil Sie sich womöglich von den Händlern wertlose Schmarren aufschwatzen lassen«, sagte meine Großtante zu ihm; sie traute ihm tatsächlich keinerlei Urteil zu und hatte auch hinsichtlich der Intelligenz keine hohe Meinung von einem Manne, der in der Unterhaltung ernsthafte Gegenstände vermied und nicht nur, wenn er bis ins einzelne gehend uns Kochrezepte gab, sondern auch wenn die Schwestern meiner Großmutter von Kunst redeten, eine sehr prosaische Pedanterie an den Tag legte. Wurde er zum Beispiel von ihnen aufgefordert, über ein Bild seine Meinung zu sagen, seine Bewunderung zu äußern, so bewahrte er ein fast unhöfliches Schweigen, wurde hingegen lebhaft, wenn er über das Museum, in dem es sich befand, oder über seine Entstehungszeit rein sachliche Auskunft erteilen konnte. Aber gewöhnlich versuchte er nur, uns jedesmal mit einer neuen Geschichte zu unterhalten, die ihm mit Leuten zugestoßen war, welche er aus dem Kreise der uns bekannten Personen wählte: dem Apotheker von Combray, unserer Köchin oder unserem Kutscher. Gewiß, meine Großtante lachte über diese Geschichten, aber sie wußte nicht genau, ob wegen der komischen Rolle, die Swann immer darin übernahm, oder weil er sie so amüsant zu erzählen wußte: ›Man muß wirklich sagen, Herr Swann, Sie sind ein Original!‹ Da sie als einzige in unserer Familie etwas gewöhnlich war, legte sie Wert darauf, Fremden, wenn von Swann die Rede war, zu verstehen zu geben, daß er, wenn er wolle, auch am Boulevard Haussmann oder in der Avenue de l'Opéra hätte wohnen können, daß er der Sohn von Herrn Swann sei, der ihm sicherlich vier oder fünf Millionen hinterlassen hätte; aber er habe nun einmal diese fixe Idee. Eine Idee übrigens, von der sie glaubte, sie beschäftige die andern so sehr, daß sie in Paris, wenn Herr Swann ihr am ersten Januar eine Tüte mit ›Marrons glacés‹ brachte und andere Leute zugegen waren, niemals zu sagen unterließ: ›Nun, Herr Swann, und Sie wohnen immer noch am Weindepot, damit Sie ja den Zug nicht versäumen, wenn Sie nach Lyon reisen?‹ Und dabei schielte sie über ihr Augenglas hinweg nach den andern Besuchern.

Aber wenn man meiner Großtante gesagt hätte, daß dieser

Swann, der als Sohn seiner Eltern vollkommen ›qualifiziert‹ war, in der ganzen ›guten Bourgeoisie‹, bei den angesehensten Notaren und Rechtsanwälten von Paris zu verkehren (ein Vorrecht, das er an die weibliche Linie abgegeben zu haben schien), gleichsam im geheimen noch ein ganz anderes Leben führte; daß er in Paris, nachdem er uns mit den Worten verlassen hatte, er gehe jetzt nach Hause und zu Bett, an der nächsten Straßenecke umkehrte und sich in einen Salon begab, den kein Wechselmakler oder Sozius eines Wechselmaklers je mit einem Auge erblickt hatte, so wäre das für meine Tante ebenso unglaublich gewesen wie für eine belesenere Dame der Gedanke einer persönlichen Bekanntschaft mit Aristaeus, von dem sie hören würde, daß er nach dem Plauderstündchen bei ihr wieder in das Reich der Thetis untertauchte, in ein Reich, das sich den Augen des Sterblichen entzieht und wo Virgil ihn mit offenen Armen empfangen werden läßt; oder – um lieber bei einem Bilde zu bleiben, das mehr Aussicht hatte, ihr in den Sinn zu kommen, denn sie kannte es von unsern Desserttellern im Combray – sie hätte Ali Baba bei sich zu Tisch gehabt, der, kaum wieder allein, in die Höhle zurückgekehrt wäre, die von ungeahnten Schätzen glänzt.

Eines Tages war er in Paris nach dem Essen zu uns gekommen und hatte sich entschuldigt, daß er im Frack sei. Als Françoise, nachdem er gegangen war, von dem Kutscher gehört zu haben behauptete, er habe ›bei einer Prinzessin‹ gespeist, hatte meine Tante achselzuckend und ohne von ihrer Stickerei aufzusehen, mit heiterer Ironie geantwortet: »Das glaube ich, bei einer Theaterprinzessin!«

Daher ging auch meine Großtante ziemlich ungeniert mit ihm um. Da sie glaubte, er müsse sich durch seine Einladungen geschmeichelt fühlen, fand sie es ganz natürlich, daß er uns im Sommer nie anders besuchte als mit einem Korb Pfirsiche oder Himbeeren aus seinem Garten in der Hand, und daß er mir von jeder seiner Reisen nach Italien Photographien von Meisterwerken mitbrachte.

Man gab ihm ruhig den Auftrag, Rezepte für eine ›Sauce gribiche‹ oder einen Ananassalat zu besorgen, die man für große Diners benötigte, zu denen er nicht geladen war, da man ihn nicht ›wichtig‹ genug fand, um ihn Fremden vorzusetzen, die zum ersten Male kamen. Wenn das Gespräch gelegentlich auf die Prinzen des französischen Königshauses kam, sagte meine Großtante zu Swann, der vielleicht einen Brief aus Twickenham in der Tasche trug: »Leute, deren Bekanntschaft wir niemals machen werden, weder Sie noch ich, und wir können auch darauf verzichten, nicht wahr«; sie ließ ihn das Klavier rücken und an den Abenden, wo die Schwester meiner Großmutter sang, die Noten umblättern; sie behandelte diesen gesuchten Gesellschafter mit der naiven Roheit eines Kindes, das beim Spielen ein seltenes Stück einer Sammlung nicht mehr in acht nimmt als irgendeinen wertlosen Gegenstand. Zweifellos war der Swann, den zur selben Zeit so viele Mitglieder der vornehmsten Pariser Clubs kannten, ein ganz anderer als der, den meine Großtante sich schuf, wenn sie des Abends, in dem kleinen Garten von Combray, sobald das Glöckchen seine beiden zögernden Schläge getan hatte, diese dunkle undeutliche Gestalt, die sich, von meiner Großmutter gefolgt, aus einem finstern Hintergrund ablöste, und die man an der Stimme erkannte, mit all dem, was sie über die Familie Swann wußte, anfüllte und für ihren Gebrauch erst zum Leben erweckte. Aber selbst hinsichtlich der unscheinbarsten Dinge des täglichen Lebens bilden wir keine einheitliche Substanz heraus, die für alle die gleiche ist, so daß jeder nur davon Kenntnis zu nehmen braucht wie von einem Frachtbrief oder einem Testament; unsere Persönlichkeit innerhalb der Gesellschaft ist eine geistige Schöpfung der andern. Selbst das Sehen eines Bekannten, dieser so einfache Vorgang, bedeutet zum Teil eine geistige Aktivität. Wir statten die physische Erscheinung des Menschen, den wir sehen, mit all den Vorstellungen aus, die wir von ihm haben, und in dem Gesamtbild, das wir uns machen, spielen diese Vorstellungen sicherlich die Hauptrolle. Sie füllen schließlich so vollkommen die Wangen aus, sie halten sich so eng an die Linie der Nase, sie verstehen es so gut, dem Klange der Stimme eine Nuance zu geben, als ob sie nur eine durchsichtige Hülle wäre, daß es jedesmal, wenn wir dieses Gesicht sehen und diese Stimme hören, eben jene Vorstellungen sind, die wir wiederfinden und auf die wir horchen. Zweifellos hatten meine Verwandten in dem Swann, den sie sich selbst zurechtgemacht hatten, aus Unwissenheit eine Fülle von Besonderheiten seines Lebens in der großen Welt ausgelassen, die gleichwohl der Grund waren, daß andere Personen, wenn sie mit ihm zusammen waren, in seinem Gesicht die Distinktion vorherrschen und an seiner gebogenen Nase wie an einer natürlichen Grenze enden sahen; aber dafür hatten sie wiederum in dieses von seinem gesellschaftlichen Prestige entkleidete und dadurch leere und geräumige Gesicht, auf den Grund dieser von ihnen verkannten Augen den weich verschwimmenden Niederschlag – halb Erinnerung, halb Vergessen

– an die Stunden der Muße legen können, die wir zusammen nach unserm allwöchentlichen gemeinsamen Abendessen, am Spieltisch oder im Garten, während unserer guten Nachbarschaft auf dem Lande verbracht hatten. Die leibliche Hülle unseres Freundes war sowohl hiervon als auch von einigen Erinnerungen an seine Eltern so gut ausgefüllt, daß dieser Swann ein vollständiges, lebendiges Wesen geworden war und daß ich das Gefühl habe, die eine Person zu verlassen, um zu einer deutlich davon unterschiedenen andern zu gehen, wenn ich in meiner Erinnerung von dem Swann, den ich später genau kennengelernt habe, zu jenem ersten Swann zurückkehre – jenem ersten Swann, in dem ich die reizvollen Irrtümer meiner Jugend wiederfinde und der übrigens dem andern weniger ähnlich sieht als den Personen, die ich zur selben Zeit kannte, als wenn es mit unserm Leben so wäre wie mit einem Museum, wo alle Porträts aus der gleichen Epoche eine gewisse Familienähnlichkeit aufweisen, einen gleichen Grundton – jenem ersten Swann, den eine Atmosphäre von Muße und ein zarter Duft nach dem alten Kastanienbaum, nach den Himbeerkörbchen und einem Stengelchen Estragon umweht.

Jedoch eines Tages, als meine Großmutter, um eine Gefälligkeit zu erbitten, zu einer Dame gegangen war, die sie vom Sacré-Cœur her kannte (und mit der sie trotz beiderseitiger Sympathie auf Grund unserer Auffassung der Kasten nicht hatte in Verbindung bleiben wollen), zu der Marquise de Villeparisis aus dem berühmten Hause Bouillon, hatte diese zu ihr gesagt: ›Ich glaube, Sie sind gut bekannt mit Herrn Swann, der mit meinen Neffen des Laumes sehr befreundet ist.‹ Als meine Großmutter von ihrem Besuch zurückkam, war sie begeistert von dem Hause, von dem aus man in lauter Gärten sah und in dem Madame de Villeparisis ihr eine Wohnung zu mieten empfahl, und auch von einem Schneider und seiner Tochter, die sie in ihrer Werkstatt dort auf dem Hofe aufgesucht und gebeten hatte, einen Stich an ihrem Rock zu nähen, von dem sie sich auf der Treppe den Saum abgetreten hatte. Meine Großmutter fand diese Leute vollendet in ihrer Art; sie erklärte, die Kleine sei eine Perle und der Schneider der vornehmste, der reizendste Mensch, den sie je gesehen habe; Vornehmheit war nämlich für sie ganz unabhängig von der sozialen Stellung. Sie war außer sich vor Entzükken über eine Antwort, die ihr der Schneider gegeben hatte, und sagte zu Mama: »Die Sévigné hätte es nicht besser sagen können!«, dafür aber von einem Neffen von Madame de Villeparisis, den sie bei ihr getroffen hatte: »Weißt du, mein Kind, ich fand ihn ordinär!«

Nun hatte jedoch die Äußerung über Swann nicht den Erfolg, ihn in den Augen meiner Großtante zu heben, sondern den, Madame de Villeparisis bei ihr herabzusetzen. Offenbar legte die hohe Meinung, die wir im guten Glauben an die Worte meiner Großmutter von Madame de Villeparisis hegten, der Dame die Verpflichtung auf, nichts zu tun, was sie dieser Meinung weniger würdig machte; gegen die Verpflichtung aber hatte sie damit verstoßen, daß sie von Swanns Existenz Notiz nahm und junge Leute, die mit ihr verwandt waren, mit ihm verkehren ließ. »Wie? Sie kennt Swann? Und du hast behauptet, sie sei eine Kusine des Marschalls MacMahon!« Die Vorstellung, die meine Verwandten von Swanns Umgang hatten, schien sich in ihren Augen zu bestätigen, als er eine Frau aus der schlechtesten Gesellschaft, fast eine Kokotte, heiratete, die er übrigens niemals bei uns einzuführen versuchte – vielmehr kam er weiter allein, wenn auch immer seltener –, nach der sie aber das ihnen unbekannte Milieu, in dem er sich gewöhnlich aufhielt, meinten beurteilen zu können, da sie annahmen, er habe sie sich von dorther mitgebracht.

Eines Tages aber las mein Großvater in einer Zeitung, daß Herr Swann einer der regelmäßigen Gäste bei den Sonntagsfrühstükken des Herzogs von X ... sei, dessen Vater und Onkel die notabelsten Staatsmänner unter Louis-Philippe gewesen waren. Nun interessierte sich mein Großvater lebhaft für alle Einzelheiten, die ihm dazu verhelfen konnten, sich das Privatleben von Männern wie Molé, dem Herzog Pasquier oder dem Herzog von Broglie vorzustellen. Er war glücklich, als er erfuhr, daß Swann mit Leuten verkehrte, die offenbar mit ihnen Umgang gehabt hatten. Meine Großtante legte im Gegenteil diese Neuigkeit in einem für Swann ungünstigen Sinne aus: jemand, der seinen Verkehr außerhalb der Kaste suchte, in der er geboren war, außerhalb seiner ›Sphäre‹, deklassierte sich in ihren Augen auf eine bedauerliche Art. Es schien ihr, daß man dadurch mit einem Schlage auf die Früchte all der schönen Beziehungen zu respektabeln Leuten verzichtete, die vorsorgende Familien für ihre Kinder in ehrenwerter Weise zusammengetragen und unterhalten hatten (meine Großtante selbst hatte alle Beziehungen zu dem Sohn eines uns befreundeten Notars abgebrochen, weil er eine ›Durchlaucht‹ geheiratet hatte und damit von dem achtbaren Range eines Notarssohnes zu dem eines dieser Abenteurer, ehemaligen Kammerdiener oder Stallburschen hinabgestiegen war, für die, wie behauptet wird, manchmal Königinnen eine Schwäche haben). Sie tadelte den Vorsatz meines Großvaters, Swann an dem nächsten Abend, wo er zum Essen kommen würde, nach diesen seinen Freundschaften, denen wir auf die Spur gekommen waren, zu fragen. Auf der andern Seite erklärten die Schwestern meiner Großmutter, alte Jungfern, die wohl ihre vornehme Art aber nicht ihren Geist hatten, sie begriffen nicht, was für ein Vergnügen mein Großvater daran finden könnte, von solchen Nichtigkeiten zu reden. Sie waren beide von dem Streben nach höheren Dingen beseelt und daher unfähig, sich für irgend so etwas wie Klatsch zu erwärmen – und wäre er selbst von historischem Interesse – oder überhaupt für etwas, was sich nicht unmittelbar auf einen ästhetisch oder ethisch erhabenen Gegenstand bezog. Ihre innere Anteilnahme an allem, was mehr oder weniger dem Weltleben verhaftet blieb, war so gering, daß ihr Gehörssinn – als er schließlich seine vorübergehende Entbehrlichkeit begriffen hatte, sobald nämlich bei Tisch die Unterhaltung in einen frivolen oder auch nur banalen Ton verfiel, ohne daß es den beiden alten Damen gelungen wäre, sie wieder auf Gegenstände zu lenken, die ihnen am Herzen lagen – seine Aufnahmeorgane abstellte und sie geradezu einer beginnenden Atrophie überließ. Wenn dann mein Großvater aus irgendeinem Grunde die Aufmerksamkeit der beiden Schwestern auf sich lenken wollte, so mußte er zu jener Art von mechanischen Alarmsignalen seine Zuflucht nehmen, wie Irrenärzte sie bei gewissen Fällen krankhafter Geistesabwesenheit anwenden: mehrmaliges Anschlagen eines Glases mit einer Messerklinge unter gleichzeitigem energischem Anruf durch Stimme und Blick, Gewaltmittel, die diese Psychiater auch oft in ihren Verkehr mit gesunden Menschen übernehmen, entweder aus professioneller Gewohnheit oder weil sie alle Leute für mehr oder weniger unzurechnungsfähig halten.

Mehr interessierte sie, als am Vorabend des Tages, wo Swann zum Essen kommen sollte und wo er ihnen persönlich eine Kiste Asti geschickt hatte, meine Tante mit einer Nummer des ›Figaro‹ erschien, in der unter einem Bilde aus einer Corot-Ausstellung die Worte standen: ›Aus der Sammlung des Herrn Charles Swann‹, und sagte: »Habt ihr denn schon gesehen, daß Swann im ›Figaro‹ steht?« – »Aber ich habe euch ja schon immer gesagt, daß er viel Geschmack hat«, warf meine Großmutter ein. »Natürlich du, sowie es gilt, anderer Meinung zu sein als wir«, antwortete meine Großtante, die wußte, daß meine Großmutter niemals derselben Ansicht war wie sie; da sie aber nicht ganz sicher war, daß wir immer ihr recht gäben, wollte sie bei uns erreichen, daß wir die Meinungen meiner Großmutter ›en bloc‹ verurteilten und uns mit den ihren grundsätzlich solidarisch erklärten. Doch wir verhielten uns schweigend. Als die Schwestern meiner Großmutter die Absicht bekundeten, Swann auf diesen Hinweis im ›Figaro‹ anzusprechen, riet meine Großtante ihnen davon ab. Jedesmal wenn andere einen noch so kleinen Vorteil vor ihr voraushatten, redete sie sich ein, daß es kein Vorteil, sondern ein Mangel sei, und bedauerte sie, um sie nicht beneiden zu müssen. »Ich glaube nicht, daß ihr ihm damit einen Gefallen tätet; ich weiß jedenfalls, daß es mir sehr unangenehm wäre, meinen Namen so öffentlich in der Zeitung zu sehen, und es würde mir gar nicht schmeicheln, wenn man es mir gegenüber erwähnte.« Übrigens gab sie sich keine besondere Mühe, die Schwestern meiner Großmutter zu überzeugen; denn diese trieben aus Angst, banal zu sein, die Kunst, unter erfindungsreichen Umschreibungen eine persönliche Anspielung zu verbergen, so weit, daß sie oft sogar an demjenigen, auf den sie gemünzt war, unbemerkt vorüberging. Meine Mutter aber war einzig bemüht, meinen Vater dazu zu bringen, mit Swann, wenn auch nicht von seiner Frau, so doch von seiner Tochter zu sprechen, die er vergötterte und um derentwillen er, wie man sagte, schließlich diese Ehe geschlossen hatte. »Du brauchst ja nur ein Wort zu ihm zu sagen, ihn zu fragen, wie es ihr geht. Es muß doch so schrecklich für ihn sein.« Doch mein Vater wurde böse: »Aber nein, was fällt dir ein. Das wäre ja lächerlich.«

Der einzige unter uns, für den Swanns Kommen ein Gegenstand trauriger Erwägungen war, war ich, nämlich, weil an den Abenden, wo Gäste oder nur Herr Swann da waren, Mama nicht in mein Zimmer heraufkam. Ich aß nicht mit am Tisch, ich ging nach dem Essen in den Garten, und um neun Uhr sagte ich gute Nacht und ging schlafen. Ich aß vor den andern allen und kam dann und setzte mich an den Tisch bis acht Uhr, wo ich mich zurückzuziehen hatte; den kostbaren und zerbrechlichen Kuß, den Mama mir gewöhnlich im Augenblick des Einschlafens in meinem Bett anvertraute, mußte ich nun vorsichtig vom Eßzimmer bis in mein Zimmer tragen und während der ganzen Zeit des Auskleidens aufbewahren, ohne daß seine Süße verlorenging oder seine Wunderkraft, die nur wie ein Hauch war, zerstob und sich verflüchtigte; und gerade an diesen Abenden, wo ich ihn mit besonderer Behutsamkeit hätte empfangen sollen, mußte ich ihn mir nehmen, ihn rasch und vor aller Welt rauben, ohne daß ich die nötige Zeit und Freiheit des Geistes gehabt hätte, meine Aufmerksamkeit auf mein Tun zu konzentrieren wie die Geisteskranken, die sich bemühen, wenn sie eine Tür schließen, an nichts anderes zu denken, um, wenn wieder die krankhafte Ungewißheit über sie kommt, ihr mit Erfolg die Erinnerung an den Augenblick, wo sie sie geschlossen haben, entgegensetzen zu können.

Wir waren alle im Garten, als die zwei zögernden Schläge des Glöckchens ertönten. Man wußte, daß es Swann war; trotzdem sah alles sich fragend an, und meine Großmutter wurde auf Erkundung geschickt. »Denkt daran, ihm in verständlicher Weise für seinen Wein zu danken, ihr wißt, er ist köstlich, und die Kiste riesengroß«, empfahl mein Großvater seinen beiden Schwägerinnen. »Fangt nicht an zu tuscheln«, sagte meine Großtante. »Es ist wirklich reizend, wenn man in ein Haus kommt, wo jeder dem andern leise etwas zu sagen hat.« – »Ah! Da ist Herr Swann! Wir wollen ihn fragen, ob er meint, daß es morgen schönes Wetter gibt«, sagte mein Vater. Meine Mutter glaubte, ein Wort von ihr könne all den Kummer auslöschen, den unsere Familie Swann seit seiner Heirat vielleicht bereitet hatte. Sie brachte es fertig, ihn auf die Seite zu nehmen. Aber ich folgte ihr; ich konnte mich nicht entschließen, einen Schritt von ihr zu weichen, wenn ich daran dachte, daß ich sie nun bald im Eßzimmer zurücklassen und allein in mein Zimmer hinaufgehen müsse, ohne wie an den andern Abenden den Trost zu haben, daß sie mich umarmen käme. »Herr Swann«, sagte sie zu ihm, »erzählen Sie mir doch etwas von Ihrer Tochter; sicher versteht sie sich auch schon auf schöne Sachen, wie ihr Papa.« »Aber kommt doch und setzt euch zu uns auf die Veranda«, sagte mein Großvater, der inzwischen herangetreten war. Meine Mutter mußte abbrechen, aber aus diesem Zwang noch zog sie einen zarten Gedanken mehr, wie die Tyrannei des Reimes gute Dichter zwingt, ihre größten Schönheiten zu finden: »Wir sprechen ein andermal von ihr, wenn wir beide allein sind«, sagte sie halblaut zu Swann. »Für solche Dinge hat nur eine Mutter Verständnis. Ich bin sicher, daß die Mama Ihres Töchterchens auch meiner Meinung wäre.« Wir setzten uns alle um den eisernen Gartentisch. Ich hätte es gern vermieden, an die Stunden der Angst zu denken, die ich heute abend allein in meinem Zimmer verbringen würde, ohne einschlafen zu können; ich versuchte mich zu überreden, daß sie nichts zu bedeuten hätten, da ich sie ja morgen früh vergessen haben würde; mich mit Vorstellungen zu beschäftigen, die weiter in die Zukunft reichten und mich wie eine Brücke über den nahen Abgrund, der mich so schreckte, hinwegführen sollten. Aber mein Geist, der angespannt war von meiner fixen Idee und so starr wie der Blick, den ich auf meine Mutter heftete, gab keinem anderen Eindruck Raum. Die Gedanken drangen zwar in ihn ein, aber nur, nachdem sie zuvor alle Schönheit und Schalkheit abgelegt hatten, die mich gerührt oder zerstreut haben würde. Wie ein Kranker, der bei nur lokaler Betäubung mit vollem Bewußtsein eine Operation erlebt, die man an ihm vornimmt, ohne das geringste zu spüren, konnte ich mir Verse hersagen, die ich liebte, oder die Anstrengungen beobachten, die mein Großvater machte, um mit Swann über den Herzog von Audiffret-Pasquier zu reden, ohne daß jene die geringste Bewegung, diese ein Quentchen Heiterkeit in mir hervorgebracht hätten. Es waren dies übrigens fruchtlose Bemühungen. Kaum hatte mein Großvater an Swann eine auf diesen Redner bezügliche Frage gerichtet, als sich auch schon die eine der Schwestern meiner Großmutter, auf die diese Frage nur den akustischen Eindruck eines tiefen und unangebrachten Schweigens machte, welches zu brechen höflich wäre, mit den folgenden Worten an die andere wandte: »Denke dir, Flora, ich habe eine junge schwedische Lehrerin kennengelernt, die mir unglaublich interessante Einzelheiten über das Genossenschaftswesen in den skandinavischen Ländern erzählt hat. Sie muß nächstens einmal zu uns zum Abendessen kommen.« »Ich kann es mir denken!« antwortete ihre Schwester Flora, »aber auch ich habe meine Zeit nicht verloren. Ich habe bei Herrn Vinteuil einen alten Gelehrten angetroffen, der Maubant gut kennt und von ihm bis ins kleinste unterrichtet worden ist, wie er eine Rolle studiert. Es ist unglaublich interessant. Er ist ein Nachbar von Herrn Vinteuil, ich wußte gar nichts davon; ein sehr liebenswürdiger Mann.« – »Nicht nur Herr Vinteuil hat liebenswürdige Nachbarn«, rief Tante Céline mit einer Stimme, die vor Schüchternheit laut und in ihrer Absichtlichkeit unnatürlich klang, während sie auf Swann einen ihrer ›bedeutungsvollen‹ Blicke warf. Gleichzeitig sah Tante Flora, die diese Wendung mit Recht als Célines Dank für den Asti auffaßte, Swann ebenfalls mit einer Miene an, in der sich Anerkennung und Ironie mischten, sei es einfach um den Geistesblitz ihrer Schwester noch zu unterstreichen, sei es, daß sie Swann darum beneidete, daß er ihn inspiriert hatte, oder aber auch, weil sie nicht anders konnte als sich über ihn lustig machen in der Meinung, er werde sich von allen Seiten beobachtet fühlen. »Ich glaube, es würde uns gelingen, diesen alten Herrn einmal zu uns zu Tisch zu bitten«, fuhr Flora fort; »wenn man ihn auf Maubant oder die Materna zu sprechen bringt, redet er stundenlang ohne aufzuhören.« – »Das wäre ja wundervoll«, bemerkte mit einem tiefen Seufzer mein Großvater, dem die Natur leider ebenso vollkommen ein leidenschaftliches Interesse für das schwedische Genossenschaftswesen oder Maubants Rollenstudium versagt hatte, wie sie vergessen hatte, den Geist der Schwestern meiner Großmutter mit jenem Körnchen Salz auszustatten, das man selbst hinzufügen muß, um an einer Erzählung aus dem Privatleben von Molé oder dem Grafen von Paris Geschmack zu finden.

– Sehen Sie, sagte Swann zu meinem Großvater, was ich Ihnen jetzt sagen möchte, hat mehr Beziehung zu Ihrer Frage, als es den Anschein hat, denn unter gewissen Gesichtspunkten haben sich die Dinge gar nicht so ungeheuer verändert. Heute morgen las ich wieder einmal in Saint-Simon eine Sache, die Ihnen Spaß gemacht hätte, und zwar in dem Band über seine Mission in Spanien; es ist nicht gerade das Beste von ihm, kaum mehr als eine Reportage, aber eben doch eine wundervoll geschriebene Reportage, was sie von vornherein von den tödlich langweiligen Zeitungsnotizen unterscheidet, zu deren Lektüre wir uns jeden Morgen und Abend verpflichtet fühlen. – »Da bin ich anderer Meinung, es gibt Tage, an denen ich sehr gern die Zeitung lese ...«, unterbrach ihn Tante Flora, um zu zeigen, daß die Notiz über Swanns Corot im ›Figaro‹ ihr nicht entgangen sei. »Ja, wenn darin von Dingen oder Menschen die Rede ist, die uns interessieren!« übertrumpfte Tante Céline sie noch. »Gewiß, gewiß«, pflichtete Swann etwas verwundert bei. »Was ich den Zeitungen vorwerfe, ist, daß sie uns alle Tage auf unbedeutende Dinge aufmerksam machen, während wir drei- oder viermal in unserm Leben die Bücher lesen, in denen Wesentliches steht. In dem Augenblick, wo wir jeden Morgen fieberhaft die Zeitung auseinanderfalten, sollte plötzlich eine Vertauschung der Dinge stattfinden und in der Zeitung, ich weiß nicht was, die ... ›Pensées‹ von Pascal stehen! (er hob diesen Titel mit ironischer Emphase hervor, um nicht pedantisch zu erscheinen). Und in dem Band mit goldenem Schnitt, den wir alle zehn Jahre nur einmal öffnen«, fügte er hinzu, indem er für die Angelegenheiten der Gesellschaft jene Verachtung bekundete, die gerade manche Weltleute gern zur Schau tragen, »sollten wir lesen, daß die Königin von Griechenland nach Cannes gegangen ist und daß die Fürstin von Léon ein Kostümfest gegeben hat. Dann wäre das richtige Verhältnis wiederhergestellt.« Aber da er gleich darauf bedauerte, wenn auch nur leichthin von ernsten Dingen geredet zu haben, setzte er in ironischem Ton hinzu: »Eine schöne Unterhaltung führen wir da! Ich weiß nicht, warum wir uns auf solche Höhen begeben«, und indem er sich wieder zu meinem Großvater wandte: »Saint-Simon erzählt also, Maulevrier habe die Kühnheit gehabt, seinen Söhnen die Hand hinzustrecken. Sie wissen, dieser Maulevrier, von dem er sagt: Niemals habe ich in dieser dicken Flasche etwas anderes als üble Laune, Grobheit und alberne Einfälle festgestellt.« – »Dick oder nicht, ich kenne Flaschen, in denen etwas ganz anderes ist«, fiel Flora lebhaft ein, die Wert darauf legte, sich auch ihrerseits bei Swann bedankt zu haben, denn der Wein war ausdrücklich für beide bestimmt gewesen. Céline fing zu lachen an. Verdutzt fuhr Swann fort: »Ich weiß nicht, war es Unwissenheit oder eine Falle, schreibt Saint-Simon, er wollte meinen Kindern die Hand geben. Ich bemerkte es früh genug, um ihn daran zu hindern.« Mein Großvater war schon ganz begeistert von der Wendung ›Unwissenheit oder eine Falle‹, aber Fräulein Céline, bei der der Name Saint-Simon – ein Schriftsteller! – eine völlige Anästhesie des Gehörsempfindens verhindert hatte, entrüstete sich bereits: »Wie? Das finden Sie auch noch schön? Nun! Da muß ich doch sagen! Aber was soll das überhaupt bedeuten; ist denn nicht etwa ein Mensch ebensoviel wie der andere? Was tut es denn, ob einer Herzog oder Droschkenkutscher ist, wenn er Geist und Herzensbildung besitzt? Er hatte ja eine schöne Art, seine Kinder zu erziehen, dieser Herzog von Saint-Simon, wenn er sie nicht angehalten hat, allen rechtschaffenen Menschen die Hand zu geben. Ich finde das einfach abscheulich. Und so etwas erzählen Sie auch noch?« Und mein armer Großvater, der angesichts dieser fortgesetzten Obstruktion die Unmöglichkeit einsah, Swann zum Erzählen der Geschichten zu bringen, die er so gern gehört hätte, sagte leise zu Mama: »Wie heißt doch der Vers, den ich von dir gehört habe und der mir in solchen Augenblicken immer eine so große Erleichterung verschafft? Ach ja: ›Wie manche Tugend, Herr, machst du uns hassen!‹ Uff, das tut gut!«

Ich ließ meine Mutter nicht aus den Augen, wußte ich doch, daß, wenn erst zu Tisch gegangen war, ich bestimmt nicht die ganze Zeit beim Abendessen dabeibleiben dürfte und daß Mama, um meinen Vater nicht zu verstimmen, sich von mir vor allen Leuten nicht mehrmals würde küssen lassen, wie sie das in meinem Zimmer tat. Daher nahm ich mir auch vor, bereits im Eßzimmer gleich zu Beginn der Mahlzeit, sobald der Augenblick näher kam, im voraus aus diesem so kurzen und flüchtigen Kuß alles zu machen, was ich für mich allein daraus machen konnte, mit dem Blick bereits die Stelle der Wange auszuwählen, die ich küssen würde, meine Gedanken so darauf vorzubereiten, daß ich nach dieser im Geiste bereits vollzogenen Einleitung des Kusses jede Minute, die Mama mir schenken würde, darauf verwenden könne, ihre Wange an meinen Lippen zu spüren, so wie ein Maler, der nur kurze Sitzungen erreichen kann, schon immer seine Palette richtet und vorweg aus der Erinnerung nach seinen Skizzen alles tut, was nötig ist, damit er schlimmstenfalls auf die Anwesenheit des Modells verzichten kann. Aber sieh da! Kurz bevor zum Essen geläutet wurde, sagte mein Großvater in unbewußter Roheit: »Der Kleine sieht müde aus, er sollte schlafen gehen. Wir essen übrigens spät heute abend.« Und mein Vater, der nicht so gewissenhaft wie meine Großmutter und meine Mutter auf Vertragstreue hielt, erklärte: »Ja, los, geh schlafen.« Ich wollte Mama einen Kuß geben, aber in diesem Augenblick rief die Glocke zu Tisch. »Aber geh, laß deine Mutter in Ruhe, ihr habt euch jetzt genug gute Nacht gesagt, diese Kundgebungen sind ja lächerlich. Los, spring!« Und ich mußte ohne Wegzehrung fort; jede Stufe der Treppe mußte ich, wie der Volksmund in Frankreich sagt, ›à contre-cœur‹ hinaufsteigen, das heißt, ich stieg in der Gegenrichtung zu meinem Herzen, das zu meiner Mutter zurückkehren wollte, weil sie ihm nicht durch ihren Kuß Urlaub erteilt hatte, mir zu folgen. Diese verhaßte Treppe, die ich immer so niedergeschlagen betrat, strömte einen Geruch von Bohnerwachs aus, der in gewisser Weise diese spezielle Art von allabendlichem Kummer in sich aufgeschluckt und fixiert hatte und ihn dadurch für mein Empfinden vielleicht noch quälender machte, da an seiner geruchsverhafteten Gestalt mein Geist keinen Teil mehr hatte. Wenn wir schlafen und einen Zahnschmerz nur erst in der Form bemerken, daß wir uns hundertmal nacheinander bemühen, ein Mädchen aus dem Wasser zu ziehen oder uns unaufhörlich einen Vers von Molière vorsprechen, so bedeutet es eine große Erleichterung, wenn wir aufwachen und die Idee des Zahnschmerzes aus jeder heroischen oder rhythmischen Einkleidung herauslösen können. Das Gegenteil von dieser Erleichterung erlebte ich, wenn mein Kummer darüber, daß ich in mein Zimmer hinaufgehen sollte, auf eine ungeheuer beschleunigte, fast blitzartige, gleichzeitig hinterhältige und jähe Weise durch

Inhalation in mich eindrang – ein weit vergiftenderer Vorgang als eine Aufnahme durch den Geist – eben durch den besonderen Wachsgeruch dieser Treppe. In meinem Zimmer angekommen, mußte ich alle Eingänge verstopfen, die Fenster schließen, mir selbst das Grab bereiten, indem ich die Bettücher auseinanderschlug und mich in mein Nachthemd wie in ein Schweißtuch hüllte. Bevor ich mich jedoch in der eisernen Bettstelle begrub, die in mein Zimmer hineingeschoben war, weil ich es im Sommer unter den Ripsvorhängen des großen Bettes zu warm gehabt hätte, erfuhr ich an mir noch einmal eine Regung der Auflehnung, ich wollte es mit der letzten List eines Verurteilten versuchen. Ich schrieb an meine Mutter ein paar Worte, in denen ich sie beschwor, zu mir heraufzukommen, es handle sich um etwas sehr Schwerwiegendes, was ich meinem Briefe nicht anvertrauen könne. Schrecklich war mir nur zu denken, daß vielleicht Françoise, die Köchin meiner Tante, die sich um mich zu kümmern hatte, wenn ich in Combray war, es ablehnen würde, mein Briefchen zu besorgen. Ich ahnte, daß in ihren Augen das Ansinnen, meiner Mutter eine Botschaft zu überbringen, wenn Gäste da wären, ebenso unmöglich erscheinen möchte wie einem Theaterportier die Idee, einem Schauspieler einen Brief auf offener Szene zu überreichen. Sie verfügte in bezug auf Dinge, die man tun konnte oder nicht tun konnte, über einen gebieterischen, umfassenden, sehr differenzierten und in puncto kaum greifbarer oder ganz müßiger Unterscheidungen völlig unbestechlichen Kodex (er glich hierin jener alttestamentarischen Gesetzgebung, die neben geradezu barbarischen Vorschriften – wie zum Beispiel, daß man die Kinder an der Mutterbrust umbringen solle – mit übertriebenem Zartgefühl verbietet, das Zicklein in der Milch seiner Mutter zu kochen oder von einem Tier die Schenkelsehne zu essen). Nach der unvermuteten Hartnäckigkeit zu urteilen, mit der sie gewisse Aufträge, die wir ihr gaben, einfach nicht ausführen wollte, setzte dieser Kodex offenbar ein komplexeres gesellschaftliches Gefüge und verfeinertere mondäne Beziehungen voraus, als Françoise sie auf Grund ihres dörflichen Dienerinnendaseins kennen konnte; man begriff dann, daß in ihr eine sehr alte, edle und mißverstandene französische Vergangenheit fortlebte wie in jenen Fabrikstädten, in denen alte Stadtpaläste Zeugnis davon ablegen, daß hier früher ein höfisches Leben herrschte, und wo Arbeiter der chemischen Industrie inmitten zarter Steinreliefs tätig sind, die das Wunder des hl. Theophil oder die vier Haimonskinder darstellen. In diesem besonderen

Fall stützte sich der Artikel ihres Gesetzbuches, auf Grund dessen es wenig wahrscheinlich war, daß Françoise außer etwa im Falle einer Feuersbrunst meine Mutter in Anwesenheit von Monsieur Swann wegen einer so unbedeutenden Persönlichkeit, wie ich es war, stören würde, einfach auf die Hochachtung, die sie nicht nur den Eltern – wie auch den Toten, den Geistlichen und den Königen – zollte, sondern auch noch dem Fremden, der das Gastrecht des Hauses genießt, eine Hochachtung, die mich in einem Buche vielleicht gerührt hätte, in ihrem Munde jedoch immer reizte durch den ernsten, ergriffenen Ton, in dem sie sie zu äußern pflegte, ganz besonders aber an jenem Abend, wo der geheiligte Charakter, den dies Abendessen in ihren Augen besaß, ihre Weigerung zur Folge haben würde, den zeremoniellen Ablauf des Geschehens zu stören. Um aber meine Chancen zu verbessern, schreckte ich vor einer Lüge nicht zurück und sagte ihr, daß nicht etwa ich Mama habe schreiben wollen, sondern daß Mama selbst, als wir uns trennten, mir ans Herz gelegt habe, ihr unbedingt eine Nachricht wegen eines Gegenstandes zu schikken, den ich in ihrem Auftrag habe suchen sollen; sie werde sicher sehr böse sein, wenn man ihr meine Botschaft nicht überbrächte. Ich nehme an, daß Françoise mir nicht glaubte, denn wie die Naturkinder, deren Sinne viel schärfer als die unsrigen sind, erkannte sie sofort an für uns nicht wahrnehmbaren Zeichen den wahren Sachverhalt, den wir vor ihr verbergen wollten; fünf Minuten lang schaute sie auf den Umschlag, als könnte eine sorgfältige Prüfung des Papiers und der Anblick der Schrift sie über die Natur des Inhalts unterrichten oder ihr sagen, auf welchen Artikel ihres Kodex sie sich beziehen solle. Dann verschwand sie mit resignierter Miene, die zu besagen schien: »Es ist ein rechtes Unglück für Eltern, ein solches Kind zu haben.« Gleich darauf kam sie zurück und sagte mir, sie seien noch beim Eis, es sei ganz ausgeschlossen, daß der Diener in diesem Augenblick den Brief vor aller Augen übergäbe, aber wenn man beim Likör angekommen sei, werde sich schon ein Mittel finden, ihn Mama zuzustecken. Meine Beängstigung schwand sofort. Jetzt hatte ich nicht mehr wie soeben noch Mama bis morgen früh verlassen, da ja meine kleine Botschaft, die sie sicher verdrießen würde (erst recht, weil dies Manöver mich in Swanns Augen lächerlich machen mußte), meine unsichtbare und beglückte Gegenwart wenigstens in das gleiche Zimmer trug, in dem sie sich befand, und ihr mit meiner Stimme etwas zuflüsterte; dies für mich verbotene, mir feindlich gesinnte Eßzimmer, in dem zur

Zeit sogar das Eis – es handelte sich um ›Granit‹ – und die Liköre, da sich Mama ihnen ja fern von mir überließ, mir bedenkliche, ja todtraurige Genüsse darzustellen schienen, öffnete sich damit für mich wie eine verbotene Frucht, die ihre Hülle sprengt, und träufelte in mein rauschhaft beseligtes Herz die Aufmerksamkeit, mit der Mama meine Zeilen las. Jetzt war ich nicht mehr von ihr getrennt; die Schranken waren gefallen, ein köstliches Band umschlang uns beide. Und das war noch nicht alles: Mama würde sicherlich kommen.

Ich stellte mir vor, daß Swann, wenn er meinen Brief gelesen und seinen Zweck erraten hätte, sich sicherlich über meine Angst recht lustig machen würde; tatsächlich aber hatte, wie ich später erfuhr, eine ähnliche Angst die Qual langer Jahre seines Lebens ausgemacht, und niemand hätte besser als er mich verstehen können; nur war ihm diese Angst, das Wesen, das man liebt, an einem Vergnügungsort zu wissen, an dem man sich selbst nicht aufhält und wo man es nicht treffen kann, durch die Liebe vertraut geworden, jene Liebe, für die sie eigentlich geschaffen ist und von der sie auch späterhin ausschließlich und bis ins feinste ausgebildet wird; wenn sie aber, wie in meinem Falle, vor jener Zeit auftaucht, wo sie eigentlich in unserem Leben eine Rolle zu spielen beginnt, schwebt sie so lange, unbestimmt und frei, noch ohne festes Objekt, in uns umher und heftet sich von einem Tage zum andern abwechselnd einmal an dies oder jenes Gefühl, an die kindliche Liebe, an die Freundschaft für einen Schulkameraden. – Auch die Freude, die meine erste Erfahrung auf diesem Gebiet begleitete, als nämlich Françoise zurückkam und mir sagte, der Brief sei abgegeben, hatte Swann recht gut kennengelernt, jene trügerische Freude, die wir irgendeinem Freund oder Anverwandten der geliebten Frau verdanken, der uns bei der Ankunft in einem Hotel oder Theater, in dem sie sich zu einem Ball, einer Redoute, einer Premiere eingefunden hat, draußen umherirren und verzweiflungsvoll auf eine Gelegenheit warten sieht, mit ihr in Verbindung zu kommen. Er erkennt uns, spricht uns freundlich an und fragt, was wir denn da machen. Und wenn wir dann rasch erfinden, wir müßten seiner Verwandten oder Bekannten etwas Dringendes sagen, versichert er uns, nichts sei einfacher als das, läßt uns in die Halle treten und verspricht, sie uns in fünf Minuten zu schicken. Wie lieben wir ihn dann – wie ich in diesem Augenblick Françoise liebte – diesen wohlmeinenden Mittler, der uns das unbegreifliche, höllische Fest erträglich, menschlich und beinahe glückverheißend erscheinen läßt, von dem wir bisher annahmen, daß durch seinen feindlichen, verderblichen und dennoch köstlichen Wirbel die, die wir lieben, uns entführt würde und lachend über uns triumphiere. Wenn wir dann bedenken, daß dieser Verwandte, der uns angesprochen hat, einer der Eingeweihten jener düsteren Mysterien ist, scheint es, daß eigentlich auch die übrigen Festteilnehmer nichts sehr Dämonisches an sich haben können. Jene für uns unzugänglichen und quälenden Stunden, in denen sie, die wir lieben, sich unbekannten Freuden überläßt, werden nun mit einem Male durch eine unvorhergesehene Bresche gewissermaßen erreichbar für uns; jetzt ist es so, daß einer der Augenblicke, aus denen sie sich zusammensetzen, ein ebenso wirklicher Augenblick wie die anderen – vielleicht sogar wichtiger für uns, weil unsere Geliebte ganz besonders viel damit zu schaffen hat – für uns vorstellbar wird, uns gehört, wir selbst treten darin auf, wir haben ihn beinahe ganz persönlich herbeigeführt: es ist der Augenblick, da man ihr sagen wird, wir seien da und warteten unten auf sie. Zweifellos konnten die anderen Augenblicke des Festes ihrer Substanz nach nicht vollkommen andersgeartet sein als dieser, hatten wahrscheinlich nichts Köstlicheres, worunter wir leiden könnten, da ja der wohlmeinende Freund uns gesagt hat: ›Sie kommt sicher schrecklich gern! Es wird ihr viel mehr Vergnügen machen, hier mit dir zu plaudern als sich da oben zu langweilen.‹ Ach! Swann freilich hatte es auch erlebt: die guten Absichten eines Dritten vermögen nichts über eine Frau, die verstimmt darüber ist, daß sie sogar noch beim Fest von jemand verfolgt wird, den sie nicht liebt. Oft kehrt der Freund allein zurück.

Meine Mutter kam nicht, und ohne Schonung für meine Eigenliebe (um derentwillen ich auf die Aufrechterhaltung der von mir geschaffenen Legende, sie habe mich um das Ergebnis irgendwelchen Nachforschens gebeten, den größten Wert legen mußte) ließ sie mir durch Françoise sagen: ›Es ist nichts auszurichten‹, Worte, die ich seither so oft von den Portiers irgendwelcher ›Palasthotels‹ oder von Türstehern vor Vergnügungsstätten dieser oder jener armen Person gegenüber wiederholen hörte, die verwundert ausrief: ›Wie? er hat nichts gesagt? Aber das ist unmöglich! Sie haben den Brief doch auch richtig abgegeben? Gut, ich warte noch etwas.‹ Und – ebenso wie sie dann unweigerlich versichert, daß sie die zusätzliche Gasflamme, die der Portier für sie anzünden will, gar nicht braucht, und stehenbleibt, während sie den Meinungsaustausch über das Wetter mitanhört, den der Portier mit einem Lakaien unterhält, bis er ihn dann plötzlich, wenn er bemerkt, wie spät es ist, fortschickt, um das Getränk eines Gastes in Eis zu kühlen – so ließ auch ich Françoise, nachdem ich ihr Anerbieten, mir einen Pfefferminztee zu machen oder bei mir zu bleiben, abgelehnt hatte, in ihre Anrichte zurückkehren, legte mich hin und schloß die Augen, wobei ich versuchte, die Stimmen meiner Eltern nicht zu hören, die den Kaffee draußen im Garten nahmen. Nach ein paar Minuten merkte ich jedoch, daß ich, als ich jenes Briefchen an Mama schrieb, als ich auf die Gefahr hin, sie zu erzürnen, mich so dicht an sie heranwagte und den Augenblick, da ich sie wiedersehen würde, schon ganz nahe glaubte, mir die Möglichkeit verlegt hatte, einzuschlafen, ohne sie wiederzusehen; die Schläge meines Herzens wurden von Minute zu Minute schmerzhafter, denn ich vermehrte meine Aufregung noch dadurch, daß ich mich zu einer Ruhe ermahnte, die mit der Hinnahme meines trüben Geschikkes gleichbedeutend war. Plötzlich aber fiel alle Beängstigung von mir ab, und ein Glücksgefühl überkam mich, wie wenn ein starkes Medikament zu wirken beginnt und der Schmerz uns mit einem Male verläßt; ich hatte den Entschluß gefaßt, ich wolle nicht länger versuchen einzuschlafen, ohne Mama wiedergesehen zu haben, sondern sie um jeden Preis küssen, und sei es auch mit dem sichern Bewußtsein, daß sie nachher lange auf mich böse sein werde; und zwar wollte ich es tun, wenn sie selbst schlafen ging. Die Ruhe, die sich nach dem Aufhören meiner Ängste auf mich niedersenkte, versetzte mich in einen Zustand außerordentlicher Gehobenheit, dazu kam die bange, süße Erwartung der Gefahr. Ich öffnete lautlos das Fenster und setzte mich an das Fußende meines Bettes; ich machte fast keine Bewegung, damit man mich unten nicht hörte. Auch draußen schienen die Dinge in stummem Harren wie gebannt zu stehen, um nicht den Mondschein zu stören, der alle Einzelheiten vergrößerte und entrückte, indem er vor ihnen ihren Schatten ausbreitete, der dichter und massiver als sie selbst war und dadurch die Landschaft gleichzeitig flacher und weiter erscheinen ließ, etwa wie einen Plan, der, vorher zusammengelegt, nun entfaltet wird. Was sich rühren mußte, rührte sich, so das Laub des Kastanienbaums. Aber sein bis ins einzelne gehendes, alles erfassendes, bis in die letzten Nuancen und Feinheiten durchgeführtes Erschauern teilte sich andern Dingen nicht mit, sondern blieb völlig auf ihn beschränkt. Aufgesetzt auf dies Schweigen, das nichts davon absorbierte, waren auch die fernen Geräusche, die offenbar aus den Gärten am andern Ende der Stadt herüberkamen, mit einer solchen Vollendung zu hören, daß sie die Wirkung des Entferntseins nur ihrem Pianissimo zu verdanken schienen, wie jene Motive ›con sordino‹, die vom Orchester des Conservatoire so vorzüglich ausgeführt werden, daß man sie, obwohl man keinen Ton davon verliert, weit von dem Konzertsaal entfernt glaubt, und daß alle alten Abonnenten – auch die Schwestern meiner Großmutter, wenn Swann ihnen seine Plätze geschenkt hatte – lauschten, als horchten sie auf das ferne Schreiten eines anrükkenden Heeres, das noch nicht um die Ecke der Rue de Trévise gekommen war.

Ich war mir bewußt, daß meine selbstgeschaffene Lage mehr als irgendeine andere dazu angetan war, mir von seiten meiner Eltern die schwerwiegendsten Folgen zuzuziehen, schwerer tatsächlich, als ein Fremder vermuten könnte, Folgen, von denen er meinen würde, nur wirklich schändliche Verfehlungen könnten die Ursache davon sein. Aber in meiner Erziehung war die Rangordnung der Vergehen nicht die gleiche wie in der Erziehung anderer Kinder; man hatte mich vielmehr daran gewöhnt, vor allen anderen (zweifellos, weil es keine gab, vor denen ich sorgfältiger gehütet werden mußte) diejenigen zu ahnden, bei denen ich jetzt als das allen Gemeinsame feststellen kann, daß man sie auf Grund eines nervösen Impulses begeht. Damals aber wurde diese Bezeichnung nicht verwendet, man erwähnte ihren Ursprung nicht, weil ich dadurch vielleicht auf den Gedanken hätte kommen können, es sei verzeihlich, daß ich in sie verfiele, oder sogar unmöglich, ihnen auszuweichen. Doch ich kannte sie deutlich heraus an der Angst, die ihnen voranging, sowie an der Strenge der darauf folgenden Strafe, und ich wußte genau, daß mein jetziger Verstoß zur gleichen Familie gehörte wie andere, für die ich streng bestraft worden war, nur weitaus schwerer sei. Wenn ich mich jetzt meiner Mutter in den Weg stellte, in dem Augenblick, wo sie heraufkam, um schlafen zu gehen, und wenn sie sähe, daß ich aufgeblieben war, um ihr auf dem Flur noch einmal gute Nacht zu sagen, so würde man mich nicht mehr im Hause behalten, man würde mich gleich am nächsten Tag in ein Internat stecken, das stand fest. Gut! Und wenn ich fünf Minuten darauf aus dem Fenster springen müßte, selbst das wäre mir noch lieber. Was ich jetzt wollte, das war die Mama, war, ihr gute Nacht zu sagen; ich war auf dem Weg der Erfüllung schon zu weit gegangen, um noch zurück zu können.

Ich hörte den Schritt meiner Eltern, die Swann hinausbegleiteten; als die Schelle an der Tür mir angezeigt hatte, daß er fort war, trat ich an das Fenster. Mama fragte meinen Vater, ob er die Languste gut gefunden und ob Monsieur Swann von dem Mokkapistazieneis zum zweitenmal genommen habe. »Ich fand es ziemlich mäßig«, sagte meine Mutter, »Ich glaube, nächstes Mal versuchen wir es mit einem andern Geschmack.« – »Ich kann gar nicht sagen«, warf meine Großtante ein, »wie verändert ich Swann jetzt finde. Er ist so alt geworden!« Meine Großtante hatte sich derart daran gewöhnt, in Swann immer den gleichen Jüngling zu sehen, daß sie jedesmal staunte, ihn weniger jung zu finden, als sie ihn sich auch weiterhin vorgestellt hatte. Meine Eltern jedoch fingen an, ihn alt zu finden auf jene abnorme, übermäßige, dunkel abträgliche und doch verdiente Art, wie Junggesellen altern, alle diejenigen, für die offenbar der lange Tag, für den es kein Morgen gibt, länger ist als für die anderen, weil er für sie leer ist und weil sich darin von früh an die Stunden folgen, ohne daß Kinder sie in Anspruch nehmen. »Ich glaube, er hat viel Sorgen mit seiner unmöglichen Frau; in Combray weiß jeder, daß sie es mit einem gewissen Monsieur de Charlus treibt. Die ganze Stadt spricht davon.« Meine Mutter warf ein, daß er immerhin in der letzten Zeit viel weniger traurig ausgesehen habe. »Er macht jetzt auch viel seltener die Bewegung, die sein Vater schon an sich hatte, nämlich die Augen zu reiben und sich mit der Hand über die Stirn zu fahren. Ich glaube, im Grunde liebt er die Frau nicht mehr.« – »Aber natürlich liebt er sie nicht mehr«, bemerkte mein Großvater. »Vor langem schon hat er mir darüber in einem Brief geschrieben; ich habe mich gehütet, darauf einzugehen, aber er läßt keinen Zweifel über seine Gefühle mindestens seiner Frau gegenüber. Da seht mal! Jetzt habt ihr ihm doch nicht für den Asti gedankt«, setzte mein Großvater, zu seinen beiden Schwägerinnen gewendet, hinzu. »Was denn? Wir hätten ihm nicht gedankt? Unter uns gesagt, glaube ich sogar, daß ich es ihm auf besonders zartfühlende Weise zu verstehen gegeben habe«, antwortete Tante Flora. »Ja, du hast es ausgezeichnet gemacht, ich habe dich bewundert«, pflichtete Tante Céline ihr bei. »Aber du hast auch etwas sehr Hübsches gesagt.« – »Ja, ich war auch ganz stolz auf die Bemerkung über die liebenswürdigen Nachbarn.« – »Wie? Das nennt ihr euch bedanken!« rief mein Großvater aus. »Ich habe das natürlich auch gehört, aber der Teufel soll mich holen, wenn ich gemerkt habe, daß Swann damit gemeint war. Ihr könnt sicher sein, daß er es auch nicht verstanden hat.« – »Aber geh, Monsieur Swann ist doch nicht dumm, ich bin sicher, er hat es zu schätzen gewußt.

Ich konnte ja schließlich nicht die Zahl der Flaschen und den Preis erwähnen!« Mein Vater und meine Mutter blieben allein zurück und setzten sich einen Augenblick; dann sagte mein Vater: »Was meinst du, wenn es dir recht ist, gehen wir jetzt schlafen.« – »Wenn du willst, lieber Freund, obwohl ich sagen muß, ich bin noch gar nicht schläfrig; es kann doch wohl nicht an diesem harmlosen Mokkaeis liegen, daß mich das etwas wachhält? Aber ich sehe, es ist noch Licht in der Anrichte, wenn die arme Françoise schon aufgeblieben ist, dann will ich sie doch bitten, mir die Taille aufzuhaken, während du dich ausziehst.« Und meine Mutter öffnete die Gittertür des Vorplatzes, der zur Treppe führte. Gleich darauf hörte ich sie heraufkommen, um ihr Fenster zu schließen. Lautlos glitt ich auf den Flur hinaus. Mein Herz schlug so heftig, daß ich kaum gehen konnte, aber wenigstens schlug es nicht vor Angst, sondern vor Aufregung und vor Freude. Im Treppenhaus sah ich den Lichtschein, den die Kerze meiner Mutter warf. Dann sah ich sie selbst und trat rasch hervor. In der ersten Sekunde sah sie mich starr vor Staunen an, offenbar begriff sie nicht, um was es sich handelte. Dann nahm ihr Gesicht einen Ausdruck des Zornes an, sie sagte kein Wort, und tatsächlich war es schon wegen viel geringfügigerer Dinge vorgekommen, daß meine Eltern tagelang nicht mehr mit mir gesprochen hatten. Wenn Mama ein Wort zu mir gesagt hätte, so hätte das bedeutet, daß sie auch weiterhin mit mir reden würde, und vielleicht wäre es sogar noch schrecklicher gewesen als ein Zeichen dafür, daß angesichts der Schwere der drohenden Bestrafung Schweigen und offener Bruch ganz unzulängliche Maßnahmen waren. Ein Wort, das hätte jener äußeren Ruhe entsprochen, mit der man einem Dienstboten antwortet, dessen Entlassung man soeben beschlossen hat; oder dem Kuß, den man einem Sohne gibt, den man gehen und sich freiwillig beim Militär melden läßt, was man ihm verboten hätte, wäre es mit einem zweitägigen Zerwürfnis abzutun gewesen. Sie aber hörte meinen Vater aus dem Badezimmer heraufkommen, wo er sich ausgekleidet hatte, und um die Szene zu vermeiden, die er bei meinem Anblick machen würde, sagte sie mit zornbebender Stimme: »Mach schnell, daß du fort kommst, daß wenigstens der Papa dich nicht sieht, wie du hier stehst und mir auflauerst wie nicht gescheit!« Ich aber wiederholte: »Komm und sag mir gute Nacht«, selbst vor Schreck erstarrt, als sich der Widerschein von der Kerze meines Vaters schon bis zur halben Wandhöhe heraufstreckte, zugleich aber auch sein Herannahen als Mittel zur

Erpressung benutzend in der Hoffnung, daß Mama, nur damit mein Vater mich nicht noch vorfände, anstatt sich länger zu weigern, sagen werde: ›Geh in dein Zimmer, ich komme gleich.‹ Zu spät, mein Vater stand bereits da. Ohne es zu wollen, murmelte ich vor mich hin, so daß keiner es hörte: »Ich bin verloren!«

Aber so war es nicht. Meinem Vater kam es nicht darauf an, mir sonst erlaubte Dinge vorzuenthalten, die in den umfassenderen Abkommen, welche meine Mutter und meine Großmutter durchgesetzt hatten, ausdrücklich festgelegt waren, denn er gab nichts auf ›Prinzipien‹ und kannte kein ›Völkerrecht‹. Aus irgendeinem ganz nebensächlichen oder sogar aus überhaupt keinem Grunde untersagte er im letzten Augenblick irgendeinen gewohnten und geheiligten Spaziergang, den man mir, ohne meineidig zu werden, nicht entziehen konnte, oder aber sagte wie an diesem Abend erst, lange vor der durch das Ritual angesetzten Zeit: »Los, geh schlafen, und keine Widerrede!« Aber eben weil er keine Grundsätze hatte (jedenfalls nicht in dem Sinne wie meine Großmutter), war er sozusagen auch nicht dogmatisch in seinen Entschlüssen. Einen Augenblick lang schaute er mich mit erstaunter und auch ärgerlicher Miene an, dann aber, sobald Mama in ein paar verlegenen Worten erklärt hatte, um was es sich handelte, sagte er: »Aber so geh schon mit ihm, du hast ja eben selbst gesagt, du seiest noch gar nicht müde; bleib ein bißchen bei ihm in seinem Zimmer, ich brauche nichts mehr.« – »Aber lieber Freund«, brachte meine Mutter schüchtern hervor, »ob ich müde bin oder nicht, das ändert doch nichts an der Sache selbst, man darf das Kind doch nicht daran gewöhnen ...« – »Wer spricht denn von gewöhnen«, gab mein Vater achselzuckend zurück, »du siehst ja, der Kleine hat Kummer, er sieht ja ganz verzweifelt aus; wir sind doch keine Unmenschen! Wenn er nachher krank ist, hast du auch nichts weiter davon! Es stehen ja zwei Betten in seinem Zimmer, sage doch Françoise, sie soll dir das große richten, und schlafe bei ihm. Also, gute Nacht, ich bin gottlob nicht nervös, ich lege mich jetzt hin.«

Meinem Vater danken kam nicht in Frage; er hätte sich dann über das geärgert, was er als ›Getue‹ bezeichnete. So blieb ich stehen und rührte mich nicht; noch stand er vor uns mit seiner großen Gestalt in dem weißen Schlafrock und dem rosa und violetten Kaschmirschal, den er sich, seitdem er an Neuralgien litt, um den Kopf zu binden pflegte. Seine Haltung war wie auf dem Stich nach Benozzo Gozzoli, den Monsieur Swann mir geschenkt hatte, die Haltung Abrahams, als er Sarah sagt, sie solle sich von Isaaks Seite entfernen. Alles das liegt jetzt Jahre zurück. Die Wand des Treppenhauses, auf dem ich den Schein seiner Kerze immer näher rücken sah, existiert längst nicht mehr. Auch in mir sind viele Dinge zerstört, von denen ich geglaubt hatte, sie würden ewig währen, und andere sind entstanden, die neue Freuden und Leiden heraufbeschworen haben, von denen ich damals noch nichts wissen konnte, so wie mir heute die damaligen schwer zu begreifen sind. Es ist jetzt sehr lange her, daß mein Vater nicht mehr zu Mama sagen kann: ›Geh doch mit dem Kleinen.‹ Solche Stunden können nie wiederkehren für mich. Aber seit kurzem fange ich an, wenn ich genau hinhöre, sehr wohl das Schluchzen zu vernehmen, das ich vor meinem Vater mit aller Macht unterdrückte und das erst ausbrach, als ich wieder mit meiner Mutter allein war. In Wirklichkeit hat es niemals aufgehört; nur weil das Leben um mich jetzt stiller ist, höre ich es von neuem, wie jene Klosterglocken, die den ganzen Tag über vom Geräusch der Stadt überdeckt werden, so daß man meint, sie schweigen, aber in der Stille des Abends fangen sie wieder zu läuten an.

Mama verbrachte damals die Nacht in meinem Zimmer; gerade als ich etwas begangen hatte, woraufhin ich glaubte, das Haus verlassen zu müssen, gewährten meine Eltern mir mehr, als ich jemals von ihnen als Belohnung für eine schöne Tat erlangt hätte. Selbst in Gestalt dieser Gnadenerweisung behielt das Verhalten meines Vaters mir gegenüber etwas Willkürliches und Unverdientes, was sich daraus erklärte, daß es das Resultat mehr einer willkürlichen Anpassung an die Umstände als eines vorgefaßten Planes war. Vielleicht verdiente sogar das, was ich, wenn er mich zu Bett schickte, seine Strenge nannte, diesen Namen weniger als die Entschiedenheit meiner Mutter oder Großmutter, denn seine Natur war von der meinen in gewissen Punkten weit verschiedener als die der beiden, und so hatte er wahrscheinlich bis zu diesem Tage nicht erraten, wie unglücklich ich jeden Abend war, während meine Mutter und meine Großmutter es sehr wohl wußten; aber sie liebten mich genug, um mir das Leiden nicht ersparen zu wollen, sie wollten es mich überwinden lehren, um dadurch meine nervöse Empfindlichkeit zu mindern und meinen Willen zu festigen. Ob aber mein Vater, dessen zärtliche Gefühle für mich ganz anderer Art waren, dazu die Kraft gehabt hätte, weiß ich nicht; kaum hatte er begriffen, daß ich Kummer hatte, so sagte er auch schon zu Mama: ›Geh doch und tröste ihn.‹ Mama blieb diese Nacht in meinem Zimmer, und offenbar wollte sie mir nicht durch irgendwelche Gewissensbisse diese Stunden verderben, die so ganz anders verliefen, als ich hätte erwarten dürfen, denn als Françoise, die merken mußte, daß etwas Ungewöhnliches vorging, da sie Mama an meinem Bett sitzen, meine Hand halten und mich meiner Tränen wegen nicht schelten sah, sie fragte: »Aber Madame, was hat denn der junge Herr, daß er so sehr weint?« antwortete sie: »Er weiß es selbst nicht, Françoise, er ist einfach nervös; richten Sie schnell das große Bett für mich, und dann gehen Sie schlafen.« So wurde zum ersten Male meine Traurigkeit nicht mehr als etwas Strafbares angesehen, sondern als ein unverschuldetes Übel, das man offiziell als einen nervösen Zustand anerkannte, für den ich nicht verantwortlich sei; es wurde mir also die Erleichterung zuteil, daß ich keine Bedenken mehr in die Bitterkeit meiner Tränen zu mischen brauchte, ich konnte weinen, ohne schuldig zu sein. Ich war auch Françoise gegenüber nicht wenig stolz auf diese Umkehrung der menschlichen Verhältnisse, durch die ich eine Stunde nach Mamas Weigerung, zu mir heraufzukommen, und ihrer kränkenden Antwort, ich solle nur schlafen, zur Würde der Erwachsenen erhoben wurde und mit einem Schlage etwas wie eine Pubertät des Schmerzes verliehen bekam, eine Art Recht auf Tränen. Ich hätte eigentlich glücklich sein müssen, aber ich war es nicht. Es kam mir so vor, als habe Mama mir ein Zugeständnis gemacht, das ihr schmerzlich sein müßte, als bedeute dies einen ersten Verzicht von ihrer Seite auf die Idealvorstellung, die sie von mir hatte, und als gebe sie, die Mutige, sich nun zum ersten Male geschlagen. Es schien mir, daß, wenn ich einen Sieg davongetragen hatte, dieser Sieg gegen sie errungen sei, daß es mir nur so, wie es der Krankheit, dem Kummer, dem Alter hätte gelingen können, meinerseits gelungen war, ihren Willen zu beugen, ihre Vernunft zum Nachgeben zu bestimmen, und daß dieser Abend der Beginn einer neuen Ära, ein schmerzliches Datum für alle Zeiten sei. Wenn ich es jetzt noch gewagt hätte, hätte ich zu Mama gesagt: ›Nein, ich will nicht, schlafe nicht hier.‹ Aber ich kannte zu sehr die praktische Weisheit – die realistische Einstellung, würde man heute sagen – meiner Mutter, die bei ihr den glühenden Idealismus meiner Großmutter abmilderte, und wußte, daß sie jetzt, wo es nun einmal geschehen war, mir lieber das Beruhigungsmittel der Freude zukommen und meinen Vater nicht nochmals stören würde. Gewiß, das schöne Antlitz meiner Mutter strahlte an jenem Abend noch von Jugend, da sie mich so sanft bei den Händen hielt und meine Tränen aufzuhalten versuchte; aber gerade das, schien mir, hätte nicht sein dürfen; ihr Zürnen wäre weniger traurig für mich gewesen als diese neue Art von Sanftmut, die ich in meiner Kindheit nicht an ihr kannte; es schien mir, als habe ich heimlich mit frevelnder Hand in ihre Seele eine erste Furche eingezeichnet und sei an einem ersten weißen Haar darin schuld. Bei diesem Gedanken brach ich in erneutes Schluchzen aus, und da sah ich, wie Mama, die sich in meiner Gegenwart niemals etwas wie Rührung hatte anmerken lassen, sich plötzlich von meinem Jammer anstecken ließ und sich bemühen mußte, eine Neigung zum Weinen zu unterdrücken. Sie fühlte wohl, daß ich es bemerkt hatte, und sagte lachend zu mir: »Wenn das so weitergeht, wird mein kleiner Goldspatz es noch dahin bringen, daß seine Mama sich so töricht benimmt wie er. Schau, wenn wir beide noch nicht müde sind, dann wollen wir doch anstatt zu heulen lieber etwas Vernünftiges tun; wir könnten doch eins von deinen Büchern vornehmen.« Aber ich hatte keines da. »Meinst du, es würde dich nicht mehr so freuen, wenn ich jetzt schon die Bücher herholte, die die Großmama dir zum Namenstag schenken will? Du mußt es dir überlegen: du wirst doch auch nicht enttäuscht sein, wenn du dann übermorgen nichts Neues mehr bekommst?« Ich war im Gegenteil entzückt, und Mama ging das Paket mit den Büchern holen; durch das sie umhüllende Papier hindurch konnte ich zunächst nur das kurze, breite Format dieser neuen Freunde erraten, die aber bereits bei der ersten flüchtigen und verhüllten Anschauung, die ich von ihnen bekam, den Farbenkasten von Weihnachten und die Seidenraupen vom vorigen Jahr in Schatten stellten. Es waren ›La Mare au Diable‹, ›François le Champi‹, ›La Petite Fadette‹ und die ›Maîtres Sonneurs‹. Meine Großmutter hatte, wie ich später erfuhr, ursprünglich die Gedichte von Musset, einen Band Rousseau und ›Indiana‹ gewählt; denn sie hielt oberflächliche Lektüre für ebenso unzuträglich wie Bonbons und Kuchen, sie war nicht der Meinung, daß das große Wehen des Genius auf den Geist eines Kindes einen gefährlicheren und weniger belebenden Einfluß haben sollte als frische Luft und kräftiger Wind. Mein Vater aber hatte sie fast wie eine Irrsinnige behandelt, als er erfuhr, welche Bücher sie mir zu schenken gedachte, und so war sie noch einmal nach Jouy-le-Vicomte zum Buchhändler gegangen, damit ich auch ganz bestimmt mein Geschenk erhielte (es war ein glutheißer Tag, und sie kam so abgespannt nach Hause, daß der Arzt meiner Mutter gesagt hatte, sie müsse darauf achtgeben, daß sie sich nicht derartig überanstrenge) und war nun auf die vier Dorfromane von George Sand verfallen. »Mein Kind«, sagte sie zu Mama, »ich brächte es nicht über mich, dem Jungen etwas zu schenken, was nicht gut geschrieben ist.«

Tatsächlich ließ sie sich niemals herbei, etwas zu kaufen, woraus man nicht irgendeinen geistigen Gewinn ziehen konnte oder besser noch jene Vorteile, die uns schöne Dinge verschaffen, indem sie uns lehren, unsere Freuden anderswo als nur im Wohlleben und in Äußerlichkeiten zu suchen. Selbst wenn sie in die Lage kam, jemandem ein sogenanntes nützliches Geschenk zu machen, etwa einen Lehnstuhl, Bestecke, einen Spazierstock, so wählte sie sie ›alt‹, als wenn sie dann durch die lange Zeit, in der sie nicht benutzt worden waren, ihren Nützlichkeitscharakter verloren hätten und dadurch geeigneter seien, uns das Leben der Menschen von früher vor Augen zu halten als den Bedürfnissen des jetzigen zu dienen. Sie hätte an den Wänden meines Zimmers gern Photographien der schönsten Bauwerke oder Landschaften gesehen. Aber sobald sie solche für mich kaufen wollte, fand sie, wiewohl die dargestellte Sache selbst ihren ästhetischen Wert in sich trug, daß die Gewöhnlichkeit, die bloße Nützlichkeit bei der mechanischen Art der Reproduktion durch Photographie zu sehr die Oberhand bekämen. Sie versuchte es mit kleinen Listen, und wenn es ihr auch nicht gelang, die auf Erwerb abgestellte Banalität völlig auszuschalten, so wollte sie sie doch wenigstens vermindern und sie weitgehend durch etwas ersetzen, was auch noch Kunst war; sie versuchte gleichsam mehrere Schichten von Kunst übereinanderzulagern: anstatt Photographien der Kathedrale von Chartres, der ›Grandes Eaux‹ von Saint-Cloud, des Vesuvs zu erwerben, erkundigte sie sich bei Swann, ob nicht ein großer Maler sie dargestellt habe, und schenkte mir dann lieber Photographien der von Corot gemalten Kathedrale von Chartres, der ›Wasserspiele von Saint-Cloud‹ von Hubert Robert und von Turners ›Vesuv‹. Wenn nun der Photograph bei der Wiedergabe des Kunstwerkes oder der Naturschönheit selbst ausgeschaltet und durch einen großen Künstler ersetzt worden war, so kam er auf diese Weise doch bei der Reproduktion der künstlerischen Darstellungen wiederum zu Worte. Dadurch wurde die Trivialität schon wieder in nächste Sicht gerückt, aber meine Großmutter versuchte noch einmal, ihr entgegenzutreten. Sie fragte Swann, ob von dem betreffenden Werk nicht ein Stich existiere, wobei sie auch noch nach Möglichkeit alten Gravüren den Vorzug gab, ganz speziell solchen, die ein über die Sache selbst hinausgehendes Interesse besaßen, zum Beispiel ein Meisterwerk in einem Zustande darstellten, in dem wir es heute nicht mehr betrachten können (wie Leonardos Abendmahl, vor dem Verfall, von Morghen). Ich muß offen gestehen, daß ihre Auffassung von der Kunst des Schenkens im Resultat nicht immer glänzend war. Die Anschauung von Venedig, die ich einer Handzeichnung Tizians verdankte, deren Hintergrund die Lagune vorstellen soll, war weit ungenauer als gewöhnliche Photographien sie mir vermittelt hätten. Bei uns zu Hause konnte man, wenn etwa meine Großtante das Sündenregister meiner Großmutter aufstellen wollte, die Sessel nicht mehr zählen, die sie jungvermählten oder alten Ehepaaren geschenkt hatte und die beim ersten Versuch, sie zu benutzen, unter dem Gewicht der Empfänger zusammengebrochen waren. Meine Großmutter aber hätte es kleinlich gefunden, wenn man sich Gedanken wegen der Haltbarkeit eines Sitzgestells gemacht hätte, auf dem man noch eine Blume, ein Lächeln, eine bezaubernde Erfindung vergangener Zeiten wiederfand. Selbst das, was an diesen alten Möbeln noch einem Gebrauchszweck entsprach, entzückte sie dadurch, daß es das auf etwas von der unseren abweichenden Art und Weise tat, so wie alte Redewendungen sie erfreuten, in denen noch eine alte Metapher zu erkennen war, die unsere moderne Sprache durch den Gebrauch längst abgeschliffen hat. Nun waren aber gerade die Dorfgeschichten von George Sand, die sie mir zum Namenstag schenkte, wie ein altes Möbel mit alten vergessenen und darum wieder bildhaft die Phantasie anregenden Wendungen angefüllt, die man heute nur noch auf dem Lande antrifft. Meine Großmutter hatte sie deshalb lieber gekauft als irgendwelche anderen, so wie sie ein Landhaus mit einem gotischen Taubenschlag oder einem jener alten Dinge, die auf den Geist dadurch einen glücklichen Einfluß ausüben, daß sie ihm die Sehnsucht nach unmöglichen Reisen in der Zeit eingeben, bevorzugt gemietet hätte.

Mama saß an meinem Bett; sie hatte ›François le Champi‹ gewählt, dasjenige von den Büchern, dem sein roter Einband und sein unverständlicher Titel in meinen Augen von vornherein eine ganz persönliche Note und eine geheimnisvolle Anziehungskraft verliehen. Ich hatte noch keine richtigen Romane gelesen, hatte aber sagen hören, daß George Sand eine typische Romanschriftstellerin sei. Dadurch war ich geneigt, mir unter ›François le Champi‹ etwas unbeschreiblich Köstliches vorzustellen. Die Kunstgriffe der Erzählung, durch die die Neugier des Lesers geweckt oder Rührung in ihm hervorgebracht werden soll, eine gewisse Art der Darstellung, die Beunruhigung oder Melancholie erzeugt und in der ein einigermaßen bewanderter Leser etwas allen Romanen Gemeinsames erkennt, schienen mir – da ich ja ein neues Buch nicht als eine Sache unter vielen anderen ähnlichen betrachtete, sondern wie eine einzigartige Persönlichkeit, die ihren Daseinsgrund in sich selber hatte – aus der ganz speziellen Wesenssubstanz von ›François le Champi‹ zu kommen. Unter diesen so alltäglichen Begebenheiten, gewöhnlichen Vorgängen und landläufigen Redensarten spürte ich etwas wie einen fremdartigen Tonfall oder Akzent. Die Handlung kam ins Rollen; sie kam mir um so dunkler vor, als ich in jenen Zeiten beim Lesen häufig ins Träumen geriet und ganze Seiten lang an etwas anderes dachte. Zu den Lücken, die sich aus dieser Ablenkung der Aufmerksamkeit ergaben, kam noch, daß Mama, wenn sie mir vorlas, alle Liebesszenen überging. So schienen mir alle die merkwürdigen Wandlungen in dem Verhalten der Müllerin und des Kindes, die ihre Erklärung nur in dem Entstehen und Fortschreiten der Liebe finden, von tiefem Geheimnis umgeben, und ich stellte mir gern vor, der Grund davon liege in dem fremden und wohllautenden Namen ›Champi‹, der auf das Kind, das ihn trug, ohne daß ich hätte sagen können, wieso, etwas von seiner lebhaften, warmen, bezaubernden Tönung übertrug. Wenn meine Mutter eine etwas ungetreue Vorleserin war, so war sie doch andererseits für Werke, in denen ein wahres Gefühl aufklang, eine bewundernswerte Interpretin durch die Ehrfurcht und Schlichtheit ihrer Wiedergabe des Textes und durch die Schönheit und Sanftheit ihres Tons. Selbst im Leben, wo es sich nicht um Kunstwerke, sondern um menschliche Wesen handelte, die in ihr Mitgefühl oder Bewunderung weckten, war es rührend zu sehen, mit welcher Rücksichtnahme sie in ihrer Stimme, ihren Bewegungen und Meinungen etwa einen Ausdruck der Heiterkeit vermied, der einer Mutter wehtun konnte, die irgendwann einmal ein Kind verloren hatte, oder eine Anspielung auf ein Fest, einen Jahrestag, die einen Greis an sein hohes Alter hätte erinnern können, jede Berührung wirtschaftlicher Fragen einem jungen Gelehrten gegenüber, den das langweilen würde. Ebenso war sie, wenn sie die Prosa von George Sand vorlas, die jene Güte, jene seelische Vornehmheit atmet, die Mama auf Grund von Großmamas Erziehung allen anderen Dingen im Leben voranstellte – erst später sollte sie durch mich einsehen lernen, daß man sie in Büchern nicht ebenfalls über alles andere stellen dürfe – aufmerksam bedacht darauf, aus ihrer Stimme alle kleinliche Affektiertheit zu verbannen, die das Auffangen des machtvollen Stroms hätte verhindern können; sie legte all die natürliche Zärtlichkeit, die weiche Süße, die sie verlangten, in diese Sätze hinein, die für ihre Stimme geschrieben schienen und sich ganz und gar im Nuancenbereich ihres Gefühlslebens bewegten. Sie fand bei ihrer Wiedergabe genau den herzlichen Ton, der in ihnen von Anbeginn gelegen haben mußte und den sie unwillkürlich wieder an sie verwendete, obwohl die Worte ihn eigentlich nicht ausdrücklich bedingten; durch ihn überbrückte sie jede Rauheit in der Verwendung der Zeiten und gab allen Vergangenheitsformen jene sanfte Milde, die auf Güte beruht, die leise Trauer der Zärtlichkeit, und leitete den ausgehenden Satz in den beginnenden in der Weise über, daß sie den Fall der Silben bald verkürzte, bald verlangsamte, um sie ohne Rücksicht auf ihre natürliche Länge in einen gleichen Rhythmus zu bringen; damit aber hauchte sie dieser so belanglosen Prosa eine Art von unaufhörlich gefühlsbewegtem Leben ein.

Meine Gewissensbisse waren beschwichtigt, ich überließ mich ganz der Süße dieser Nacht, in der ich meine Mutter bei mir hatte. Ich wußte, daß eine solche Nacht nicht wiederkommen konnte, daß mein größter Wunsch auf der Welt, nämlich meine Mutter während der traurigen Stunden der Dunkelheit bei mir in meinem Zimmer zu haben, allzusehr den Notwendigkeiten des Lebens und den Wünschen der anderen widersprach, als daß die ihm heute abend gewährte Erfüllung etwas anderes hätte sein können als etwas gegen die Regel und sogar beinahe gegen die Natur Verstoßendes. Morgen würde ich mich wieder genauso ängstigen, und Mama würde nicht da sein. Doch wenn die Angst verschwunden war, begriff ich sie nicht mehr; außerdem war morgen noch weit; ich sagte mir, daß sich bis dahin noch Rat finden werde, obwohl mir ja ernstlich die Zeit keinen Beistand leisten konnte, da es sich um Dinge handelte, die außerhalb meines Machtbereichs lagen und die einzig der Zwischenraum, der mich noch von ihnen trennte, vermeidbar scheinen ließ.

So kam es, daß ich lange Zeit hindurch, wenn ich nachts aufwachte und an Combray dachte, nur einen von tiefer Dunkelheit umlagerten Ausschnitt davon sah, so wie ein bengalisches Feuer oder eine Illumination durch elektrisches Licht helle Partien an einem Gebäude schafft, während die übrigen in der Finsternis verbleiben: an der breiten Basis enthüllt dieser Ausschnitt den kleinen Salon, das Eßzimmer, den Eingang zu der dunkeln Allee, auf der Monsieur Swann, der ahnungslose Urheber meiner Kümmernisse, daherzukommen pflegte, das Treppenhaus, in dem ich meine Schritte zur ersten Stufe der Treppe lenkte, die für mich so grausam zu ersteigen war und die ganz für sich allein das Mittelstück dieser unregelmäßigen Pyramide bildete; an der Spitze aber mein Schlafzimmer und der kleine Gang mit der Glastür, durch die Mama erschien; mit einem Worte, es handelte sich nur um die immer zum gleichen Zeitpunkt betrachtete, von allen Dingen der Umgebung losgelöste, für sich allein auf dem dunkeln Hintergrund sichtbare, unerläßlich notwendige Dekoration (so wie sie bei alten Theaterstücken für den Gebrauch von Provinzbühnen in der ersten Zeile angegeben wird) für das Drama meines Schlafengehens; es war, als habe ganz Combray nur aus zwei durch eine schmale Treppe verbundenen Stockwerken bestanden, und als sei es dort immer und ewig sieben Uhr abends gewesen. Natürlich hätte ich, danach befragt, angeben können, daß Combray noch aus anderen Dingen bestanden habe und zu anderen Stunden dagewesen sei. Aber da alles, was ich mir davon hätte ins Gedächtnis rufen können, mir dann nur durch bewußtes, durch intellektuelles Erinnern gekommen wäre und da die auf diese Weise vermittelte Kunde von der Vergangenheit ihr Wesen nicht erfaßt, hätte ich niemals Lust gehabt, an das übrige Combray zu denken. Alles das war in Wirklichkeit tot für mich.

Tot für immer? Vielleicht.

Der Zufall spielt in diesen Dingen eine große Rolle, und ein anderer Zufall, nämlich der unseres Todes, erlaubt uns sehr oft nicht, die Gunst jenes ersteren abzuwarten.

Ich finde den keltischen Aberglauben sehr vernünftig, nach dem die Seelen der Lieben, die uns verlassen haben, in irgendein Wesen untergeordneter Art gebannt bleiben, ein Tier, eine Pflanze, ein unbelebtes Ding, dennoch verloren für uns bis zu dem Tage, der für viele niemals kommt, wo wir zufällig an dem Baum vorbeigehen oder in den Besitz des Dinges gelangen, in dem sie eingeschlossen sind. Dann horchen sie bebend auf, sie rufen uns an, und sobald wir sie erkennen, ist der Zauber gebrochen. Befreit durch uns besiegen sie den Tod und kehren ins Leben zu uns zurück.

Ebenso ist es mit unserer Vergangenheit. Vergebens versuchen wir sie wieder heraufzubeschwören, unser Geist bemüht sich umsonst. Sie verbirgt sich außerhalb seines Machtbereichs und unerkennbar für ihn in irgendeinem stofflichen Gegenstand (oder der Empfindung, die dieser Gegenstand in uns weckt); in welchem, ahnen wir nicht. Ob wir diesem Gegenstand aber vor unserem Tode begegnen oder nie auf ihn stoßen, hängt einzig vom Zufall ab.

Viele Jahre lang hatte von Combray außer dem, was der Schauplatz und das Drama meines Zubettgehens war, nichts für mich existiert, als meine Mutter an einem Wintertage, an dem ich durchfroren nach Hause kam, mir vorschlug, ich solle entgegen meiner Gewohnheit eine Tasse Tee zu mir nehmen. Ich lehnte erst ab, besann mich dann aber, ich weiß nicht warum, eines anderen. Sie ließ darauf eines jener dicken ovalen Sandtörtchen holen, die man ›Madeleine‹ nennt und die aussehen, als habe man als Form dafür die gefächerte Schale einer St.-Jakobs-Muschel benutzt. Gleich darauf führte ich, bedrückt durch den trüben Tag und die Aussicht auf den traurigen folgenden, einen Löffel Tee mit dem aufgeweichten kleinen Stück Madeleine darin an die Lippen. In der Sekunde nun, als dieser mit dem Kuchengeschmack gemischte Schluck Tee meinen Gaumen berührte, zuckte ich zusammen und war wie gebannt durch etwas Ungewöhnliches, das sich in mir vollzog. Ein unerhörtes Glücksgefühl, das ganz für sich allein bestand und dessen Grund mir unbekannt blieb, hatte mich durchströmt. Mit einem Schlage waren mir die Wechselfälle des Lebens gleichgültig, seine Katastrophen zu harmlosen Mißgeschicken, seine Kürze zu einem bloßen Trug unsrer Sinne geworden; es vollzog sich damit in mir, was sonst die Liebe vermag, gleichzeitig aber fühlte ich mich von einer köstlichen Substanz erfüllt: oder diese Substanz war vielmehr nicht in mir, sondern ich war sie selbst. Ich hatte aufgehört, mich mittelmäßig, zufallsbedingt, sterblich zu fühlen. Woher strömte diese mächtige Freude mir zu? Ich fühlte, daß sie mit dem Geschmack des Tees und des Kuchens in Verbindung stand, aber darüber hinausging und von ganz anderer Wesensart war. Woher kam sie mir? Was bedeutete sie? Wo konnte ich sie fassen? Ich trinke einen zweiten Schluck und finde nichts anderes darin als im ersten, dann einen dritten, der mir sogar etwas weniger davon schenkt als der vorige. Ich muß aufhören, denn die geheime Kraft des Trankes scheint nachzulassen. Es ist ganz offenbar, daß die Wahrheit, die ich suche, nicht in ihm ist, sondern in mir. Er hat sie dort geweckt, aber er kennt sie nicht und kann nur auf unbestimmte Zeit und mit schon schwindender Stärke seine Aussage wiederholen, die ich gleichwohl nicht zu deuten weiß und die ich wenigstens wieder von neuem aus ihm herausfragen und unverfälscht zu meiner Verfügung haben möchte, um entscheidende Erleuchtung daraus zu schöpfen. Ich setze die Tasse nieder und wende mich meinem Geiste zu. Er muß die Wahrheit finden. Doch wie? Eine schwere Ungewißheit tritt ein, so oft der Geist sich überfordert fühlt, wenn er, der Forscher, zugleich die dunkle Landschaft ist, in der er suchen soll und wo das ganze Gepäck, das er mitschleppt, keinen Wert für ihn hat. Suchen? Nicht nur das: Schaffen. Er steht vor einem Etwas, das noch nicht ist, und das doch nur er in seiner Wirklichkeit erfassen und dann in sein eigenes Licht rücken kann.

Wieder frage ich mich, was das für ein unbekannter Zustand sein mag, der keinen logischen Beweis, wohl aber den Augenschein eines Glückes mit sich führte, einer Wirklichkeit, der gegenüber alle andern verblassen. Ich will versuchen, ihn von neuem herbeizuführen. Ich durchlaufe rückwärts im Geiste den Weg bis zu dem Moment, wo ich den ersten Löffel voll Tee an den Mund geführt habe. Ich finde den gleichen Zustand wieder, doch von keinem neuen Licht erhellt. Ich verlange von meinem Geist das Bemühen, die fliehende Empfindung noch einmal wieder heraufzubeschwören. Und damit sein Schwung sich an keinem Hindernis brechen kann, räume ich alles hinweg, jeden fremden Gedanken, ich schirme mein Gehör und meine Aufmerksamkeit gegen alle Geräusche des Nebenzimmers ab. Dann aber, da ich fühle, wie mein Geist sich erfolglos abmattet, zwinge ich ihn umgekehrt zu jener Zerstreuung, die ich ihm vorenthalten wollte, lasse ihn an anderes denken und sich gleichsam erholen, bevor er noch einmal den Anlauf unternimmt. Dann schaffe ich ein zweites Mal völlige Leere um ihn, ich stelle ihm den noch ganz frischen Geschmack jenes ersten Schlucks gegenüber und spüre, wie etwas in mir sich zitternd regt und verschiebt, wie es sich zu erheben versucht, wie es in großer Tiefe den Anker gelichtet hat; ich weiß nicht, was es ist, doch langsam steigt es in mir empor; ich spüre dabei den Widerstand und höre das Rauschen und Raunen der durchmessenen Räume.

Sicherlich muß das, was so in meinem Inneren in Bewegung geraten ist, das Bild, die visuelle Erinnerung sein, die zu diesem Geschmack gehört und die nun versucht, mit jenem bis zu mir zu gelangen. Aber sie müht sich in zu großer Ferne und nur allzu schwach erkennbar ab; kaum nehme ich einen gestaltlosen Lichtschein wahr, in dem sich der ungreifbare Wirbel der Farben vermischt und verliert; aber ich kann die Form nicht unterscheiden, nicht von ihr als dem einzig möglichen Dragoman erbitten, daß sie mir die Aussage ihres Begleiters, ihres unzertrennlichen Gefährten, des Geschmacks übersetzt, sie nicht fragen, um welche Begebenheit, um welche Epoche der Vergangenheit es sich handeln mag.

Wird sie bis an die Oberfläche meines Bewußtseins gelangen, diese Erinnerung, jener Augenblick von einst, der, angezogen durch einen ihm gleichen Augenblick, von so weit her gekommen ist, um alles in mir zu wecken, in Bewegung zu bringen und wieder heraufzuführen? Ich weiß es nicht. Jetzt fühle ich nichts mehr, er ist zum Stillstand gekommen, vielleicht in die Tiefe geglitten; wer weiß, ob er jemals wieder aus seinem Dunkel emporsteigen wird? Zehnmal muß ich es wieder versuchen, mich zu ihm hinunterzubeugen. Und jedesmal rät mir die Trägheit, die uns von jeder schwierigen Aufgabe, von jeder bedeutenden Leistung fernhalten will, das Ganze auf sich beruhen zu lassen, meinen Tee zu trinken im ausschließlichen Gedanken an meine Kümmernisse von heute und meine Wünsche für morgen, die ich unaufhörlich und mühelos in mir bewegen kann.

Und dann mit einem Male war die Erinnerung da. Der Geschmack war der jener Madeleine, die mir am Sonntagmorgen in Combray (weil ich an diesem Tage vor dem Hochamt nicht aus dem Hause ging) sobald ich ihr in ihrem Zimmer guten Morgen sagte, meine Tante Léonie anbot, nachdem sie sie in ihren schwarzen oder Lindenblütentee getaucht hatte. Der Anblick jener Madeleine hatte mir nichts gesagt, bevor ich davon gekostet hatte; vielleicht kam das daher, daß ich dies Gebäck, ohne davon zu essen, oft auf den Tischen der Bäcker gesehen hatte und daß dadurch sein Bild sich von jenen Tagen in Combray losgelöst und mit anderen, späteren verbunden hatte; vielleicht auch daher, daß von jenen so lange aus dem Gedächtnis entschwundenen Erinnerungen nichts mehr da war, alles sich in nichts aufgelöst hatte: die Formen – darunter auch die dieser kleinen Muschel aus Kuchenteig, die so behäbig und sinnenfroh wirkt unter ihrem strengen, frommen Faltenkleid – waren versunken oder sie hatten, in tiefen Schlummer versenkt, jenen Auftrieb verloren, durch den sie ins Bewußtsein hätten emporsteigen können. Aber wenn von einer früheren Vergangenheit nichts existiert nach dem Ableben der Personen, dem Untergang der Dinge, so werden allein, zerbrechlicher aber lebendiger, immateriell und doch haltbar, beständig und treu Geruch und Geschmack noch lange wie irrende Seelen ihr Leben weiterführen, sich erinnern, warten, hoffen, auf den Trümmern alles übrigen und in einem beinahe unwirklich winzigen Tröpfchen das unermeßliche Gebäude der Erinnerung unfehlbar in sich tragen.

Sobald ich den Geschmack jener Madeleine wiedererkannt hatte, die meine Tante mir, in Lindenblütentee eingetaucht, zu verabfolgen pflegte (obgleich ich noch immer nicht wußte und auch erst späterhin würde ergründen können, weshalb die Erinnerung mich so glücklich machte) trat das graue Haus mit seiner Straßenfront, an der ihr Zimmer sich befand, wie ein Stück Theaterdekoration zu dem kleinen Pavillon an der Gartenseite hinzu, der für meine Eltern nach hintenheraus angebaut worden war (also zu jenem verstümmelten Teilbild, das ich bislang allein vor mir gesehen hatte) und mit dem Hause die Stadt, der Platz, auf den man mich vor dem Mittagessen schickte, die Straßen, die ich von morgens bis abends und bei jeder Witterung durchmaß, die Wege, die wir gingen, wenn schönes Wetter war. Und wie in den Spielen, bei denen die Japaner in eine mit Wasser gefüllte Porzellanschale kleine, zunächst ganz unscheinbare Papierstückchen werfen, die, sobald sie sich vollgesogen haben, auseinandergehen, sich winden, Farbe annehmen und deutliche Einzelheiten aufweisen, zu Blumen, Häusern, zusammenhängenden und erkennbaren Figuren werden, ebenso stiegen jetzt alle Blumen unseres Gartens und die aus dem Park von Monsieur Swann, die Seerosen auf der Vivonne, die Leutchen aus dem Dorfe und ihre kleinen Häuser und die Kirche und ganz Combray und seine Umgebung, alles deutlich und greifbar, die Stadt und die Gärten auf aus meiner Tasse Tee.

Von weitem, aus einer Entfernung von zehn Meilen in der Runde, zum Beispiel von der Eisenbahn aus gesehen, wenn wir in der letzten Woche vor Ostern ankamen, war Combray nur eine Kirche, die die Stadt in ihrer Gesamtheit in sich verkörperte, von ihr und für sie der Ferne Kunde gab und, wie man beim Näherkommen bemerkte, mit ihrem hohen, düsteren Kragenmantel wie eine gute Hirtin ihre Schafe die grauwolligen Rücken der zusammengeduckten Häuser gegen den Wind zu beschirmen versuchte, die hier und da noch ein Stück der alten Stadtmauer – in der vollkommenen Kreisform kleiner Städte auf den Bildern der Primitiven – umgrenzte. Zum Bewohnen war Combray ein eher trübseliger Ort, denn seine Straßen mit den Stufen vor den Haustüren und den langschattenden Giebeln aus dem schwärzlichen Gestein der Gegend waren so dunkel, daß bereits am Nachmittag in den nach ihnen zu gelegenen Räumen die Stores aufgezogen werden mußten; sie trugen ernste Heiligennamen (von denen manch einer mit der Geschichte der ersten Herren von Combray zusammenhing): Rue Saint-Hilaire, Rue Saint-Jacques, in der sich das Haus meiner Tante befand, Rue Sainte-Hildegarde, auf die das Eingangstor ging, Rue du Saint-Esprit, auf die sich die kleine Seitenpforte öffnete; diese Straßen von Combray fristen ihr Dasein noch in einem so entlegenen Teil meines Gedächtnisses, sind mit so anderen Farben getönt, als sie heute die Welt für mich trägt, daß sie mir in Wahrheit alle samt der Kirche, die den Platz beherrschte, noch unwirklicher erscheinen als die Projektionen der Laterna magica; in manchen Augenblikken kommt es mir so vor, als ob die Möglichkeit, noch einmal die Rue Saint-Hilaire zu überschreiten oder ein Zimmer in der Rue de l'Oiseau zu mieten – in der alten Herberge zum ›Oiseau flesché‹, aus dessen Kellerfenstern ein Küchengeruch aufstieg, der noch manchmal genauso intermittierend und warm in meiner Erinnerung wiederkehrt – einen unmittelbareren und weit wunderbareren Kontakt mit einer anderen Welt bedeuten würde als etwa die persönliche Bekanntschaft mit Golo oder eine Unterhaltung mit Genoveva von Brabant.

Die Kusine meines Großvaters – meine Großtante – bei der wir wohnten, war die Mutter meiner Tante Léonie, die seit dem Tode ihres Gatten, jenes ›Onkel Octave‹, zunächst Combray, dann auch ihr Haus in Combray und schließlich sogar ihr Zimmer nicht mehr verlassen wollte, endlich sogar nicht einmal mehr ihr Bett; sie ›stand nicht mehr auf‹, sondern lag immer in einem zwischen Kummer, physischer Hinfälligkeit, Krankheit, fixer Idee und Frömmigkeit schwankenden Zustand hingestreckt da. Ihre Privaträume gingen auf die Rue Saint-Jacques, die sehr viel später in die ›Große Wiese‹ (zum Unterschied zur ›Kleinen Wiese‹, die mitten in der Stadt zwischen drei Straßen grünte) einmündete und die, grau und vollkommen einförmig mit drei hohen Sandsteinstufen vor fast jeder Tür, aussah wie eine Schlucht, von einem gotischen Steinmetz in den Stein selbst hineingeschnitten, nachdem er zuvor eine Krippe oder eine Kreuzigungsgruppe herausgemeißelt hätte. Meine Tante bewohnte strenggenommen nur noch zwei zusammenhängende Zimmer: am Nachmittag ruhte sie in dem einen aus, während das andere gelüftet wurde. Es waren typische Provinzzimmer, die – so wie in manchen Ländern ganze Teile der Luft oder des Meeres von Tausenden von Urtierchen flimmern oder duften, die wir mit dem Auge nicht wahrnehmen können – uns durch die Vielheit der Düfte entzücken, die von den Tugenden, der Weisheit, den Gewohnheiten, einem unsichtbar überquellenden Geistes- und Gefühlsleben herrühren und die die Luft dort in sich aufbewahrt; gewiß waren auch natürliche Gerüche dabei, solche, die, von Zeit und Wetter gefärbt, die gleichen sind wie die auf dem freien Land, aber doch schon verwandelt, vermenschlicht und zahm geworden durch ihr Verweilen im Hause, ein erlesenes, emsig hergestelltes, durchscheinendes Destillat aus allen Früchten des Jahres, die den Garten verlassen haben, um im Schrank zu enden. Jahreszeitlich gebunden, den Geräten und Wesen des Hauses zugeordnet, den würzigen Duft des Fruchtgelees durch den sanften Ruch des warmen Brotes mildernd, schläfrig und wachsam zugleich wie eine ländliche Kirchturmuhr, wandernd und seßhaft, gleichmütig und vorbedacht, von frischer Wäsche, vom Morgen, von Frömmigkeit durchhaucht oder ruhend in einem Frieden, der nur um so zaghafter macht und eine Prosa bedingt, die für den, der in sie hineingerät, ohne darin leben zu müssen, einen unerschöpflichen Vorrat an Poesie darstellt. Die Luft ist dort gesättigt vom zarten Hauch einer Stille, die so bekömmlich ist, so lockend, daß ich mich mit einer Art von Gier in sie hineinbegab, besonders in den noch kühlen Morgenstunden der Osterwoche, wo ich am meisten Sinn dafür hatte, da wir ja eben erst in Combray angekommen waren: bevor ich zu meiner Tante durfte, um ihr guten Morgen zu sagen, mußte ich einen Augenblick im ersten Zimmer warten, in dem die noch winterliche Sonne sich an dem bereits zwischen den beiden Ziegelsteinen angezündeten Feuer zu wärmen versuchte, das dem ganzen Raum einen leichten Räucherduft mitteilte und eine jener großen Backofenstuben daraus machte, wie man sie auf dem Lande hat, oder auch etwas wie die in Schlössern anzutreffenden mächtigen Kaminvorbauten, unter deren Schutz man sich wünscht, es möchte draußen regnen und schneien oder sogar eine sintflutartige Katastrophe eintreten, damit man um so mehr die Behaglichkeit des Geborgenseins gemischt mit der Poesie des Winterschlafes genießen könne; ich ging hin und her zwischen dem Betschemel und den Sesseln mit den Bezügen aus gepreßtem Velours, auf deren Kopfteil stets ein gehäkeltes Deckchen lag; das knisternde Feuer machte inzwischen aus den appetitlichen Gerüchen, von denen die Luft im Zimmer gesättigt war, eine Art von festem Teig, der in der feuchten, durchsonnten Morgenluft schon ›aufgegangen‹ war, es walkte ihn aus, ließ ihn goldgelb werden, faltete ihn zusammen und trieb ihn locker auf, so daß schließlich unsichtbar und doch greifbar ein ganz bestimmtes provinzübliches Backwerk daraus wurde, ein riesiger sogenannter ›Chausson‹, in dem ich mit uneingestandener Begehrlichkeit, sobald ich auch noch die trockneren, feineren, edleren, aber auch abgelagerteren Gerüche des Wandschrankes, der Kommode, der mit Laubornamenten geschmückten Tapete in mich aufgenommen hatte, nach dem vermittelnden weichen, faden, unassimilierbaren und fruchtigen der geblümten Bettdecke suchte.

Im Nachbarzimmer hörte ich meine Tante halblaut mit sich selber reden. Sie sprach immer nur gedämpft, denn sie glaubte, in ihrem Kopf etwas Zerbrochenes und Gelockertes zu verschieben, wenn sie die Stimme zu sehr erhob; aber niemals, selbst wenn sie allein war, hielt sie es lange ohne Reden aus, denn sie war der Meinung, es sei gut für ihren Hals, hindere das Blut am Stocken und werde dadurch die Erstickungsanfälle und die Angstzustände, an denen sie litt, seltener aufkommen lassen; außerdem widmete sie infolge der absoluten Tatenlosigkeit, in der sie ihre Tage verbrachte, ihren geringsten Empfindungen eine ungebührliche Aufmerksamkeit und entdeckte an ihnen eine Wandlungsfähigkeit, die es ihr schwer machte, sie ganz für sich zu behalten, so daß sie, wenn kein anderer Zuhörer da war, zu dem sie davon sprechen konnte, sich wenigstens selbst darüber auf dem laufenden hielt in einem ständigen Monolog, der ihre einzige Form der Betätigung war. Leider gab sie, nachdem sie die Gewohnheit des Lautdenkens angenommen hatte, nicht immer hinlänglich darauf acht, ob sich auch niemand im Nebenzimmer befand, und so hörte ich sie oft beim Hereintreten sagen: »Ich muß daran denken, daß ich nicht geschlafen habe« (denn niemals zu schlafen war ein Ehrenpunkt bei ihr, und wir nahmen in unserer Umgangssprache weitgehend darauf Rücksicht: am Morgen ging Françoise sie nicht etwa ›wecken‹, sondern sie ›ging zu ihr hinein‹; wenn meine Tante im Laufe des Tages ein Schläfchen machen wollte, so hieß es, sie wolle ›still für sich nachdenken‹ oder ›ruhen‹; und wenn sie sich einmal so weit vergaß zu sagen: ›was mich dann aufgeweckt hat‹ oder ›ich träumte, ich ...‹, so errötete sie und korrigierte sich auf der Stelle).

Unmittelbar darauf trat ich ein und gab ihr einen Morgenkuß; Françoise goß den Tee auf; wenn meine Tante sich nervös erregt fühlte, wünschte sie statt dessen aber einen Lindenblütentee, und dann fiel mir die Aufgabe zu, aus einer Apothekertüte so viel davon auf einen Teller zu schütten, wie man gleich darauf in das kochende Wasser geben würde. Durch das Trocknen hatten sich die Blätter auf phantasievolle Weise zusammengerollt; in den Zwischenräumen tauchten geöffnete weiße Blüten auf, die dalagen, als habe ein Maler sie angeordnet, wie es ihm am reizvollsten schien. Die Blätter hatten ihr eigentliches Aussehen verloren oder verändert, sie glichen jetzt den verschiedensten Dingen, einem durchsichtigen Insektenflügel, der weißen Rückseite eines Etiketts, einem Rosenblatt, aber alle waren zusammengeballt, gepreßt und durcheinandergewirrt, als sollten sie das feste Gewebe eines Netzes abgeben. In tausend kleinen überflüssigen Einzelheiten – sie stellten eine reizvolle Verschwendung von seiten des Apothekers dar, die bei einer künstlichen Herstellung ausgeblieben wäre – erkannte ich, wie etwa, wenn man in einem Buch mit Staunen dem Namen eines persönlichen Bekannten begegnet, mit Vergnügen wirkliche kleine Lindenstengel wieder, genau wie die an den Bäumen der Bahnhofstraße, freilich verändert gerade deshalb, weil es keine Nachahmungen waren, sondern echte, wenn auch getrocknete. Jedes neue Merkmal daran war nur die Metamorphose eines alten; in den kleinen grauen Kügelchen erkannte ich die grünen Knospen wieder, die nicht zur Entwicklung gekommen waren; aber besonders der rosige, mondscheinzarte Schimmer, mit dem die Blüten sich aus dem zerbrechlichen Gewirr der kleinen Stengel heraushoben, in dem sie wie kleine Goldröschen hingen – ein Zeichen, ähnlich dem veränderten Schein, der an einer Hauswand noch die Stelle andeutet, an der sich eine verwischte Freskomalerei befand und in der man noch die Baumpartien erkennt, die ›beleuchtet‹, und andere, die es nicht waren – zeigte mir an, daß diese Blütenblätter wirklich die gleichen waren, die, bevor sie das Tütchen des Apothekers füllten, an Frühlingsabenden die Luft mit ihrem Duft durchhauchten. Auch der wachsrosa Schimmer war noch ihre Farbe, freilich gedämpft und erloschen in dieser Art von vermindertem Leben, das sie nun nur noch führten und das so etwas wie eine Blumendämmerung war. Bald konnte meine Tante in den kochenden Aufguß, dessen Geschmack nach dürren Blättern und welken Blüten sie genießerisch kostete, eine kleine ›Madeleine‹ eintauchen, von der sie mir ein Stückchen gab, wenn es genügend aufgeweicht war.

Auf der einen Seite ihres Bettes befand sich eine große gelbe Kommode aus Zitronenholz und ein Tisch, der gleichzeitig als Anrichte und als Hausaltar diente; unter einer Statuette der Heiligen Jungfrau und einer Flasche Vichy-Célestins lagen dort die Meßbücher neben den Rezepten, alles also, was sie brauchte, um von ihrem Bett aus der Meßhandlung und der ärztlichen Vorschrift für das Einnehmen ihres Pepsinweins zu folgen. Auf der anderen Seite stand ihr Bett unmittelbar unter dem Fenster, so daß sie die Straße vor Augen hatte und daraus von morgens bis abends nach Art der persischen Prinzen die tägliche, aber gleichwohl in unvordenkliche Zeiten zurückreichende Chronik von Combray abzulesen imstande war, zu der sie hinterher gemeinsam mit Françoise den Kommentar verfaßte.

Ich hielt mich keine fünf Minuten bei meiner Tante auf, als sie mich auch schon wieder fortschickte, aus Angst, es strenge sie zu sehr an. Sie bot meinen Lippen ihre traurige, bleiche, ausdruckslose Stirn, auf der sie zu dieser Morgenstunde noch nicht die falschen Haare angebracht hatte, und auf der die Knochen sich zeigten wie die scharfen Spitzen einer Dornenkrone oder die Kügelchen eines Rosenkranzes, und sagte zu mir: »So, mein gutes Kind, nun geh, mach dich fertig für die Kirche; und wenn du unten Françoise siehst, so sage ihr, sie soll sich nicht zu lange mit euch aufhalten, sondern bald heraufkommen für den Fall, daß ich etwas brauche.«

Tatsache war, daß Françoise, die seit Jahren in ihren Diensten stand und noch nicht ahnte, daß sie eines Tages ganz zu uns kommen würde, meine Tante immer ein bißchen vernachlässigte in den Monaten, die wir im Hause verbrachten. In meiner Kindheit hatte es eine Zeit gegeben – bevor wir regelmäßig nach Combray gingen, damals, als meine Tante Léonie noch den Winter in Paris bei meiner Mutter verbrachte – wo ich Françoise so wenig kannte, daß meine Mutter am 1. Januar, bevor wir zu meiner Großtante hineingingen, mir immer ein Fünffrankenstück mit den Worten in die Hand drückte: »Paß gut auf, daß du dich nicht irrst. Warte mit dem Geld, bis ich sage: ›Guten Tag, Françoise!‹ und dich gleichzeitig am Ärmel zupfe.« Kaum waren wir dann in das dunkle Vorzimmer meiner Tante getreten, so bemerkten wir auch schon im Schatten unter den Röhrenfalten einer blendend weißen Haube, die so starr und zerbrechlich ihren Kopf umstand, als wäre sie aus gesponnenem Zucker gemacht, das konzentrisch sich ausbreitende Lächeln vorwegnehmender Dankbarkeit im Gesicht von Françoise, die unbeweglich im Rahmen der kleinen Korridortür stand wie eine Heilige in ihrer Nische. Wenn man sich an das Dunkel ihrer Kapelle einigermaßen gewöhnt hatte, so erkannte man auf ihrem Antlitz die deutlichen Zeichen einer selbstlosen Liebe zur Menschheit, eine gerührte Verehrung für die höheren Klassen, die auch in den besten Bezirken ihres Herzens durch die Hoffnung auf ein Weihnachtsgeschenk noch gefestigt wurde. Mama zwickte mich nachdrücklich in den Arm und sagte mit unüberhörbarer Stimme: »Guten Tag, Françoise.« Auf dieses Signal hin öffneten sich meine Finger und ließen das Geldstück los, das in eine – wenn auch mit einiger Verwirrung – ausgestreckte Hand niederfiel. Seit wie für unsere Tante, verbunden mit einer größeren Zuneigung. den besser als Françoise: wir waren ihre Lieblinge, sie hatte für uns, wenigstens in den ersten Jahren, ebensoviel Hochachtung wir für unsere Tante, verbunden mit einer größeren Zuneigung. Zu dem Privileg, einen Teil der Familie zu bilden (vor den unsichtbaren Banden, die zwischen den Gliedern einer Familie durch den Strom des gleichen Blutes geschaffen werden, hatte sie die gleiche fromme Scheu wie die griechischen Tragiker) kam bei uns der Reiz, daß wir nicht ihre gewöhnliche Herrschaft waren. Mit welcher Freude empfing sie uns denn auch unter gleichzeitigem lebhaftem Bedauern, daß bei unserer Ankunft am Tage vor Ostern noch oft ein so eiskalter Wind wehte, worauf Mama sie dann nach dem Ergehen ihrer Tochter und ihrer Neffen fragte sowie, ob ihr Enkel ein nettes Kind sei, was er werden sollte und ob er seiner Großmutter gleiche.

Wenn niemand sonst zugegen war, sprach Mama mit Françoise

in freundlich gedämpftem Ton von deren Eltern – sie wußte, daß Françoise sie immer noch nach Jahren beweinte – und erfragte in tausend Einzelheiten, wie ihr Leben verlaufen war.

Sie hatte erraten, daß Françoise ihren Schwiegersohn nicht besonders mochte und daß er ihr das Vergnügen an dem Beisammensein mit ihrer Tochter verdarb, mit der sie nicht so frei reden konnte, wenn er anwesend war. Daher sagte auch Mama, wenn Françoise ihre Verwandten an ihrem ein paar Meilen von Combray entfernt gelegenen Wohnsitz besuchen ging, lächelnd zu ihr: »Nicht wahr, Françoise, wenn Julien nun unbedingt anderswohin gemußt hat und Sie den ganzen Tag mit Marguerite allein sind, werden Sie es zwar schrecklich bedauern, aber Sie kommen darüber hinweg?« Und Françoise gab dann lachend zurück: »Madame weiß auch wirklich alles; Madame ist schlimmer darin als die Röntgenstrahlen (sie brachte den Namen ›Röntgen‹ mit einer Schwierigkeit und einem Lächeln heraus, das ihr selber galt, weil sie in ihrer Unwissenheit ein so gelehrtes Wort benutzen wollte) die wir damals für Madame Octave gehabt haben und mit denen man einem direkt ins Herz gucken kann«, und verschwand in tiefer Verwirrung, daß jemand sich mit ihr beschäftigte, vielleicht auch, damit man sie nicht weinen sah; Mama war der erste Mensch, der ihr die wohltuende Empfindung verschaffte, daß ihr bäuerliches Dasein, ihr Glück, ihre Kümmernisse Interesse haben, ein Anlaß der Freude oder der Traurigkeit für jemanden anderen als sie selbst sein könnten. Meine Tante ergab sich darein, daß sie während unserer Anwesenheit etwas mehr auf ihre Hilfe verzichten mußte, da sie wußte, wie sehr meine Mutter die Handreichungen dieser so einsichtsvollen und tätigen Dienerin schätzte, die ebenso schön aussah, wenn sie schon früh um fünf in ihrer Küche stand mit der Haube, deren schimmernde, steife Fältelung wie aus Biskuit gemacht wirkte, als wenn sie sonntags zum Hochamt ging; die alles gut machte, wie ein Pferd arbeitete, ob sie sich wohl fühlte oder nicht, und zwar immer lautlos, so als tue sie eigentlich nichts; sie war die einzige Dienerin meiner Tante, die, wenn Mama heißes Wasser oder schwarzen Kaffee haben wollte, diese beiden Dinge wirklich kochendheiß brachte; sie war einer jener dienstbaren Geister, die in einem Hause bei der ersten Begegnung einem Fremden mißfallen, vielleicht weil sie sich keine Mühe geben, ihn für sich einzunehmen und nicht besonders zuvorkommend sind, da sie sehr wohl wissen, daß sie ihn nicht nötig haben und daß er eher nicht wieder empfangen wird, als daß sie entlassen werden; dafür aber sind sie gleichzeitig diejenigen, auf die ihre Herrschaft, die ihre wahren Fähigkeiten kennt, große Stücke hält unter bereitwilligem Verzicht auf ein oberflächlich ansprechendes Wesen, auf das diensteifrige Geplapper, das auf die Besucher oft einen guten Eindruck macht, hinter dem sich aber häufig nur ganz unbekehrbare Talentlosigkeit verbirgt.

Wenn Françoise, nachdem sie sorgfältig achtgegeben hatte, daß auch meine Eltern alles hätten, was sie brauchten, ein erstes Mal wieder zu meiner Tante hinaufging, um ihr das Pepsin zu verabfolgen und sie zu fragen, was sie zum Mittagessen wünsche, war es selten, daß sie nicht schon über ein wichtiges Ereignis ihre Meinung äußern oder eine Erklärung abgeben mußte:

– Stell dir vor, Françoise, Madame Goupil ist mit mehr als einer Viertelstunde Verspätung weggegangen, um ihre Schwester abzuholen; wenn sie sich jetzt auf dem Weg auch noch im geringsten aufhält, so sollte es mich nicht wundern, wenn sie erst nach dem Meßopfer in der Kirche erscheint.

– Das sollte mich auch nicht wundern, antwortete Françoise.

– Françoise, wenn du fünf Minuten früher gekommen wärst, hättest du Madame Imbert mit Spargeln sehen können, mindestens doppelt so dick wie die von der Mère Callot; versuche doch herauszubekommen, wo sie die aufgetrieben hat. Gerade wo du uns dies Jahr an alle Saucen Spargel tust, hättest du für unsere Reisenden auch die Sorte nehmen sollen.

– Es sollte mich nicht wundern, sagte Françoise, wenn sie sie vom Pfarrer hätte.

– Ach, jawohl, meine gute Françoise, gab meine Tante achselzuckend zur Antwort. Vom Herrn Pfarrer! Du weißt dabei sehr gut, daß er nur ganz unansehnliche kleine Spargel zieht. Ich sage dir doch, die, die ich meine, waren so dick wie ein Arm. Natürlich nicht wie deiner, aber wie mein armer hier, der dies Jahr noch wieder viel dünner geworden ist.

– Françoise, hast du nicht das Schellen gehört, das mich ganz närrisch gemacht hat?

– Nein, Madame Octave.

– Ach! mein gutes Mädchen, dein Kopf hält wirklich etwas aus, du solltest Gott dafür danken. Es war die Magelone, die Doktor Piperaud geholt hat. Er ist gleich mit ihr herausgekommen, und sie sind in der Rue de l'Oiseau verschwunden. Ein Kind muß krank geworden sein.

– Ach, du lieber Gott, seufzte Françoise, die ohne entsprechende Töne des Bedauerns von keinem Unglück hören konnte, das einem Fremden zugestoßen war, und wäre es auch am andern Ende der Welt.

– Sag, Françoise, für wen kann das Totenglöckchen geläutet haben? Ach, lieber Gott, gewiß für Madame Rousseau. Ich hatte ja ganz vergessen, daß sie vorige Nacht gestorben ist. Nun, es ist wirklich Zeit, daß der liebe Gott mich zu sich nimmt, ich weiß nicht mehr, wo ich den Kopf habe seit dem Tod meines armen Octave. Aber ich halte dich auf, Françoise.

– Aber nicht doch, Madame Octave, so kostbar ist meine Zeit nun auch wieder nicht; der, der sie gemacht hat, hat sie uns nicht verkauft. Ich muß allerdings mal sehen, ob mein Feuer noch brennt.

So würdigten Françoise und meine Tante gemeinschaftlich im Laufe dieser Vormittagsunterredung die ersten Begebenheiten des Tages. Manchmal aber nahmen diese Ereignisse einen so geheimnisvollen und gewichtigen Charakter an, daß meine Tante das Gefühl hatte, sie könne nicht warten, bis Françoise sowieso heraufkäme, und dann hallten vier starke Klingelzeichen durchs Haus.

– Aber, Madame Octave, es ist doch noch nicht Zeit für Ihr Pepsin, meinte dann Françoise. Ist Ihnen etwa schwach geworden?

– Nicht doch, Françoise, sagte meine Tante, das heißt, du weißt ja, schwach fühle ich mich unausgesetzt; eines Tages wird es mit mir aus sein wie mit Madame Rousseau, ohne daß ich Zeit gehabt habe, es überhaupt zu merken; aber nicht deswegen läute ich. Kannst du dir vorstellen, daß ich ebenso leibhaftig, wie ich dich vor mir sehe, Madame Goupil gesehen habe mit einem kleinen Mädchen, das mir vollkommen unbekannt ist? Geh doch und hole Salz bei Camus. Es kommt doch kaum vor, daß Theodor dir nicht sagen kann, wer es ist.

– Aber es wird die Tochter von Herrn Pupin sein, meinte Françoise, die sich lieber an eine naheliegende Erklärung gehalten hätte, da sie heute morgen bereits zweimal bei Camus gewesen war.

– Herrn Pupins Tochter! Du bist gut, meine arme Françoise! Und die sollte ich nicht wiedererkannt haben?

– Aber ich meine ja nicht die große, Madame Octave, ich meine das kleine Mädchen, das in Jouy in Pension ist. Es kommt mir ganz so vor, als habe ich die heute schon gesehen.

– Aha! Ja, das wäre möglich, sagte meine Tante. Sie müßte dann zum Fest nach Hause gekommen sein. Natürlich! Dann brauchst du dich nicht erst zu erkundigen, sie wird zum Fest gekommen sein. Aber dann werden wir ja gleich Madame Sazerat bei ihrer Schwester schellen sehen, wenn sie sie zum Mittagessen besucht. Natürlich! Ich habe ja den Kleinen von Galopin mit einer Torte vorübergehen sehen! Sicher ist die Torte bei Madame Goupil abgegeben worden.

– Wenn Madame Goupil Gäste hat, Madame Octave, werden Sie bestimmt alle gleich anrücken sehen, so sehr früh ist es nämlich nicht mehr, meinte Françoise, die es jetzt eilig hatte, wieder in ihre Küche zu kommen und sich dem Mittagessen zu widmen, und daher meine Tante gern mit der Aussicht auf eine Zerstreuung sich selbst überlassen hätte.

– Oh, vor zwölf Uhr nicht, antwortete meine Tante in gottergebenem Ton, während sie einen besorgten, aber verstohlenen Blick auf die Wanduhr warf, denn niemand sollte wissen, daß sie, die doch allem entsagt hatte, bei der Nachricht, daß Madame Goupil Tischgäste erwarte, ein so lebhaftes Vergnügen voraussah, das freilich leider noch etwas länger als eine Stunde auf sich warten ließ. ›Und dann wird es gerade in meine Essenszeit fallen!‹ fügte sie halblaut im Selbstgespräch hinzu. Ihr Mittagessen war nämlich eine so ausreichende Zerstreuung für sie, daß sie keiner anderen zur gleichen Zeit bedurfte. »Du wirst doch auch nicht vergessen, mir meine Oeufs à la crème auf einem flachen Teller zu bringen?« Das waren nämlich die einzigen, die mit figürlichen Darstellungen geschmückt waren, und bei jeder Mahlzeit machte meine Tante sich ein Vergnügen daraus, die Unterschrift auf demjenigen zu lesen, der ihr gerade gebracht worden war. Sie setzte ihre Brille auf und entzifferte: ›Ali Baba und die vierzig Räuber‹ oder ›Aladin und die Wunderlampe‹ und sagte dann lächelnd zu sich selbst: ›Schön! Sehr schön!‹

– Ich wäre aber sonst auch gern zu Camus gegangen ..., sagte Françoise, als es klar war, daß meine Tante sie nicht mehr hinschicken würde.

– Aber nicht doch, das lohnt nicht mehr, sicher war es die kleine Pupin. Meine liebe Françoise, es tut mir wirklich leid, daß ich dich wegen nichts habe heraufkommen lassen.

Meine Tante wußte dabei recht gut, daß sie Françoise nicht ›wegen nichts‹ herbeigeschellt hatte, denn in Combray war jemand, ›den man nicht kannte‹, ein ebensowenig glaubhaftes Wesen wie ein Gott der Mythologie, und tatsächlich konnte sich niemand erinnern, daß nicht jedes Mal, wenn in der Rue Saint-Esprit oder auf dem Marktplatz eine solche rätselhafte Erscheinung aufgetaucht war, sorgfältige Nachforschungen dies Fabelwesen alsbald auf die Maße einer Person, ›die man kannte‹ – sei es persönlich, sei es sozusagen abstrakt, das heißt standesamtlich erfaßt als mehr oder weniger nah verwandt mit den Bewohnern von Combray – hätten zurückführen können. Da war es dann entweder der Sohn von Madame Sauton, der vom Militärdienst zurück war, die Nichte des Abbé Perdreau, die aus dem Kloster kam, der Bruder des Pfarrers, ein Steuereinnehmer aus Châteaudun, der Exerzitien gemacht hatte oder das Osterfest im Pfarrhaus verleben wollte. Bei ihrem Anblick hatte man mit der erregenden Möglichkeit gespielt, es gebe in Combray Leute, die man nicht kenne; jedoch nur deshalb konnte man es, weil man sie nicht auf der Stelle erkannt oder identifiziert hatte. Und doch hatten Madame Sauton und der Pfarrer lange im voraus jedermann wissen lassen, daß sie ihre ›Reisenden‹ erwarteten. Wenn ich am Abend beim Nachhausekommen von einem Spaziergang wie gewöhnlich zu meiner Tante hinaufging und ihr dabei einmal unvorsichtigerweise erzählte, wir hätten nahe der alten Brücke einen Mann getroffen, den mein Großvater nicht kannte, war sie nicht zu beruhigen: »Ein Mann, den Großpapa nicht kennt! Das glaubst du doch selber nicht!« Immerhin beschäftigte sie diese Neuigkeit auch weiterhin so sehr, daß sie Klarheit darüber haben mußte; mein Großvater wurde also herbeigeholt. »Sag, Onkel, wen habt ihr denn da an der alten Brücke getroffen? Einen Mann, den du nicht kennst?« – »Aber nicht doch«, gab mein Großvater zur Antwort, »es war Prosper, der Bruder des Gärtners von Madame Bouillebœuf.« – »Aha! Natürlich!« sagte meine Tante beruhigt, aber noch etwas rot vor Aufregung; achselzuckend und mit einem ironischen Lächeln fügte sie hinzu: »Wie kann er mir auch sagen, ihr hättet einen Mann getroffen, den du nicht kennst!« Und man empfahl mir an, ein andermal etwas umsichtiger zu sein und meine Tante nicht durch unüberlegte Reden aufzuregen. In Combray kannte man alles, was vorüberkam, Menschen sowohl wie Tiere, so gut, daß meine Tante, auch wenn sie einen Hund auf der Straße sah, ›den sie nicht kannte‹, unaufhörlich daran dachte und dieser unfaßbaren Tatsache ihren ganzen Scharfsinn und alle Stunden, in denen sie unbeschäftigt war, widmete.

– Es wird der Hund von Madame Sazerat gewesen sein, meinte Françoise ohne rechte Überzeugung, offenbar nur um meine Tante beruhigen und zu verhindern, daß sie sich ›den Kopf zerbräche‹.

– Als wenn ich den Hund von Madame Sazerat nicht kennte! antwortete meine Tante, deren kritischer Geist nicht so einfach etwas als Tatsache hinnahm.

– Ach! ich weiß! Es ist sicher der neue Hund, den Herr Galopin aus Lisieux mitgebracht hat.

– Ah ja! Das könnte schon eher sein.

– Es scheint, es ist ein sehr nettes Tier, fügte Françoise hinzu, die diese Kenntnis dem Theodor verdankte, klug wie ein Mensch, immer gut gelaunt, immer liebenswürdig und ganz reizend im Umgang. Es kommt selten vor, daß ein Tier in dem Alter schon so wohlerzogen ist. Madame Octave, ich glaube, ich muß Sie jetzt verlassen, ich darf mich nicht mit Plaudern verweilen, es ist schon bald zehn Uhr, mein Backofen ist noch nicht geheizt, und ich muß Spargel schälen.

– Wie, Françoise, schon wieder Spargel! Aber du hast ja dies Jahr die reine Spargelmanie, unsere Pariser werden bald genug davon haben!

– Nicht doch, Madame Octave, sie essen sie doch so gern. Wenn sie hungrig aus der Kirche kommen, werden Sie sehen, daß sie sie nicht mit langen Zähnen essen.

– Ja, sie sind natürlich schon in der Kirche; du darfst bestimmt keine Zeit mehr verlieren. Geh und gib auf dein Essen acht.

Während meine Tante mit Françoise diesen Gedankenaustausch pflog, begleitete ich meine Eltern zum Gottesdienst. Wie liebte ich diese Kirche, und wie deutlich sehe ich sie noch vor mir! Das alte, schwarze, pockennarbige Portal, durch das wir eintraten, war an den Seiten ausgebuchtet und abgewetzt (genau wie ein Weihwasserbecken, an das sie uns führte) so als ob das leichte Tücherstreifen der Bäuerinnen beim Eintreten und die Berührung ihrer scheuen Finger, wenn sie Weihwasser entnahmen, in ihrer Wiederholung durch die Jahrhunderte hindurch eine zerstörerische Kraft bekommen, die Steine zur Seite gedrängt und sie mit Furchen durchzogen hätten, wie sie die Räder der Bauernwagen in den Randstein schleifen, gegen den sie alle Tage im Vorbeifahren stoßen. Die Grabsteine in der Kirche, unter denen der edle Staub der Äbte von Combray, die dort begraben waren, im Chor eine Art von geistlicher Untermauerung schuf, waren selbst schon keine leblose, harte Materie mehr, denn die Zeit hatte sie mürbe gemacht und eine honigartige Substanz aus ihren Quadern gezogen, die sie mit blondem Schimmer umfloß und in ihr unmerklich leichtes Strömen hier eine rankengeschmückte gotische Letter und dort den weißlichen Veilchenton des Marmors hineingesogen und halb ausgelöscht hatte; darüber hinaus waren sie an anderen Stellen gleichsam geschrumpft, hatten die abgekürzte lateinische Inschrift noch mehr zusammengezogen und die Anordnung der nur andeutenden Chiffern noch launenhafter gestaltet, indem sie zwei Buchstaben eines Wortes willkürlich aneinanderrückten, während andere durch einen unangemessenen Zwischenraum getrennt wurden. Die Fenster der Kirche waren nie farbenprächtiger als an Tagen, da die Sonne nur wenig schien, so daß man, wenn es draußen bedeckt war, sicher sein konnte, in der Kirche werde es um so schöner sein; das eine wurde in seiner ganzen Größe von einer einzigen Person ausgefüllt, die wie ein Kartenkönig aussah und dort oben unter einem Steinbaldachin zwischen Himmel und Erde ihr Dasein fristete (in seinem blauen, schräg einfallenden Licht sah man manchmal an Wochentagen gegen Mittag, wenn kein Gottesdienst war – zu einer jener seltenen Stunden, wenn die Kirche, wohlgelüftet, leer, menschlich nähergerückt und geradezu luxuriös, mit dem Sonnenschein auf dem reichen Mobiliar beinahe wohnlich wirkte wie die mit Steinornamenten und buntem Glas geschmückte Halle eines Hotels im gotischen Stil – Madame Sazerat einen Augenblick niederknien, nachdem sie zuvor auf dem benachbarten Betstuhl ein gut verschnürtes Paket mit Petits-Fours abgelegt hatte, die sie beim Konditor gegenüber gekauft und die sie zum Mittagessen mit nach Hause nehmen wollte), ein anderes stellte ein mit rosa Schnee bedecktes Gebirge dar, an dessen Fuß eine Schlacht geliefert wurde; es schien mit seinem Reif das Glaswerk selbst vereist und mit einer undurchsichtigen Hagelschicht überzogen zu haben, so daß es aussah wie eine Scheibe, an der hängengebliebene Schneeflocken von irgendeinem Morgenschimmer rosig angehaucht wären (von dem gleichen vermutlich, der die Altarwand mit so frischen Tönen versah, daß es schien, als stammten sie von einem flüchtig von außen einfallenden Licht und nicht aus den für alle Zeit auf den Stein gemalten Farben), alle waren so ehrwürdig, daß man hier und da ihr Alter im Staub der Jahrhunderte schimmern sah und ihr weiches Glasgewebe wie blank und fadenscheinig wirkte. Eines von ihnen war ein hohes Fächerwerk, das aus unzähligen, kleinen, rechteckigen, vorwiegend blauen Scheiben bestand, und das einem riesigen Kartenspiel glich, wie man es einst für König Karl VI. zu seiner Zerstreuung erfunden hatte; aber sei es, daß ein Sonnenstrahl aufgeblitzt war, sei es, daß mein Blick selbst durch seine Bewegung, es abwechselnd entzündend und zum Erlöschen bringend, eine gleitende, köstliche Feuersbrunst über das Fenster hintrug – einen Augenblick später hatte es den leuchtenden Changeantton einer Pfauenschleppe angenommen, dann zitterte und wogte es in einem phantastischen Flammenregen, der aus der Höhe der düsteren, felsigen Wölbung kam und an den feuchten Wänden niederrieselte, als sei es das Schiff einer von spitzbogigen Stalaktiten schimmernden Grotte, in die ich meine das Meßbuch tragenden Eltern hineinbegleitete; noch einen Augenblick später hatten die kleinen Rautenfenster die tiefe Transparenz, die unverwüstliche Härte von symmetrisch auf einem ungeheuren Brustschild angeordneten Saphiren angenommen, hinter denen man aber, beglückender als alle diese Schätze, ein flüchtiges Sonnenlächeln erriet; es war ebenso deutlich erkennbar in dem sanften blauen Strom, mit dem es das Steinwerk badete, wie auf dem Pflaster des Platzes oder dem Stroh, das auf dem Marktplatz liegengeblieben war, und selbst an den ersten Sonntagen nach unserer Ankunft vor Ostern tröstete es mich darüber, daß die Erde noch nackt und schwarz dalag, durch den historischen Frühling aus der Zeit der Nachfolger Ludwigs des Heiligen, den es auf dem goldenleuchtenden und vergißmeinnichtblauen Teppich aus Glas aufblühen ließ.

Zwei Haute-lisse-Gobelins stellten die Krönung der Esther dar (die Überlieferung behauptete, Ahasverus trage die Züge eines Königs von Frankreich und Esther die einer Edlen von Guermantes, in die er verliebt gewesen sei), denen ihre verblassenden Farben einen veränderten Ausdruck, eine erhöhte Plastik und eine neue Art von Beleuchtung gegeben hatten: etwas Rosiges schwebte auf den Lippen Esthers und um ihre Umrißlinien her; das Gelb ihres Kleides breitete sich so weich und ölig aus, daß es dadurch eine Art von Konsistenz bekam und sich lebhaft aus der dahinter zurücktretenden Atmosphäre abhob; das Grün der Bäume aber, das in den unteren Partien des Panneaus aus Wolle und Seide frisch im Ton geblieben, in den oberen aber ›verschossen‹ war, ließ oberhalb der düstern Stämme die hohen, ins Gelbliche spielenden Zweige, die durch das unvermittelt von der Seite einfallende Licht einer unsichtbaren Sonne vergoldet und fast ausgelöscht waren, in zarter Blässe hervortreten. Alles das und mehr noch die Kostbarkeiten, die der Kirche von Personen zugekommen waren, die für mich einen legendären Charakter hatten (das goldene Kreuz, das, wie es hieß, vom heiligen Eligius selbst gefertigt und vom König Dagobert gestiftet war, das Grab der Söhne Ludwigs des Deutschen aus Porphyr und

Kupfer mit Emailauflage) und um derentwillen ich zu unserem Platz in der Kirche ging wie durch ein von Feen bewohntes Tal, in dem der Landmann mit Staunen an einem Felsen, einem Baum, einem Teich die noch greifbare Spur ihres geisterhaften gelegentlichen Erscheinens erkennt; alles das machte sie zu einer Sache, die völlig verschieden war von der übrigen Stadt, zu einem Bauwerk, das sozusagen einen vierdimensionalen Raum einnahm – die vierte Dimension war die der Zeit – und das mit seinem durch die Jahrhunderte gleitenden Schiff von einer Empore, einer Kapelle zur anderen nicht nur einige Meter zu durchmessen und zu überwinden schien, sondern aufeinanderfolgende Epochen, aus denen es siegreich hervorgegangen war; das rauhe und wilde elfte Jahrhundert verbarg es in der Dicke seiner Mauern, innerhalb deren es mit seinen schweren, von groben Bruchsteinen verdeckten und abgeblendeten Deckenbogen einzig an dem tiefen Einschnitt für die Treppe zum Glockenturm sichtbar wurde, selbst da aber hinter anmutigen gotischen Arkaden versteckt, die sich kokett davorschoben, etwa so wie große Schwestern lächelnd vor einen ungehobelten, mißlaunigen schlecht gekleideten kleinen Bruder treten, den sie den Augen der Fremden verbergen wollen. In den Himmel über dem Kirchplatz reckte sie ihren Turm, der schon Ludwig den Heiligen gesehen hatte und ihn noch immer zu sehen schien; in ihre Krypta vordringend wie in merowingisches Vorzeitdunkel führten uns Theodor und seine Schwester unter der düstern und wie die Flügel einer Riesenfledermaus von mächtigen Rippen durchzogenen Wölbung hindurch mit einer Kerze in der Hand zum Grabe der kleinen Tochter Sigeberts, auf dem eine tiefe Einbuchtung – wie die Fährte eines Riesenfossils – dem Vernehmen nach ›von einer Kristallampe herrührte, die am Abend der Ermordung der fränkischen Königstochter sich von selbst aus den goldenen Ketten gelöst hatte, an denen sie an der Stelle der heutigen Apsis hing, und die, ohne daß das Kristall zerbrach oder die Flamme erlosch, sich in den weich unter ihr nachgebenden Stein hineingesenkt hatte‹.

Die Apsis der Kirche von Combray – kann man darüber etwas sagen? Sie war so plump, es fehlte ihr sowohl an künstlerischer Schönheit wie an religiöser Inbrunst. Von außen gesehen, erhob sich ihr grobes Mauerwerk über einer etwas tiefer gelegenen Straßenkreuzung auf einem Unterbau aus unbehauenen Steinen, der von spitzen Kieseln starrte und nichts spezifisch Kirchliches besaß, die Fenster schienen außerordentlich hoch angebracht, und das Ganze sah mehr wie eine Gefängnismauer denn wie eine Kirche aus. Gewiß wäre mir auch später, wenn ich mich an alle die großartigen Chornischen erinnerte, die ich gesehen hatte, niemals der Gedanke gekommen, die Apsis von Combray ihnen zur Seite zu stellen. Immerhin bemerkte ich eines Tages in einer kleinen Provinzstadt hinter der Kreuzung dreier Straßen eine unansehnliche und übermäßig hohe Mauer mit hochgelegenen Kirchenfenstern, die den gleichen unsymmetrischen Anblick bot wie die Apsis von Combray. Ich aber habe nicht danach gefragt, wie in Chartres oder in Reims, ob sich darin ein mehr oder weniger machtvolles religiöses Gefühl bekundete, sondern rief nur unwillkürlich aus: »Die Kirche!«

Die Kirche! Vertraut, in der Rue Saint-Hilaire, auf die das Nordportal ging, unmittelbar und ohne Zwischenraum zwischen zwei Nachbarhäusern gelegen, der Apotheke von Monsieur Rapin und Madame Loiseaus Haus, war sie selbst eine schlichte Bürgerin der Stadt, die, wären die Häuser in den Straßen von Combray numeriert gewesen, es ebenfalls hätte sein können; man hätte sich nicht gewundert, wenn der Briefträger auf seinem Bestellgang jeden Morgen, wenn er von Monsieur Rapin kam und bevor er sich zu Madame Loiseau begab, auch bei ihr eingetreten wäre; und dennoch bestand zwischen ihr und allem, was nicht sie war, eine Trennungslinie, die mein Geist niemals überschritt. So hatten zum Beispiel die Fuchsienstöcke vor Madame Loiseaus Fenster die leidige Angewohnheit, ihre hängenden Zweige nach allen Seiten auszusenden, und die Blüten hatten dann nichts Eiligeres zu tun als, sobald sie groß genug dazu waren, ihre drallen violetten Backen an die düstere Kirchenfront zu lehnen; aber niemals wurden die Fuchsien in meinen Augen dadurch von dem sakralen Charakter der Kirche miterfaßt; zwischen den Blumen und dem altersgrauen Stein, an den sie sich schmiegten, konnte mein Blick vielleicht den Abstand nicht mehr erkennen, doch mein Geist schuf zwischen ihnen eine tiefe Kluft.

Den Glockenturm von Saint-Hilaire nahm man schon von sehr weither wahr, denn er zeichnete sein unvergeßliches Bild bereits in den Horizont, bevor noch Combray den Blicken erschien; wenn von dem Zuge aus, der uns in der Woche vor Ostern aus Paris herbeitrug, mein Vater ihn bemerkte, wie er abwechselnd rechts und links auf dem sichtbaren Streifen Himmel erschien und seinen kleinen blechernen Wetterhahn nach allen Seiten der Windrose wendete, sagte er jedesmal: ›Los jetzt, nehmt eure

Decken, wir sind angekommen.‹ Und auf einem unserer ausgedehnteren Spaziergänge von Combray aus gab es eine Stelle, wo die vorher enger werdende Straße sich plötzlich auf ein weites Plateau öffnete, das am Horizont von sturmzerfetzten Wäldern eingefaßt war, über die einzig die feine Spitze des Glockenturms von Saint-Hilaire sich erhob, so schmal, so rosigzart, daß sie nur mit dem Nagel auf den Himmel eingeritzt schien in der Absicht, auf diese Landschaft, die aus nichts als Natur bestand, ein kleines Zeichen von Kunst, eine einzige Note menschlicher Anwesenheit zu setzen. Wenn man näher kam und den Rest des viereckigen halbzerstörten Turms wahrnehmen konnte, der in geringerer Höhe neben ihm aufragte, so fiel einem besonders der düsterrötliche Ton der Steine auf; an einem nebligen Herbstmorgen würde man gemeint haben, es erhebe sich mitten zwischen den violetten Gewittertönen der Weinberge eine Ruine von der Purpurfärbung etwa des wilden Weins.

Wenn wir nach Hause gingen, hieß mich meine Großmutter oft auf dem Platz einen Augenblick stehenbleiben und diesen Turm betrachten. Aus seinen Fenstern, die paarweise übereinanderstanden mit jenem richtigen und echten Maß in den Entfernungen, das nicht nur menschlichen Gesichtern Schönheit und Würde verleiht, entließ er in regelmäßigen Intervallen Schwärme von Raben, die ihn einen Augenblick krächzend umkreisten, als seien die alten Steine, die, ohne sie zu sehen, ihr Treiben duldeten, mit einem Male unbewohnbar geworden und hätten sie, eine unendlich sich fortsetzende Bewegung damit auslösend, geschlagen und von sich gestoßen. Nachdem sie dann nach allen Richtungen hin den violetten Samt der Abendluft mit Streifen überzogen hatten, kehrten sie zu dem Turm, der, eben noch unheilkündend, auf einmal wieder glückbringend schien, zurück und verschwanden darin; höchstens nach einem Insekt schnappend, sonst aber regungslos, saßen sie dann auf der Spitze einer der Fialen, so wie eine Möwe plötzlich im Fluge einhält und mit der Unbeweglichkeit eines Anglers auf der Schaumkrone einer Welle hockt. Ohne recht zu wissen, warum, glaubte meine Großmutter, an dem Glockenturm von Saint-Hilaire jenes aller Gewöhnlichkeit, aller Anmaßung, allem Kleinlichen Abholde zu entdekken, um dessentwillen sie auch die Natur liebte und sie voll heilsamer Kräfte glaubte überall da, wo die Hand des Menschen sie nicht – wie der Gärtner meiner Großtante – verkleinert hatte, wobei sie die Werke der großen Genien ihr zur Seite stellte. Sicher war, daß jeder sichtbare Teil der Kirche sie von jedem anderen Bauwerk durch einen Gedankengehalt unterschied, von dem sie tief durchdrungen schien; aber ganz besonders in ihrem Glockenturm schien sie ein Bewußtsein ihrer selbst zu entfalten, eine individuelle, verantwortungsvolle Existenz. Er sprach gewissermaßen für sie. Ich glaube vor allem, daß meine Großmutter in diesem Glockenturm von Combray undeutlich das verspürte, was für sie der höchste Wert auf Erden war: Natürlichkeit mit Distinktion gepaart. Unbewandert in Dingen der Baukunst pflegte sie zu sagen: ›Kinder, ihr könnt über mich lachen, wenn ihr wollt, er ist vielleicht nach den Regeln nicht schön, aber seine alte bizarre Erscheinung gefällt mir nun einmal. Ich bin sicher, daß er, wenn er Klavier spielte, nie ausdruckslos spielen würde.‹ Und wenn sie ihn anschaute und ihr Blick der sanften Spannung und dem leidenschaftlichen Schwung dieser steinernen Schrägen folgte, die oben schmal ineinanderliefen wie zwei betende Hände, so wurde sie so sehr eins mit dem Aufwärtsstreben der Spitze, daß ihr Blick mit ihr sich in die Höhe zu schwingen schien; gleichzeitig lächelte sie freundlich den alten abgenutzten Steinen zu, deren obersten Teil noch die Abendsonne erhellte und die von der Stelle an, wo sie in diese besonnte Zone hineinreichten, vom Lichte gesänftigt mit einem Male viel höher, viel entrückter schienen, so wie eine Gesangspartie, die mit ›Kopfstimme‹ eine Oktave höher wieder aufgenommen wird.

Dieser Glockenturm von Saint-Hilaire war es, der allen Beschäftigungen, allen Stunden, allen Aussichtspunkten der Stadt ihr Gesicht, ihre Krönung, ihre Weihe verlieh. Von meinem Zimmer aus konnte ich nur die Basis erblicken, die mit Schindeln nachgedeckt war: wenn ich diese aber an einem heißen Sommersonntagsmorgen wie eine schwarze Sonne strahlen sah, sagte ich mir: ›Mein Gott! schon neun Uhr! Ich muß mich ja schnell für die Kirche anziehen, wenn ich vorher noch Tante Léonie guten Morgen sagen will‹, und dann wußte ich ganz genau, welche Farbe der besonnte Platz, die Hitze und der Staub auf dem Markt haben würden, oder der Schatten unter der Markise des Ladens, in den Mama vielleicht vor dem Hochamt noch hineingehen würde, um ein Taschentuch zu kaufen, das ihr der Inhaber mit durchgedrücktem Kreuz vorlegen würde, nachdem er, im Begriff zu schließen, rasch noch im Hinterzimmer seinen Sonntagsrock angelegt und sich die Hände geseift hatte, die er gewohnheitsmäßig alle fünf Minuten, selbst bei den melancholischsten Anlässen mit einer Miene zu reiben pflegte, in der sich Unternehmungsgeist, Sinn für galante Abenteuer und Erfolgsstimmung mischten.

Wenn wir nach der Messe noch bei Theodor vorbeigingen, um ihm zu sagen, er möge uns eine größere Brioche als gewöhnlich schicken, da unsere Verwandten das schöne Wetter benutzt hätten, um von Thiberzy zum Mittagessen herüberzukommen, so hatten wir den Glockenturm vor uns, der von der Sonne gleichsam goldbraun gebacken mit seinem blättrigen Dach und den klebrigen Tropfen, die die Hitze hervorlockte, dem Aussehen nach selbst eine überdimensionale geweihte Brioche, seine scharfe Spitze in den blauen Himmel schob. Und am Abend, wenn ich vom Spaziergang heimkehrte und an den nahen Augenblick dachte, wo ich meiner Mutter gute Nacht sagen und dann auf ihren Anblick verzichten müßte, lag er im Gegenteil so sanft im Licht des sinkenden Tages da, daß er wie ein Kissen aus dunklem Samt leicht in den blassen Himmel eingedrückt schien, der nachgebend sich ein wenig zurückgewölbt hatte, um ihm Platz zu machen, und weich an den Rändern hervorquoll; die Schreie der Vögel, die ihn umkreisten, schienen sein Schweigen noch zu vermehren, seine Spitze noch schlanker emporzutreiben und ihm etwas ganz und gar Unsägliches zu verleihen.

Selbst auf den Wegen, die wir hinter der Kirche zu machen hatten, dort, wo man sie nicht sah, schien alles irgendwie auf den Glockenturm ausgerichtet, der an vereinzelten Stellen zwischen den Häusern auftauchte, vielleicht noch bewegender hier, wo man ihn ohne die Kirche erblickte. Sicher gibt es andere, die, auf diese Weise gesehen, noch viel schöner sind – und ich habe viele solcher vignettenartiger Bilder in meiner Erinnerung, Kirchtürme, die über Dächer ragen, von denen eine ganz andere künstlerische Wirkung ausgeht als von den traurigen Straßen Combrays. Niemals werde ich die in einer merkwürdigen Stadt der Normandie nicht weit von Balbec gelegenen zwei bezaubernden Häuser aus dem achtzehnten Jahrhundert vergessen – in vieler Hinsicht sind sie mir verehrungswürdig und teuer – zwischen denen, wenn man sie von dem schönen Garten aus betrachtet, der sich von den Terrassen zum Fluß hinuntersenkt, der gotische Turm einer Kirche sichtbar wird, den sie sonst verbergen, der nun aber ihre Fassaden gleichsam abschließt und überhöht; er selbst jedoch scheint von so anderer, kostbarerer Substanz zu sein, geriffelt, rosig und mit glänzender Lasur überhaucht, daß man sofort den Eindruck bekommt, er gehöre sowenig dazu wie etwa die purpurfarbene gezackte Spitze einer Muschel, die selbst wie ein schmelzüberzogenes Türmchen wirkt, zu den zwei glatten Uferkieseln, zwischen denen sie hängen bleibt. Sogar in einem der häßlichsten Stadtviertel von Paris ist mir ein Fenster bekannt, durch das man über eine erste, zweite und auch noch dritte von dem Dächerkonglomerat mehrerer Straßenzüge gebildete Kulissenwand hinweg bald violett, bald rötlich, manchmal aber auch – auf den edelsten Abzügen, die die Atmosphäre davon schafft – wie in einem aus Asche gewonnenen schwarzen Ton einer Kuppel sieht, die zwar nur zu der Kirche Saint-Augustin gehört, dieser Ansicht von Paris jedoch etwas von römischen Veduten nach Art des Piranesi gibt. Aber ebensowenig wie in irgendeine dieser kleinen Gravüren, mochten sie von ihr auch mit noch so großem Geschmack ausgestattet sein, konnte meine Erinnerung in diese hier hineinlegen, was ich seit langem verloren habe, das Gefühl nämlich, auf Grund dessen wir eine Sache nicht wie ein Schauspiel betrachten, sondern daran glauben als an eine Wesenheit, die ihresgleichen nicht hat; keine von ihnen vermag solche Tiefen meines Lebens aufzuschließen, wie die Erinnerung an jene verschiedenen Aspekte des Glockenturms von Combray in den Straßen hinter der Kirche es tut. Ob man ihn um fünf Uhr sah, wenn man die Briefe von der Post holen ging, nur einige Häuser entfernt, wie er auf einmal als einsamer Gipfel über der Firstlinie der Dächer erschien, oder ob man auf dem Wege, sich nach dem Befinden von Madame Sazerat zu erkundigen, mit den Augen der Linie, die durch sein Abfallen auf der anderen Seite jetzt viel niederer erschien, in dem Bewußtsein folgte, daß man in die zweite Straße hinter ihm einbiegen müsse; sei es, daß man noch etwas weiterhin, wenn man zum Bahnhof ging, ihn von der Seite her sah, wo er im Profil neue Grate und Flächen entwickelte wie ein Körper, den man überraschend in einer noch unbekannten Phase seiner Umdrehung erblickte; oder ob, von den Ufern der Vivonne her betrachtet, die durch die Perspektive kraftvoll gesammelte und höher gewordene Apsis sich emporzuheben schien und das Bemühen des Glockenturms unterstützte, seine Spitze tiefer ins Herz des Himmels hineinzubohren: immer mußte man zu ihm zurückkehren, immer war er es, der alles beherrschte, die Häuser mit einer unerwarteten höchsten Zinne versah und nach oben wies wie der Finger Gottes selbst, dessen Leib in der Menschenmenge verschwand, ohne daß ich ihn deshalb mit ihr hätte verwechseln können. Und heute noch, wenn mir in einer großen Provinzstadt oder in einem Stadtviertel von Paris, das ich weniger kenne, ein Vorübergehender, der ›mir den rechten Weg weist‹, in der Ferne als Orientierungspunkt den Turm eines Spitals oder Klosters bezeichnet, der die Spitze seines geistlichen Biretts an der Ecke einer Straße erhebt, in die ich einbiegen soll, so wird, wofern meine Erinnerung auch nur den geringsten an jene teure entschwundene Gestalt gemahnenden Zug an ihm findet, der Fremde, wenn er sich noch einmal umblickt, um sich zu überzeugen, daß ich nicht fehlgegangen bin, mit Staunen bemerken, wie ich in völligem Vergessen des geplanten Spaziergangs, der dringenden Besorgung stundenlang unbeweglich im Bemühen des Erinnerns vor dem Glockenturm stehe, da ich auf dem tiefsten Grund meines Innern wiedereroberte Gebiete spüre, deren Untergrund schon trocken wird und zum Wiederaufbau bereit; sicherlich suche ich dann, viel eifriger als eben noch, da ich ihn um Auskunft bat, meinen Weg, ich biege in eine Straße ein ... aber ... in meinem Herzen ... Wenn wir von der Kirche heimgingen, begegneten wir oft Herrn Legrandin, der, durch seinen Ingenieurberuf an Paris gefesselt, außerhalb der großen Ferien nur von Samstag abend bis Montag morgen seinen Besitz in Combray aufsuchen konnte. Er war einer jener Menschen, die ganz unabhängig von einer naturwissenschaftlich fundierten Laufbahn, in der sie übrigens glänzend vorangekommen sind, eine ganz andere Art von Kultur, eine literarische und künstlerische pflegen, die für ihr berufliches Spezialgebiet keine Bedeutung hat und ganz und gar in ihre Unterhaltung eingeht. Gebildeter als viele Literaten (wir wußten damals noch nicht, daß Herr Legrandin einen gewissen Ruf als Schriftsteller genoß, und waren sehr erstaunt, festzustellen, daß ein berühmter Komponist Verse von ihm in Musik gesetzt hatte), mit einer leichteren Hand begabt als viele Maler, haben diese Menschen die Idee, daß ihr gewöhnliches Leben nicht das ihnen gemäße sei, und führen ihre berufliche Tätigkeit entweder mit einer gewissen launenhaften Sorglosigkeit oder aber mit strengem hochmütigem Fleiß, geringschätzig, bitter, gewissenhaft durch. Groß, von schöner Gestalt, mit einem nachdenklichen feinen Gesicht, langem blondem Schnurrbart, einem illusionslosen Ausdruck in den blauen Augen, von erlesener Höflichkeit, ein Plauderer, wie wir niemals einem zugehört hatten, war er in den Augen der Meinigen, die ihn immer als Beispiel zitierten, der Typ des hochstehenden Mannes, der dem Leben auf die vornehmste und diskreteste Weise begegnete. Meine Großmutter warf ihm höchstens vor, er spreche allzu gut, etwas zu sehr wie ein Buch, er habe in seiner Sprache nicht die Natürlichkeit, die er in seinen immer lose flatternden Lavallièrekrawatten bekundete und in seinem geradlinigen Rock, der etwas Schulbubenhaftes hatte. Sie wunderte sich auch über die leidenschaftlichen Tiraden, die er zuweilen gegen den Adel losließ, gegen das mondäne Leben, den Snobismus, ›sicher die Sünde, die der heilige Paulus meint, wenn er von der Sünde spricht, für die es keine Vergebung gibt‹.

Gesellschaftlicher Ehrgeiz war ein Gefühl, das meine Großmutter so unfähig war zu hegen und beinahe auch zu verstehen, daß es ihr ganz unnütz schien, es mit solcher Heftigkeit zu bekämpfen. Im übrigen fand sie es nicht sehr geschmackvoll von Monsieur Legrandin, dessen Schwester in der Nähe von Balbec mit einem normannischen Edelmann verheiratet war, eine so scharfe Sprache gegen den Adel zu führen, wobei er sogar so weit ging, der Revolution vorzuwerfen, daß sie nicht alle aufs Schafott geschickt habe.

– Seid gegrüßt, meine Freunde! sagte er jedesmal zu uns, wenn wir ihm begegneten. Wie glücklich sind Sie, daß Sie hier so ausgiebig leben können: ich muß morgen wieder nach Paris in meine strenge Klause.

– Oh, fügte er dann mit einem sanft ironischen, resignierten, etwas zerstreuten Lächeln hinzu, das ihm eigentümlich war, gewiß gibt es in meinem Hause viele unnütze Dinge. Es fehlt nur das, was notwendig ist: ein großes Stück freier Himmel wie hier. Versuche immer ein Stück Himmel über deinem Leben zu haben, mein Kind, fügte er zu mir gewandt hinzu. Du hast eine reiche Seele, das ist eine Seltenheit, eine Künstlernatur; laß sie nicht darben an dem, was sie braucht.

Als bei unserer Rückkehr Tante Léonie fragen ließ, ob Madame Goupil zu spät zur Messe gekommen sei, waren wir außerstande, ihr darüber Bericht zu erstatten. Vielmehr vergrößerten wir ihren Problembestand, indem wir erzählten, ein Maler arbeite in der Kirche an einer Kopie nach dem Fenster Gilberts des Bösen. Françoise, die sofort zum Krämer geschickt wurde, kehrte unverrichtetersache zurück infolge der Abwesenheit Theodors, dem sein Doppelberuf als Küster, als welchem es ihm zum Teil oblag, die Kirche in Ordnung zu halten, und als Verkäufer in der Gemischtwarenhandlung durch die Fülle der daraus sich ergebenden Verbindungen ein sozusagen universales Wissen verschaffte.

– Ach! seufzte meine Tante, ich wünschte, es wäre schon die Zeit, wo Eulalie kommt. Sie ist die einzige, die es mir wirklich wird sagen können.

Eulalie war eine hinkende und taube, aber sehr geschäftige Person, die sich nach dem Tode der Madame de la Bretonnerie, bei der sie von Kind auf in Stellung gewesen war, ›zurückgezogen‹ hatte und ein Zimmer dicht neben der Kirche bewohnte, das sie häufig verließ, sei es um am Gottesdienst teilzunehmen oder in der Zwischenzeit rasch ein Gebet zu verrichten oder Theodor zur Hand zu gehen; die übrigen Stunden des Tages verwendete sie darauf, Kranke zu besuchen, zum Beispiel meine Tante Léonie, der sie alles erzählte, was sich während der Messe oder der Vesper zugetragen hatte. Sie verschmähte es nicht, einen kleinen Gelegenheitsverdienst zu der Rente hinzuzufügen, die ihre alte Herrschaft ihr ausgesetzt hatte, und ging deshalb von Zeit zu Zeit die Wäsche des Pfarrers oder irgendeiner anderen bedeutenderen Persönlichkeit aus den Kreisen der Geistlichkeit von Combray ausbessern. Über einem Umhang aus schwarzem Tuch trug sie eine kleine weiße Haube, die fast nonnenhaft wirkte; eine Hautkrankheit färbte einen Teil ihrer Wangen und ihrer gekrümmten Nase mit dem kräftig rosa Ton der Balsaminen. Ihre Besuche bildeten eine große Zerstreuung für Tante Léonie, die außer ihr und dem Pfarrer eigentlich niemanden mehr empfing. Meine Tante hatte nach und nach alle anderen Besucher abgeschafft, weil sie in ihren Augen den Fehler besaßen, einer der beiden Kategorien von Leuten anzugehören, die sie verabscheute. Die einen, die schlimmeren und die sie zuerst zu empfangen abgelehnt hatte, waren diejenigen, die ihr rieten, sich nicht ›nachzugeben‹, und die entweder in ausdrücklich negativer Form oder durch schweigende Mißbilligung oder ein gewisses Lächeln die umstürzlerische Meinung vertraten, daß ein kleiner Spaziergang in der Sonne oder ein englisches Beefsteak (wo doch schon zwei armselige Schluck Vichywasser sie vierzehn Stunden lang im Magen drückten) ihr sehr viel besser tun würden als das Liegen im Bett und die Medizin. Die andere Kategorie bestand aus Personen, die so aussahen, als hielten sie sie für weit ernstlicher krank, als sie selber meinte, nämlich so krank, wie sie zu sein behauptete. Ganz sicher also, nicht mehr empfangen zu werden, konnten alle diejenigen sein, die sie nach einigem Zögern und eigentlich nur auf das inständige Zureden von Françoise hatte heraufkommen lassen, und die dann im Verlaufe ihres Besuchs sich der Vergünstigung unwürdig gezeigt hatten, indem sie schüchtern etwas vorzubringen wagten wie: ›Meinen Sie nicht, wenn Sie bei diesem schönen Wetter ein bißchen vor die Tür gingen ...‹ oder im Gegenteil auf ihre eigene Bemerkung: ›Ich bin recht schwach, recht schwach, es geht zu Ende, meine Lieben‹, ihr geantwortet hatten: ›Ach ja! Wenn man die Gesundheit nicht mehr hat! Aber Sie können es doch immer noch ein paar Jährchen machen.‹ Amüsierte sich Françoise schon über das Entsetzen, das meine Tante befiel, wenn sie von ihrem Bett aus eine dieser Personen in der offenkundigen Absicht, sie zu besuchen, näher kommen sah, oder wenn sie hörte, daß die Schelle ging, so belachte sie doch noch mehr und wie einen gelungenen Streich die stets erfolgreichen Listen, mit denen meine Tante diese Besucher abweisen ließ, und die verdutzte Miene, mit der sie sich entfernten, ohne sie gesehen zu haben; im Grunde bewunderte sie dann ihre Herrin, die sie allen diesen Leuten überlegen glaubte durch die einfache Tatsache, daß sie sie nicht sehen wollte. Kurz, meine Tante verlangte gleichzeitig, daß man ihre Lebensweise guthieß, daß man sie um ihrer Leiden willen beklagte und sie dennoch völlig beruhigt in die Zukunft blicken ließ.

Darin nun besaß Eulalie eine gewisse Meisterschaft. Meine Tante konnte ihr zwanzigmal in einer Minute sagen: ›Es geht mit mir zu Ende, meine gute Eulalie‹, so gab Eulalie zwanzigmal zurück: ›Wo Sie Ihre Krankheit so gut kennen, Madame Octave, können Sie hundert Jahre alt werden damit; auch Madame Sazerin hat es gerade gestern noch gesagt.‹ (Eine der festen Überzeugungen der Eulalie, die auch eine noch so große Zahl von Widerlegungen durch die Erfahrung nicht hatte erschüttern können, war, daß Madame Sazerat Madame Sazerin hieße.)

– Ich verlange gar nicht, hundert Jahre alt zu werden, antwortete meine Tante, der es lieber war, ihre Tage nicht so fest limitiert zu sehen.

Da Eulalie es außerdem wie niemand sonst verstand, meine Tante zu unterhalten, ohne sie zu ermüden, waren ihre Besuche, die regelmäßig – sofern nichts Unerwartetes dazwischenkam – alle Sonntage stattfanden, ein Vergnügen für sie; die Aussicht darauf erhielt sie zunächst in einem angenehmen Zustand, der aber bald etwas Quälendes bekam wie übermäßiger Hunger, sobald Eulalie sich etwas verspätete. Wenn das lustvolle Gefühl, auf Eulalie zu warten, sich allzulange ausdehnte, wurde es zur Marter; meine Tante sah dann unaufhörlich auf die Uhr, gähnte und bekam Anwandlungen von Schwäche. Eulalies Schellen, wenn sie spät am Nachmittag dennoch kam, nachdem meine Tante sie schon nicht mehr erwartet hatte, verursachte ihr fast Übelkeit. Tatsächlich dachte sie sonntags beinahe ausschließlich an diesen Besuch, und gleich nach dem Mittagessen trieb Françoise uns an, das Eßzimmer zu verlassen, damit sie hinaufgehen und meine Tante ›beschäftigen‹ könne. Aber es war lange her (besonders von dem Zeitpunkt an, da in Combray die schönen Frühjahrstage anbrachen), daß die stolze Mittagsstunde vom Sankt-Hilarius-Turm herab, dem sie ein Wappen aus den zwölf vergänglichen Zacken ihrer tönenden Krone verlieh, über unserem Tisch verklungen war, über dem geweihten Brot, das uns alter Gewohnheit gemäß beim Verlassen der Kirche gereicht wurde, wenn wir immer noch vor den Tellern mit den Bildern aus Tausendundeiner Nacht saßen, beschwert von Hitze und dem guten Mahl. Denn zu der ständigen Grundlage von Eiern, Kotelettes, Kartoffeln, Eingemachtem, Biskuits, die sie uns gar nicht mehr ankündigte, fügte Françoise je nach dem Stande der Felder und Obstgärten, dem Ertrag der Fischerei und den Zufällen des Handelslebens, dem Entgegenkommen der Nachbarn und ihren eigenen Eingebungen – und zwar so glücklich, daß unser Speisezettel, wie die Vierblattornamente, die man im dreizehnten Jahrhundert über den Kirchenportalen anbrachte, immer einigermaßen dem Rhythmus der Jahreszeiten und den Episoden unseres Lebens entsprach – jeweils etwas hinzu: eine Barbe, weil die Händlerin ihr garantiert hatte, daß sie ganz frisch sei, einen Truthahn, weil sie einen schönen auf dem Markt von Roussainville-le-Pin gesehen hatte, Artischocken mit Mark, weil sie sie uns noch nie auf diese Art zubereitet hatte, eine Hammelkeule, weil der Aufenthalt in der frischen Luft tüchtig hungrig macht und weil man bis sieben Uhr gut schon wieder einen leeren Magen haben konnte, Spinat zur Abwechslung, Aprikosen, weil es noch kaum welche gab, Stachelbeeren, weil sie in vierzehn Tagen zu Ende sein würden, Himbeeren, die Monsieur Swann eigens für uns gebracht hatte, Kirschen, weil sie die ersten waren, die der Kirschbaum im Garten nach einer Pause von zwei Jahren wieder trug, Rahmkäse, den ich doch früher immer so gern gegessen hatte, einen Mandelkuchen, weil sie ihn am Abend zuvor bestellt, und eine Brioche, weil es für uns der angemessene Zeitpunkt war, sie von uns aus zum Mahle beizusteuern. Und nach alledem wurde uns auch noch, eigens für uns hergestellt, aber noch spezieller meinem Vater zugedacht, der sie besonders liebte, der Inspiration von Françoise entsprungen, von ihr als persönliche Aufmerksamkeit dargebracht, eine Schokoladencreme gereicht, flüchtig und leicht wie eine Gelegenheitsdichtung, auf die sie aber gleichwohl ihr gesamtes Können verwendet hatte. Wer etwas davon nicht gekostet hätte mit den Worten: ›Ich bin fertig, ich habe keinen Hunger mehr‹, wäre auf der Stelle in die

Reihen jener Rohlinge hinabgesunken, die bei dem Geschenk, das ein Künstler ihnen macht, auf das Gewicht und das Material schauen, während doch nur der Geist und die Signatur das Entscheidende sind. Auch wenn man nur das geringste davon auf dem Teller ließ, hätte das eine gleiche Unhöflichkeit bedeutet, wie wenn man sich vor der Beendigung eines Stückes unter den Augen des Komponisten erhebt.

Endlich sagte dann meine Mutter: »Lauf, bleib nicht ewig hier sitzen, halte dich in deinem Zimmer auf, wenn es dir draußen zu heiß ist, aber erst geh einen Augenblick an die Luft, damit du nicht gleich nach Tisch wieder liest.« Ich setzte mich dann – neben dem Brunnen, dessen Becken oft wie ein gotischer Taufstein mit einem Salamander verziert war, der auf dem verwitterten Rand mit seinem allegorisierenden spindelförmigen Leib ein lebendiges Relief abgab – auf die Bank ohne Lehne unter einem Fliederstrauch in jenem Gartenwinkel, von dem aus man durch einen Bedientenausgang auf die Rue Saint-Esprit treten konnte, und über dessen wenig gepflegtem Boden sich zwei Stufen erhoben, die in einen hinter dem Hause vorspringenden und wie ein selbständiges Gebäude wirkenden Küchenvorraum führten. Man sah von draußen schon den roten, wie Porphyr glänzenden Fußbodenbelag. Er sah weniger wie eine Wohngrotte für Françoise als vielmehr wie ein kleiner Venustempel aus. In überwältigender Fülle standen allhier die Opfergaben aus den Händen des Milchmanns, des Obsthändlers, der Gemüsefrau umher, die oft aus weit entlegenen dörflichen Siedlungen herbeigekommen waren, um dort die Erstlinge ihrer Felder niederzulegen. Und sein Dach war immer von einer gurrenden Taube gekrönt.

In früheren Zeiten hatte ich mich nicht lange in dem diese Stätte umgebenden heiligen Hain aufgehalten, denn bevor ich in mein Zimmer ging, um zu lesen, trat ich einen Augenblick in das kleine Ruhegemach meines Onkels Adolphe ein, der, ein Bruder meines Großvaters und ein alter Militär, als pensionierter Major im Erdgeschoß wohnte; selbst wenn die offenen Fenster die Hitze einließen – die Sonnenstrahlen selbst drangen selten bis dorthin vor – strömte dies Gemach immer wieder den gleichzeitig lauschigen und frischen Duft nach Wald und alten feudalen Lebensformen aus, der einen durch die Nase träumen läßt, wenn man gewisse verlassene Jagdschlößchen betritt. Aber seit vielen Jahren schon kam ich nicht mehr in Onkel Adolphes Zimmer, denn dieser besuchte Combray nicht mehr wegen eines Zerwürfnisses zwischen ihm und meiner Familie, an dem ich selbst, und zwar durch folgende Umstände schuld war:

Ein- oder zweimal monatlich wurde ich in Paris zu ihm geschickt, ich traf ihn dann an, wie er in einer einfachen Hausjoppe sein Mittagessen beendete, das ihm sein Diener in einer Arbeitsjacke aus weiß und violett gestreiftem Drillich auftrug. Er beklagte sich dann jedesmal, daß ich nicht schon eher gekommen sei, man kümmere sich überhaupt nicht um ihn; er schenkte mir Marzipan oder eine Mandarine, wir gingen durch den Salon, in dem er sich nie aufhielt und der niemals geheizt war; die Wände dieses Zimmers waren mit vergoldetem Stuck verziert, die Dekken in einem Blau gemalt, das den Himmel nachahmen sollte, und die Möbel mit gestepptem Seidenstoff gepolstert wie bei meinen Großeltern, aber gelb; dann gingen wir in den Raum, den er ›Arbeitszimmer‹ nannte: hier hingen an den Wänden Gravüren, die auf schwarzem Hintergrund eine füllige rosige Göttin darstellten, die einen Wagen lenkte, auf einer Erdkugel schwebte oder einen Stern an der Stirn trug, wie man sie im Zweiten Kaiserreich geliebt hatte, weil man sie ›pompejanisch‹ fand; dann lehnte man sie eine Zeitlang ab, und jetzt fangen sie wieder an, in Mode zu kommen, alles aus dem gleichen Grunde, welche anderen man auch anführen mag, nämlich, weil sie nach ›Second Empire‹ aussehen. Ich blieb dann bei meinem Onkel, bis sein Kammerdiener ihn im Auftrag des Kutschers fragen kam, zu welcher Stunde angespannt werden solle. Mein Onkel versank jedesmal in tiefes Nachdenken, das der staunend dastehende Kammerdiener nicht gewagt haben würde, durch die geringste Bewegung zu stören, während er gespannt auf das Ergebnis wartete, das immer genau das gleiche war. Endlich, nach einem letzten konzentrierten Zögern, sprach mein Onkel unfehlbar immer dieselben Worte aus: ›Viertel nach zwei‹, die der Kammerdiener verwundert und widerspruchslos wiederholte: ›Viertel nach zwei? Gut ... ich werde es sagen ...‹

Zu jener Zeit hegte ich eine große Verehrung für das Theater, die allerdings völlig platonisch war, denn meine Eltern hatten mir noch niemals erlaubt, es zu besuchen, und ich stellte mir die dort zu erwartenden Freuden so wenig der Wirklichkeit entsprechend vor, daß ich nicht weit davon entfernt war zu glauben, daß jeder Zuschauer wie durch ein Stereoskop eine Dekoration vor sich sähe, die nur für ihn da sei, obwohl ebenso beschaffen wie die, die tausend andere Zuschauer in der gleichen Weise gleichzeitig betrachteten.

Jeden Morgen lief ich bis zur Anschlagsäule, um nachzusehen, welche Stücke angezeigt wären. Nichts hätte selbstloser und beseligender sein können als die Träume, die jedes angekündigte Stück meiner Einbildungskraft schenkte und die für mich ihre Würze durch die Bilder erhielten, die sich unweigerlich gleichzeitig mit den Worten einstellten, aus denen der jeweilige Titel bestand, sowie auch durch die Farbe der noch feuchten und von Leim geschwellten Plakatzettel, auf denen sie erschienen. Wenn es sich nicht um so seltsame Werke wie ›Das Testament des Cäsar Girodot‹ oder ›König Ödipus‹ handelte, die nicht auf dem grünen Plakat der Opéra-Comique, sondern auf dem graurosa gefärbten der Comédie-Française erschienen, schien mir nichts entlegener von dem blitzend weißen Reiherbüschel, den ich mir bei den ›Krondiamanten‹ vorstellte, als die glatte, geheimnisvolle Seide des ›Schwarzen Domino‹, und da meine Eltern mir gesagt hatten, daß ich, wenn ich zum ersten Male ins Theater ginge, zwischen diesen beiden Stücken zu wählen hätte, so suchte ich abwechselnd in den Titel des einen oder anderen einzudringen, als könne mir jeder das Vergnügen, das mich in dem betreffenden Stück erwartete, erschließen und mit dem vergleichbar machen, welches das andere mir versprach; schließlich stellte ich mir mit solcher Kraft der Verdeutlichung auf der einen Seite eine glänzende und stolze Bühnenschöpfung, auf der anderen eine weichsamtene Angelegenheit vor, daß ich ebenso unfähig war, mich zu entscheiden, welchem ich nun eigentlich den Vorzug gäbe, als hätte man mir zum Nachtisch die Auswahl gelassen zwischen ›riz à l'Impératrice‹ und Schokoladencreme.

Alle meine Unterhaltungen mit Kameraden bezogen sich auf die Schauspieler, deren Kunst, obwohl mir noch unbekannt, die erste Form darstellte, unter der ich die Kunst schlechthin ahnend vor Augen sah. Die Art des einen oder anderen, einen längeren Part zu beginnen und zu nuancieren, die geringsten Unterschiede darin, schienen für mich eine unermeßliche Wichtigkeit zu besitzen. Und nach dem, was ich über sie gehört hatte, ordnete ich sie auf Grund ihres Talents in eine Reihenfolge ein, die ich mir den ganzen Tag im stillen hersagte und die schließlich in meinem Hirn etwas Starres bekam und mir durch ihre Unbeweglichkeit lästig zu werden begann.

Wenn ich in meinen späteren Schuljahren, sobald der Lehrer den Rücken gewendet hatte, mit einem neuen Freund zu korrespondieren begann, war immer meine erste Frage, ob er schon im Theater gewesen sei und ob er auch fände, daß Got der größte

Schauspieler, der zweite Delaunay sei und so fort. Und wenn seiner Meinung nach Febvre erst nach Thiron kam, oder Delaunay oder Coquelin, so gab die plötzliche Beweglichkeit Coquelins, der auf einmal seine steinerne Haltung verlor und in meinem Geiste auf den zweiten Platz hinüberwechselte, und die phantastische Lebendigkeit, die fruchtbare Wiederbelebung, die Delaunay erfuhr, wenn er auf den vierten zurücktrat, meinem wieder geschmeidig und fruchtbar gewordenen Hirn ein Gefühl von blühendem, flutendem Leben zurück.

Wenn aber die Schauspieler derartig meine Phantasie beschäftigten und der Anblick Maubants, wie er eines Nachmittags das Théâtre-Français verließ, mich den freudigen Schrecken und die Leiden der Liebe hatte erleben lassen, wie mußte dann erst der am Eingang eines Theaters erstrahlende Name einer Diva oder – im Fenster einer vorüberrollenden Equipage, die mit Pferden bespannt, die Rosen an den Stirnriemen trugen – das Antlitz einer Frau, von der ich annehmen mußte, daß sie vielleicht eine Schauspielerin sei, in mir eine lang andauernde Verwirrung, ein ohnmächtiges, schmerzliches Bemühen zur Folge haben, mir ihr Leben vorzustellen. Nach ihrem Talent ordnete ich die berühmtesten ein: Sarah Bernhardt, die Berma, die Bartet, Madeleine Brohan, Jeanne Samary, aber alle interessierten mich. Mein Onkel aber kannte viele von ihnen, und auch Kokotten, die ich von den Schauspielerinnen nicht ganz klar zu unterscheiden verstand. Er sah sie bei sich im Hause, und wenn wir nur an gewissen Tagen ihn besuchen gingen, so geschah es deshalb, weil an anderen Frauen zu ihm kamen, die meine Familie – wenigstens von ihrem Standpunkt aus – nicht hätte treffen dürfen; was meinen Onkel anbelangte, so machte es ihm gar nichts aus, hübschen Witwen, die vielleicht nie verheiratet waren, und Gräfinnen mit hochtönendem Namen, der zweifellos nur als ›nom de guerre‹ zu werten war, die Ehre der Bekanntschaft meiner Großmutter zu verschaffen oder ihnen Stücke aus dem Familienschmuck zu schenken – eine Zwanglosigkeit, die ihn schon mehr als einmal mit meinem Großvater ernstlich auseinandergebracht hatte. Oft hörte ich meinen Vater bei der Erwähnung eines Schauspielerinnennamens in der Unterhaltung zu meiner Mutter sagen: ›Eine Freundin deines Onkels‹; und dann dachte ich, wie gut doch mein Onkel einem jungen Menschen wie mir das vergebliche Warten vor der Tür einer Frau, die ihm auf seine Briefe nicht antwortete und ihn durch ihren Portier wegschicken ließ – Dinge, die gewichtige Männer oft jahrelang über sich ergehen lassen müssen – ersparen könnte, indem er mich in seinem Hause einer Schauspielerin vorstellte, die, für viele andere unerreichbar, eine gute Freundin von ihm war.

Unter dem Vorwand, eine neu angesetzte Unterrichtsstunde liege jetzt so unglücklich, daß sie mich mehrmals daran gehindert habe, ihn zu besuchen, und es auch weiter tun werde, verließ ich an einem Tage, der nicht für einen unserer Besuche vorgesehen war, an dem aber meine Eltern gerade früh zu Mittag gegessen hatten, das Haus, und anstatt die Anschlagsäule zu studieren, zu welchem Zweck man mich ohne Begleitung hatte ausgehen lassen, lief ich schnurstracks zu ihm. Vor seiner Tür sah ich einen Zweispänner stehen; die Stirnriemen der Pferde waren ebenso wie das Knopfloch des Kutschers mit einer roten Nelke geschmückt. Auf der Treppe schon hörte ich Lachen und eine Frauenstimme und, als ich geläutet hatte, nach einem kurzen Schweigen das Geräusch von Türen, die geschlossen wurden. Der öffnende Kammerdiener schien bei meinem Anblick verlegen; er sagte, mein Onkel habe zuviel zu tun und könne mich sicher nicht empfangen, doch während er ihn fragen ging, hörte ich die Frauenstimme von vorhin: »Ach doch! Laß ihn doch kommen! Nur einen Augenblick, es würde mir solchen Spaß machen. Auf der Photographie, die du auf deinem Schreibtisch hast, sieht er genau aus wie seine Mama, deine Nichte; ihr Bild ist doch das gleich daneben, nicht wahr? Ich möchte den Buben so gern einen Augenblick sehen.«

Ich hörte meinen Onkel etwas brummen, es klang, als sei er ärgerlich; dann kam der Diener und ließ mich ein.

Auf dem Tisch stand der gleiche Teller mit Marzipan wie gewöhnlich; mein Onkel hatte die übliche Hausjoppe an, aber ihm gegenüber saß im rosa Seidenkleid mit einem großen Perlenkollier um den Hals eine junge Frau, die gerade eine Mandarine verspeiste. Die Ungewißheit darüber, ob ich sie mit Madame oder Mademoiselle anreden solle, trieb mir das Blut in die Wangen, und da ich nicht nach ihrer Seite hinzublicken wagte aus Angst, ich müsse mit ihr sprechen, ging ich auf meinen Onkel zu und gab ihm einen Kuß. Sie schaute mich lächelnd an, mein Onkel sagte zu ihr: »Mein Neffe«, ohne meinen Namen zu nennen noch mir den ihrigen zu verraten, sicherlich weil er wegen der Schwierigkeiten, die er mit meinem Großvater gehabt hatte, tunlichst jede Verbindung zwischen seiner Familie und dieser Art von Beziehungen zu vermeiden suchte.

– Wie ähnlich er seiner Mutter sieht, sagte sie.

– Aber Sie haben ja meine Nichte nur auf der Photographie gesehen, fiel mein Onkel ihr rasch und eher unfreundlich ins Wort.

– Verzeihen Sie, lieber Freund, ich bin ihr im vorigen Jahr, als Sie so krank waren, auf der Treppe begegnet. Ich habe sie allerdings nur eine Sekunde gesehen, und es ist ja auch sehr dunkel in Ihrem Treppenhaus, aber es hat mir genügt, um sie zu bewundern. Dieser junge Mann hier hat ihre schönen Augen und auch das hier, sagte sie, während sie mit dem Finger eine Linie über den untern Teil ihrer Stirn zog. Heißt Ihre Frau Nichte eigentlich ebenso wie Sie, lieber Freund? fragte sie meinen Onkel.

– Er sieht vor allem seinem Vater ähnlich, brummte mein Onkel, der ebensowenig Wert darauf legte, auch nur ›par distance‹ eine Art Vorstellung vorzunehmen, indem er Mamas Namen nannte, als er dies ausdrücklich und aus der Nähe getan hätte. Er ist ganz sein Vater, und auch meiner lieben Mutter sieht er sehr ähnlich.

– Ich kenne seinen Vater nicht, sagte die Dame in Rosa mit einer leichten Neigung des Kopfes, und ich habe auch Ihre arme Mama nicht gekannt, mein Freund. Sie erinnern sich, es war gerade nach Ihrem großen Kummer, als wir uns kennenlernten.

Ich erlebte eine kleine Enttäuschung, denn diese junge Dame war so wenig anders als die anderen hübschen Frauen, denen ich manchmal im Kreise meiner Familie begegnet war, nicht anders als die Tochter eines unserer Vettern, den ich jedes Jahr zum ersten Januar besuchte. Nur besser gekleidet als jene, hatte die Freundin meines Onkels den gleichen lebendigen und guten Blick, sie sah ebenso freimütig und liebevoll in die Welt. Ich entdeckte nichts an ihr von der theatralischen Aufmachung, die ich auf den Photographien der Schauspielerinnen so sehr bewunderte, oder von irgendeinem diabolischen Ausdruck, der etwa mit ihrer mutmaßlichen Lebensführung hätte in Zusammenhang stehen können. Es fiel mir schwer zu glauben, daß dies eine Kokotte sei, und vor allem hätte ich sie nicht für eine elegante Kokotte gehalten, wenn ich nicht den Wagen mit den beiden Pferden, das rosa Kleid, das Perlenkollier gesehen und nicht gewußt hätte, daß mein Onkel nur die Creme dieser Art von Frauen bei sich sah. Aber ich fragte mich, wie der Millionär, der ihr ihren Wagen und ihre Villa und ihre Juwelen schenkte, Vergnügen daran finden konnte, sein Geld mit einem Wesen durchzubringen, das so einfach und anständig wirkte. Und doch, wenn ich mir vorstellte, welches vermutlich ihr Leben sei, so war dessen unmoralischer Charakter vielleicht aufregender für mich, als wenn er sich vor meinen Augen in greifbarerer Form gezeigt hätte – gerade weil er so unsichtbar blieb wie das Geheimnis hinter einem Roman oder irgendeinem Skandal, der diese junge Person, die in Mienenspiel und Tonfall so vielen mir bekannten anderen jungen Frauen glich und die ich nicht umhin konnte, als ein junges Mädchen aus guter Familie zu betrachten, die keiner Familie mehr angehörte, aus dem Kreis ihrer bürgerlichen Angehörigen vertrieben, sie der Allgemeinheit überantwortet, ihre Schönheit zur Entfaltung gebracht und sie bis zur Demimonde und zur Berühmtheit erhoben hatte.

Wir waren inzwischen in das ›Arbeitszimmer‹ hinübergegangen, und mein Onkel bot ihr mit einer Miene, die meiner Anwesenheit wegen etwas befangen war, Zigaretten an.

– Nein, sagte sie, Lieber, Sie wissen ja, ich rauche nur die, die der Großfürst mir schickt. Ich habe ihm gesagt, Sie seien eifersüchtig deshalb. Mit diesen Worten zog sie ein Zigarettenetui hervor, das mit fremdartigen goldenen Schriftzeichen bedeckt war. »Aber doch!« fing sie plötzlich noch einmal an, »ich muß den Vater dieses jungen Mannes hier bei Ihnen getroffen haben. Ist er nicht Ihr Neffe? Wie konnte ich das nur vergessen? Er war so liebenswürdig, so charmant zu mir«, fügte sie mit einer Miene zarter Bescheidenheit hinzu. Wenn ich mir vorstellte, was das für eine brüske Art von seiten meines Vaters gewesen sein mochte, die sie jetzt als ausgesucht liebenswürdig hinstellte – denn ich kannte ja seine Zurückhaltung und Kälte – so war mir ganz, als handle es sich ernstlich um eine von ihm begangene Ungezogenheit, der unangemessene Abstand zwischen ihrer überschwenglichen Dankbarkeit und seiner wenig liebenswürdigen Art außerordentlich peinlich. Späterhin habe ich den Eindruck gewonnen, als sei es eine der rührenden Seiten der Rolle, die diese müßigen und doch so emsig bemühten Frauen spielen, daß sie ihre Großherzigkeit, ihr Talent, einen immer bereitgehaltenen Traum von Seelenschönheit – denn wie die Künstler verwirklichen sie ihn nicht, zwängen sie ihn nicht in den Rahmen des gewöhnlichen Lebens hinein – und ein Gold, das sie wenig kostet, ganz darauf verwenden, in das rauhe, immer etwas plump gebliebene Leben der Männer etwas wie kostbare Edelsteine einzulassen. So wie diese hier in ein Rauchzimmer, in dem mein Onkel sie in seiner Hausjoppe empfing, ihren anmutigen Körper, ihr Kleid aus rosa Seide, ihre Perlen, den Nimbus von Eleganz, mit dem sie die Freundschaft eines Großfürsten umwebte, hineintrug, so hatte sie auch eine belanglose Bemerkung meines Vaters mit zarten Gefühlen durchsetzt, ihr eine elegante Form und Bedeutung gegeben, und nachdem sie einen ihrer Blicke schönsten Wassers, in dem sich Demut und Dankbarkeit spiegelten, wie ein Juwel in sie eingefügt hatte, reichte sie sie ihm als einen künstlerisch ausgestatteten Wertgegenstand zurück, als etwas, was nun wirklich ›charmant‹ geworden war.

– Hör, ich glaube, es ist Zeit, daß du gehst, sagte mein Onkel zu mir.

Ich stand auf und verspürte in mir eine unwiderstehliche Lust, der Dame in Rosa die Hand zu küssen, doch schien mir die Ausführung etwa so kühn, wie eine Entführung es wäre. Mein Herz klopfte heftig, während ich mir sagte: ›Soll ich, soll ich nicht?‹ Dann fragte ich mich nicht länger, was ich tun sollte, um statt dessen lieber wirklich etwas zu tun. Und in einem blinden, unüberlegten Impuls, der nichts mehr mit den Gründen zu tun hatte, die ich eben noch zu seinen Gunsten hätte vorbringen können, führte ich die Hand, die sie mir reichte, an die Lippen.

– Wie nett er ist! schon so galant, er hat einen Blick für Frauen, das hat er von seinem Onkel. Er wird einmal ein vollkommener Gentleman, fügte sie hinzu und preßte dabei die Zähne zusammen, um dem Satz einen leicht britischen Akzent zu geben. Könnte er nicht einmal kommen und ›a cup of tea‹ bei mir trinken, wie unsere Nachbarn, die Engländer, sagen? Er brauchte mir nur am Vormittag ein ›petit bleu‹ zu schicken.

Ich wußte nicht, was ein ›bleu‹ war. Überhaupt verstand ich nur die Hälfte der Worte, die diese Dame von sich gab, aber die Furcht, es könnte sich etwas darin verbergen, was ich ohne Unhöflichkeit nicht übergehen durfte, hinderte mich daran, nicht mehr hinzuhören; das Ganze war sehr anstrengend für mich.

– Nicht doch, das ist unmöglich, versetzte mein Onkel mit einem Achselzucken, er hat keine Zeit, er arbeitet viel. Er hat in seiner Klasse alle Preise bekommen, setzte er mit leiser Stimme hinzu, damit ich diese Lüge nicht hören und etwa Einspruch erheben könnte. Wer weiß? Er ist vielleicht ein künftiger kleiner Victor Hugo, eine Art Vaulabelle, Sie wissen schon.

– Ich schwärme für Künstler, antwortete die Dame in Rosa, nur sie verstehen die Frauen ... Nur sie und solche Ausnahmegeschöpfe wie Sie, mein Freund. Verzeihen Sie meine Unwissenheit. Wer ist Vaulabelle? Sind das die Bände mit den Goldrücken in der kleinen Büchervitrine in Ihrem Boudoir? Sie wissen doch,

Sie haben sie mir zu leihen versprochen, ich gebe auch bestimmt gut darauf acht.

Mein Onkel hatte eine leidenschaftliche Abneigung gegen das Verleihen von Büchern, er gab also keine Antwort und führte mich ins Vorzimmer hinaus. Von schwärmerischer Liebe zu der Dame in Rosa erfaßt, bedeckte ich die voll Tabak hängenden Backen meines alten Onkels mit wilden Küssen, und während er mir recht verlegen zu verstehen gab, was er nicht offen zu sagen wagte, nämlich daß ich zu meinen Eltern so wenig wie möglich von diesem Besuch sprechen möge, sagte ich ihm mit Tränen in den Augen, das Gefühl der Dankbarkeit für seine Güte sei so stark in mir, daß ich bestimmt eines Tages ein Mittel finden werde, sie ihm zu beweisen. Es war in der Tat so stark, daß ich zwei Stunden darauf nach ein paar verworrenen Redensarten, die, wie mir schien, meinen Eltern keinen ausreichenden Eindruck von der neuen Wichtigkeit meiner Person vermitteln konnten, einfacher fand, ihnen über meinen Besuch in allen Einzelheiten zu berichten. Ich glaubte damit meinem Onkel nicht irgendwelche Ungelegenheiten zu bereiten. Wie konnte ich es auch glauben, ich wollte es ja nicht. Ich konnte ja nicht auf den Gedanken kommen, daß meine Eltern in einem Besuch etwas Ungehöriges bemerken würden, in dem ich selber nichts dergleichen sah. Kommt es denn nicht alle Tage vor, daß ein Freund uns bittet, ihn auf alle Fälle bei einer Frau zu entschuldigen, der er aus irgendwelchen Gründen nicht hat schreiben können, wir aber unterlassen es in der Meinung, daß niemand einem Schweigen solche Wichtigkeit beilegen könne, das sie für uns in keiner Weise hat? Ich bildete mir wie die meisten Leute ein, das Hirn der anderen sei ein neutrales, immer empfangsbereites Gefäß ohne spezifisches Reaktionsvermögen gegenüber dem, womit man es füllte; ich ahnte nicht, daß ich meinen Eltern, als ich in das ihre die Nachricht von der neuen Bekanntschaft ergoß, die ich meinem Onkel verdankte, nicht gleichzeitig, wie ich es wollte, meine eigene wohlwollende Beurteilung dieser Begegnung miteinflößen konnte. Unglücklicherweise stützten sich meine Eltern, als sie sich über das Verhalten meines Onkels ein Urteil bildeten, auf Grundsätze, die weitgehend von denen abwichen, die ich ihnen nahelegen wollte. Mein Vater und mein Großvater hatten mit ihm lebhafte Auseinandersetzungen; ich wurde mittelbar davon in Kenntnis gesetzt. Ein paar Tage später begegnete ich in der Stadt meinem Onkel, der im offenen Wagen vorüberfuhr, und empfand bei seinem Anblick Schmerz, Dankbarkeit und Reue, die ich ihm gern ausgedrückt hätte. Neben dem gewaltigen Ausmaß dieser Gefühle schien mir ein bloßes Hutabnehmen etwas viel zu Geringfügiges; ich fürchtete, mein Onkel könne daraus entnehmen, ich hielte mich ihm gegenüber nur noch an die billigsten Formen der Höflichkeit. Ich beschloß daraufhin, diese Geste lieber zu unterlassen, und sah nach der andern Seite. Mein Onkel glaubte, ich befolge hiermit die Anweisung meiner Eltern, er verzieh es ihnen nie und starb Jahre darauf, ohne daß irgend jemand von uns ihn jemals wiedergesehen hätte.

So kam ich also nicht mehr in Onkel Adolphes nunmehr verschlossenes Ruhegemach, sondern trieb mich in der Nähe des Raumes hinter der Küche umher, bis Françoise mit den Worten auf der Schwelle erschien: »Ich lasse jetzt das Küchenmädchen den Kaffee servieren und das heiße Wasser hinaufbringen, ich muß zu Madame Octave«; dann entschloß ich mich, ins Haus zu gehen, und stieg, um zu lesen, in mein Zimmer hinauf. Das Küchenmädchen war eine Person in abstracto, eine ständige Einrichtung, der einige unveränderliche Attribute eine gewisse Kontinuität und Identität gewährleisteten durch eine Reihe aufeinanderfolgender vorübergehender Verkörperungen hindurch, unter denen sie erschien, denn wir hatten niemals zwei Jahre hintereinander das gleiche Wesen im Hause. In dem Jahre, als wir so oft Spargel aßen, war das Küchenmädchen, das sie gemeinhin zu schälen hatte, eine arme kränkliche Person in bereits vorgeschrittenem Zustand der Schwangerschaft, als wir Ostern ankamen, und alle wunderten sich eher, daß Françoise sie so viele Gänge und Besorgungen machen ließ, denn sie begann allmählich schwerer an der geheimnisvollen Last zu tragen, deren immer schwellendere Form man unter ihren weiten Kitteln erriet. Diese selbst erinnerten an die bauschigen Übergewänder, die gewisse allegorische Gestalten bei Giotto tragen, deren Photographien mir Monsieur Swann geschenkt hatte. Er selbst hatte uns darauf aufmerksam gemacht, und wenn er nach dem Ergehen des Küchenmädchens fragte, sagte er jedesmal: ›Was macht die Caritas von Giotto?‹ Das arme Mädchen selbst übrigens, verfettet durch ihren gesegneten Zustand bis zum Gesicht hinauf, bis in die gerade und eckig herabfallenden Wangen, glich tatsächlich jenen männlich wuchtigen Jungfrauen oder besser Matronen, die in der Arenakapelle die Tugenden personifizieren. Jetzt weiß ich, daß die Tugenden und Laster von Padua ihr auch noch auf andere Weise glichen. So wie das Bild dieses Mädchens noch durch das hinzugefügte Symbol, das sie vor sich hertrug, bereichert schien, ohne daß sie offenbar seinen Sinn begriff oder ihr Gesicht etwas von seiner Schönheit und geistigen Bedeutung ausdrückte, sondern nur einfach sein beschwerendes Lasten, ebenso scheint die derbe Wirtschafterin, die in der Arenakapelle unter dem Namen der ›Caritas‹ erscheint und deren Reproduktion an der Wand meines Arbeitsraumes in Combray hing, diese Tugend zu verkörpern, ohne etwas davon zu ahnen und ohne daß sich ein Gedanke an Nächstenliebe jemals auf ihrem kraftvollen und vulgären Antlitz hätte spiegeln können. Dank einer schönen Erfindung des Malers tritt sie die Schätze der Erde unter ihre Füße, aber sie tut es genauso, als wenn sie Trauben träte, um den Saft herauszupressen, oder mehr noch als sei sie auf ein paar Säcke gestiegen, um dadurch größer zu scheinen; und wenn sie Gott ihr Herz in Flammen darbietet, so reicht sie es ihm eigentlich in der Weise heraus, wie eine Köchin einen Korkenzieher aus dem Kellerfenster jemandem hinhält, der am Parterrefenster stehend ihn von ihr haben will. Eher noch hatte die ›Invidia‹ einen gewissen Ausdruck von Neid im Gesicht. Aber auch in diesem Fresko nimmt das Symbol einen so großen Raum ein und wird so realistisch dargestellt, die Schlange, die zischend aus ihrem Munde fährt, füllt so ganz und gar den geöffneten Mund aus, daß die Gesichtsmuskeln viel zu stark gespannt sind – etwa wie die eines Kindes, das einen Ballon aufbläst – um sie wirklich enthalten zu können, und daß die Aufmerksamkeit der Invidia – wie auch gleichzeitig die unsere – viel zu sehr durch die Tätigkeit ihrer Lippen in Anspruch genommen wird, als daß ihr noch Zeit für neidische Regungen bliebe.

Trotz der großen Bewunderung, die Monsieur Swann jenen Gestalten Giottos entgegenbrachte, hatte ich doch lange Zeit kein Vergnügen daran, in unserem Arbeitszimmer, in dem die Abzüge angeheftet waren, die er mitgebracht hatte, jene Caritas ohne Liebe zu betrachten oder eine Invidia, die nur wie eine Tafel in einem medizinischen Lehrbuch die Kompression der Stimmritze oder des Zäpfchens durch einen Zungentumor oder die Einführung eines chirurgischen Instruments zu veranschaulichen schien, eine Gerechtigkeit, deren graues und ausdrucklos regelmäßiges Gesicht genau das gleiche war, wie es in Combray gewissen hübschen, frommen und gefühlsarmen Bürgersfrauen eignete, die ich bei der Messe traf und von denen mehrere bereits Anwärterinnen auf einen Platz im Reservekorps der Ungerechtigkeit waren. Später erst habe ich begriffen, daß die eigenartige Schönheit dieser Fresken gerade darauf beruhte, daß in ihnen das bestimmte Symbol einen so großen Raum einnahm und daß die Tatsache, daß es nicht als Symbol – da der versinnbildlichte Gedanke nicht als solcher ausgedrückt war – sondern als Faktum dargestellt wurde, als wirklich erlebt und materiell gehandhabt, der Bedeutung des Werkes etwas Wörtlicheres und Eindeutigeres und der Lehre, die man daraus zog, etwas höchst konkret Einleuchtendes verlieh. Die Aufmerksamkeit des armen Küchenmädchens wurde ja auch unaufhörlich auf ihren Leib gelenkt durch das Gewicht, das an diesem zog; und ebenso wendet sich sehr oft das Denken der Sterbenden ganz nach der Seite zu (im wörtlichen Sinne), in der dunkel und innerlich der Schmerz sitzt, nach jener Seite des Todes, die er ihnen in ihrem besonderen Fall zukehrt, die er sie grausam spüren läßt und die viel mehr einer Last gleicht, unter der sie schließlich zusammenbrechen, nämlich der Schwierigkeit zu atmen, einem Bedürfnis zu trinken, als dem, was wir gemeinhin die ›Idee des Todes‹ nennen.

Die Tugenden und Laster von Padua mußten schon einen großen Wirklichkeitsgehalt besitzen, daß sie mir ebenso lebendig vorkommen konnten wie die schwangere Dienstmagd und daß diese mir kaum weniger allegorischen Sinn als jene zu haben schien. Und vielleicht repräsentiert auch die – wenigstens anscheinende – Nichtteilnahme der Seele an der Tugend, die durch sie hindurch wirkt, außer ihrem ästhetischen Wert noch eine wenn nicht psychologische, so doch, wie man sagt, physiognomische Wirklichkeit. Wenn ich später im Laufe meines Lebens, in Klöstern etwa, Gelegenheit hatte, wirklich heiligen Personifizierungen der tätigen Nächstenliebe zu begegnen, so hatten diese im allgemeinen das muntere, positive, gleichgültige und etwas schroffe Gebaren des eiligen Chirurgen an sich und ein Gesicht, auf dem kein Mitgefühl, kein Gerührtsein gegenüber dem menschlichen Leiden zu lesen stand, freilich auch keine Furcht vor der Berührung mit ihm, kurz, sie trugen die sanftmutlosen Züge, das sympathielos erhabene Antlitz der wahren Güte zur Schau.

Während das Küchenmädchen – das damit unwillkürlich die Überlegenheit von Françoise um so heller erstrahlen ließ, so wie der Irrtum durch den Gegensatz den Triumph der Wahrheit augenfälliger macht – den Kaffee servierte, der nach Mamas Feststellung nur aus heißem Wasser bestand, und darauf in unsere Schlafzimmer heißes Wasser trug, das kaum lauwarm war, streckte ich mich mit einem Buch in der Hand auf dem Bett in meinem Zimmer aus, das zitternd seine durchsichtige, zerbrechliche Kühle gegen die Nachmittagssonne hinter festgeschlossenen Fensterläden verteidigte, durch die ein Lichtstrahl dennoch seinen gelben Flügel hatte schieben können, der nun wie ein ruhender Schmetterling unbeweglich zwischen dem Holz der Jalousien und der Fensterscheibe hing. Es war kaum hell genug zum Lesen, und ein Feingefühl von dem Glanz des Lichtes draußen sandten mir nur die von der Rue de la Cure heraufkommenden Hammerschläge zu, die Camus (auf Françoises Hinweis, daß meine Tante zur Zeit nicht ›ruhte‹ und man also Lärm machen könne) auf staubige Kisten niederfallen ließ und die in der tönenden Atmosphäre der Schönwettertage in der Ferne scharlachrote Funken aufsprühen zu lassen schienen; außerdem auch die Fliegen, die mit ihrem Summkonzert eine Art sommerlicher Kammermusik vollführten, die freilich nicht die Erinnerung an den Sommer zurückruft, wie menschliche Musik es tut, die man zufällig in der schönen Jahreszeit angehört hat; sie ist mit dem Sommer vielmehr durch ein echteres Band verknüpft: in den schönen Tagen entstanden, nur mit ihnen wiedererstehend und mit etwas von ihrer Substanz getränkt, führt sie nicht nur die Vorstellung davon in unserem Gedächtnis herauf, sondern bestätigt vielmehr ihre Wiederkehr als tatsächliche, unmittelbar uns umwebende, greifbare Gegenwart.

Die dunkle Kühle meines Zimmers verhielt sich zur besonnten Straße wie der Schatten zum Licht, das heißt, ihre Intensität war genauso groß; sie schenkte mir in der Phantasie das volle Schauspiel des Sommers, von dem meine Sinne auf einem Spaziergang zum Beispiel nur jeweils Teilaspekte hätten genießen können; dadurch paßte sie so gut zu meiner Art von Ruhe, die (dank den in meinen Büchern erzählten, mich im Innern bewegenden Abenteuern) wie eine Hand, die man regungslos in fließendes Wasser hält, den tobenden Anprall eines Stromes von lebhafter Handlung aushielt.

Meine Großmutter aber kam, sogar wenn die allzu große Hitze in schlechtes Wetter umschlug, wofern nur ein Gewitter oder ein Schauer niedergegangen war, und beschwor mich, ein Weilchen ins Freie zu gehen. Da ich auf meine Lektüre nicht verzichten wollte, beschloß ich, sie im Garten fortzusetzen, und zwar unter dem Kastanienbaum in einer kleinen Hütte aus Lattenwerk und Segeltuch, in der ich den Augen der Personen zu entgehen glaubte, die meine Eltern besuchten.

Und war nicht die Welt meiner Gedanken selbst wie eine solche Hütte, in deren Tiefe ich sogar auch dann verborgen blieb, wenn ich einen Blick auf die Dinge warf, die sich draußen zutrugen? Sobald ich einen Gegenstand außerhalb von mir wahrnahm, stellte sich das Bewußtsein, daß ich ihn sah, trennend zwischen mich und ihn und umgab ihn rings mit einer geistigen Schicht, die mich hinderte, seine Substanz unmittelbar zu berühren; vielmehr verflüchtigte diese sich jedesmal, wenn ich den direkten Kontakt damit suchte, so wie ein glühender Körper, den man an etwas Feuchtes hält, niemals die Feuchtigkeit selbst berührt, weil dazwischen immer eine Dunstzone liegt. Auf der Art von Schirm, den mein Bewußtsein beim Lesen in mir ausspannte, erschienen in bunter Folge verschiedene Zustandsbilder, angefangen von den geheimsten Regungen meines Innern bis zu der rein äußerlich mit den Augen wahrgenommenen Horizontlinie des Gartens. Darunter war das zunächst Innerlichste, der ständig bewegte Hebel, der alles regulierte, mein Glaube an den Ideenreichtum und die Schönheit meines Buches sowie mein Wunsch, mir diese zu eigen zu machen, ganz gleich, was für ein Buch es gerade war. Denn selbst wenn ich es in Combray gekauft hatte, weil ich es in der Auslage von Borange gesehen hatte – einer Kolonialwarenhandlung, die zu weit von uns entfernt lag, als daß Françoise dort hätte einkaufen können wie bei Camus, die aber dessen Laden in ihrer Eigenschaft als Papiergeschäft und Buchhandlung durchaus übertraf – an Schnüren in dem Mosaik aus Broschüren und Romanlieferungen aufgehängt, mit dem die an Mysterium und Gedankenreichtum jeder Kathedraltür überlegenen Flügel der Eingangspforte bekleidet waren, so deshalb, weil ich es wiedererkannte, nachdem mich der Lehrer oder Klassenkamerad, der mir damals gerade das Geheimnis der Wahrheit und Schönheit innezuhaben schien, die ich ahnte, ohne sie zu begreifen, deren Erkenntnis aber das unbestimmte, wiewohl unverrückbare Ziel all meines Denkens war, auf die Beachtlichkeit dieses Werkes hingewiesen hatte.

Nach diesem zentralen Glauben, der während der Lektüre in meinem auf Findung der Wahrheit gerichteten Bestreben unaufhörlich von innen nach außen webte, kamen die Gemütszustände, die sich aus der Handlung ergaben, an welcher ich teilnahm, denn diese Nachmittage waren an dramatischen Geschehnissen reicher, als ein ganzes Menschenleben es ist. Es waren die Begebenheiten, die in dem Buche vorkamen, das ich las; zwar waren die darin auftretenden Personen nicht ›wirklich‹, wie Françoise sagte. Aber alle unsere Gefühle, in denen wir die Freuden und Leiden einer wirklichen Person miterleben, kommen auch nur durch ein Bild zustande, das wir uns von diesem Glück oder Mißgeschick machen; der geniale Einfall des ersten Romanschriftstellers bestand in der Entdeckung, daß, da in unserer emotionalen Sphäre das Bild das wesentliche Element ist, die Dinge entscheidend vereinfacht und vervollkommnet würden, wenn man die wirklichen Personen kurzerhand ausschaltete. Ein wirklicher Mensch, mögen wir noch so sehr mit ihm sympathisieren, wird von uns zum großen Teil durch die Sinne aufgenommen, das heißt, große Partien an ihm bleiben undurchsichtig für uns und bilden eine Art toter Last, mit der unser Empfindungsleben nichts anzufangen weiß. Stößt ihm ein Unglück zu, so können wir nur an einer kleinen Stelle der Gesamtvorstellung, die wir von ihm haben, davon berührt werden, ja mehr noch: auch nur in einem kleinen Teil der Gesamtvorstellung, die er von sich selber hat, wird er selbst es sein können. Die Erfindung des Romanschriftstellers war nun, diese für die Seele undurchdringlichen Partien durch eine gleiche Menge immaterieller Teile zu ersetzen, das heißt solcher, die unsere Seele sich anverwandeln kann. Was spielt es nun noch für eine Rolle, ob die Handlungen und Gefühle dieser Wesen einer ganz neuen Art uns als wahr erscheinen, da wir sie ja zu den unsern gemacht haben, da sie sich in uns selbst abspielen und, während wir fieberhaft die Seiten des Buches umblättern, die Schnelligkeit unserer Atemzüge und die Lebhaftigkeit unseres Blicks sich ganz nach ihnen regeln muß. Wenn uns aber der Verfasser erst einmal in diesen Zustand versetzt hat, in dem wie bei allen rein innerlichen Vorgängen jedes Gefühl verzehnfacht ist, und bei dem sein Buch uns nach Art eines Traumes bewegt, eines Traumes jedoch, der klarer ist als unsere Träume im Schlaf und auch in unserem Gedächtnis besser haften bleibt, so läßt er eine Stunde lang alles Glück und Leiden auf uns los, das es überhaupt gibt, und wovon wir im Leben selbst in Jahren nur einige Formen kennenlernen könnten; die stärksten aber würden sich uns niemals offenbaren, denn die Langsamkeit, mit der sie sich herausbilden, läßt uns den Blick dafür verlieren (so wandelt sich unser Herz im Leben, und das ist das schlimmste der Leiden; doch wir erleben es nur beim Lesen und in der Phantasie: in der Wirklichkeit vollzieht sich diese Wandlung wie bei gewissen Naturerscheinungen so langsam, daß wir zwar nacheinander jede der verschiedenen Phasen feststellen können, aber das Bewußtsein des Wandels selbst bleibt uns dennoch erspart).

In meinem Körper schon weniger verhaftet als das Leben der

Personen folgte dann, halb vor meine Augen hinprojiziert, die Landschaft, in der die Handlung sich abspielte; in meinem Denken nahm sie einen viel größeren Raum ein als die andere, nämlich die, die wirklich vor meinen Blicken lag, sobald ich sie von dem Buche hob. So habe ich zwei Sommer hintereinander in der Hitze des Gartens von Combray wegen des Buches, in dem ich las, Sehnsucht nach einem gebirgigen, flußreichen Lande mit vielen Sägewerken gehabt, wo auf dem Grunde des klaren Wassers Holzstücke unter Büscheln von Kresse vermoderten; nicht weit davon hingen an niederen Mauern Trauben von violetten und rötlichen Blüten herab. Und da der Traum von einer Frau, die mich lieben würde, in meinen Gedanken immer eine Rolle spielte, so war in jenen Sommern dieser Traum von der Kühle fließenden Wassers durchtränkt; und an was für eine Frau auch immer ich dachte, auf alle Fälle war sie von Trauben violetter und rötlicher Blüten wie von Farben umrahmt, durch die sich ihre eigenen hoben.

Das kam nicht nur daher, daß ein Bild, von dem wir träumen, immer durch den Widerschein der an sich fremden Tönungen gekennzeichnet, verschönt und über sich selbst erhoben wird, mit denen wir es zufällig in unseren Phantasien umgeben; denn die Landschaften in den Büchern, die ich las, waren für mich nur Landschaften, die meiner Einbildungskraft eindringlicher vorgestellt wurden als diejenigen, die Combray zu meiner Verfügung hielt, die aber an sich dabei hätten die gleichen sein können. Durch die Auswahl, die der Schriftsteller traf, durch die Gläubigkeit, mit der ich sie als Offenbarung hinnahm, schienen sie mir – und niemals hatte ich in einer Region, in der ich mich aufhielt, diesen Eindruck gehabt, vor allem nicht in unserem Garten, dem trivialen Erzeugnis der gradlinigen Phantasie des Gärtners, dem die Nichtachtung meiner Großmutter galt – ein wirklicher Teil der echten Natur zu sein, der es sehr wohl verdiente, eingehend betrachtet und erforscht zu werden.

Hätten meine Eltern mir erlaubt, den Schauplatz eines Buches, das ich las, selber aufzusuchen, so hätte das meiner Meinung nach einen unschätzbaren Fortschritt in der Eroberung der Wahrheit bedeutet. Denn wenn man die Empfindung hat, immer in seiner Seele zu leben, so ist es nicht so, als befände man sich in einer festverankerten Gefängniszelle: vielmehr wird man mit ihr davongetragen in dem unaufhörlichen Drang, über sie hinaus ins Freie zu gelangen, allerdings begleitet von einem Gefühl der Entmutigung, weil man immer um sich her den gleichen Klang vernimmt, der nicht ein Echo von draußen ist, sondern die Resonanz des eigenen inneren Bebens. In den Dingen, die dadurch kostbar werden, sucht man den Widerschein zu entdekken, der von unserer Seele her auf sie fällt; enttäuscht stellt man fest, daß sie von Natur jenen Reiz nicht besitzen, den sie in der Welt unserer Gedanken durch die Nachbarschaft gewisser anderer Vorstellungen angenommen haben; manchmal verwandelt man alle Seelenkräfte in Grazie und Glanz, nur um auf Wesen einzuwirken, von denen wir feststellen müssen, daß sie ihren Platz nun einmal außerhalb von uns haben und niemals für uns erreichbar sind. Wenn ich also die Frau, die ich liebte, mir an Stätten erträumte, nach denen ich damals gerade das größte Verlangen trug, oder wenn ich mir wünschte, daß sie mich erst zu ihnen hinführen und mir damit neue Regionen erschließen möchte, so lag das nicht einfach an dem Zufall einer Gedankenassoziation; nein, es kam vielmehr daher, daß meine Reise- und Liebesträume nur verschiedene Momente eines gleichen, durch nichts zu bändigenden Aufsprudelns aller meiner Lebenskräfte waren, die ich heute willkürlich voneinander trenne, als legte ich an verschieden hohen Stellen einen Schnitt durch einen in allen Farben spielenden und scheinbar unbeweglichen Wasserstrahl.

Schließlich, wenn ich weiter von innen nach außen den verschiedenen nebeneinander bestehenden Phasen meines Bewußtseins nachgehe, stoße ich noch auf ein Behagen anderer Art, das Gefühl, angenehm zu sitzen, die gute Luft zu spüren und durch Besucher nicht behelligt zu werden; dazu kam, daß ich bei jedem Stundenschlag vom Glockenturm von Saint-Hilaire die bereits vergangene Zeit des Nachmittags Stück für Stück herunterfallen sah, bis ich den letzten Schlag hörte, der mir gestattete, die Endsumme festzustellen; das Schweigen, das darauf folgte, schien im Himmelsblau dann der Anfang jener Frist zu sein, die mir für meine Lektüre noch blieb bis zu dem guten Abendessen, das Françoise bereitete und das mir Erholung von den Anstrengungen bringen würde, die ich bei meiner Lektüre an der Seite meines Helden hatte mitmachen müssen. Bei jedem Stundenschlag aber schien es mir, als sei der vorhergehende eben erst gefallen; die jüngstverflossene Stunde stand noch ganz nah der anderen am Himmel, und ich konnte nicht glauben, daß sechzig Minuten in dem durchmessenen kleinen blauen Bogen zwischen den beiden goldenen Markierungen des Sonnenstandes Platz gehabt haben sollten. Manchmal sogar zeigte sich eine übereilige Stunde mit zwei Schlägen mehr an als die vorige; eine hatte ich also überhört, es hatte etwas stattgefunden, aber nicht für mich; das Interesse an der Lektüre, die so magisch wirkte wie ein tiefer Schlaf, hatte meine halluzinierten Ohren abgelenkt und den goldenen Glockenton auf der azurnen Fläche des Schweigens einfach ausgelöscht. Schöne Sonntagnachmittage unter dem Kastanienbaum im Garten von Combray, aus denen ich für meinen Gebrauch so sorgfältig alle mittelmäßigen Züge meiner persönlichen Existenz herausgenommen und durch ein Leben reich an Abenteuern und voll merkwürdiger Unternehmungen inmitten einer von lebendigen Wassern durchströmten Landschaft ersetzt hatte, ihr macht noch einmal diese Vergangenheit lebendig für mich, wenn ich an euch denke, und ihr enthaltet sie ja auch wirklich, da ihr sie – während ich in meiner Lektüre fortfuhr und die Hitze des Tages langsam ermattete – nach und nach zurechtgebogen und in das rollende, langsam sich wandelnde, laubdurchzitterte Kristall eurer schweigenden, klingenden, duftenden, durchscheinenden Stunden eingeschlossen habt.

Manchmal wurde ich mitten am Nachmittag aus meiner Lektüre gerissen durch die Gärtnerstochter, die wie verrückt dahergelaufen kam, unterwegs ein Orangenbäumchen umwarf, sich dabei in den Finger schnitt oder einen Zahn ausschlug und rief: »Sie kommen, sie kommen!«, damit auch Françoise und ich herbeieilten und nichts von dem Schauspiel verlören. Das war an den Tagen, wenn die Truppe bei einer Alarmübung durch Combray zog, und zwar gewöhnlich durch die Rue Sainte-Hildegarde. Während unsere Dienstboten auf Stühlen aufgereiht vor dem Gartentor saßen, den Sonntagsspaziergängern von Combray zuschauten und sich ihnen zeigten, hatte die Gärtnerstochter durch den Spalt zwischen zwei weit entfernt in der Bahnhofstraße gelegenen Häusern die Helme blitzen sehen. Die Dienstboten hatten schleunigst ihre Stühle hineingetragen, denn wenn die Kürassiere durch die Rue Sainte-Hildegarde kamen, füllten sie sie in ganzer Breite aus; die galoppierenden Pferde strichen dicht an den Häuserwänden entlang, und die Bürgersteige verschwanden unter der Flut wie Böschungen unter einem entfesselten Strom.

– Die armen Kinder, meinte Françoise, die, kaum an das Gitter zurückgekehrt, bereits in Tränen war; diese arme Jugend, da wird sie dahingemäht wie Gras; wenn ich nur daran denke, gibt es mir einen Stich, fügte sie hinzu und legte ihre Hand auf das Herz, dahin, wo sie den ›Stich‹ verspürte.

– Es ist doch aber etwas Schönes, nicht wahr, Madame Françoise, wenn man junge Leute sieht, die nicht am Leben hängen? meinte der Gärtner, um sie ›hochgehen‹ zu lassen.

Sein Wort war nicht umsonst verhallt:

– Nicht am Leben hängen? Aber woran soll man denn hängen, wenn nicht am Leben, wo es doch das einzige Geschenk ist, das der liebe Gott uns nicht zweimal macht. Ach, du lieber Himmel! Aber es ist schon richtig, sie hängen nicht daran! Ich habe sie Anno siebzig gesehen; wenn so ein elender Krieg ausbricht, haben sie keine Angst vor dem Tod; mehr oder weniger sind sie dann alle verrückt; und sie sind auch den Strick nicht mehr wert, an dem man sie aufhängen müßte; sie gehen dann nicht mehr wie Menschen drauflos, sondern wie wilde Löwen. (Für Françoise lag in dem Vergleich eines Menschen mit einem Löwen nämlich nichts Schmeichelhaftes.)

Die Rue Sainte-Hildegarde machte eine zu starke Biegung, als daß man weit sehen konnte, und so nahm man nur durch den bewußten Zwischenraum zwischen den Häusern in der Bahnhofstraße den in der Sonne blitzenden Zug der sich stets erneuernden Helme wahr. Der Gärtner hätte gern gewußt, ob noch viele kämen, er hatte Durst, und die Sonne brannte. Da stürzte sich auf einmal das Mädchen, als bräche sie aus einer belagerten Festung aus, bis zur Straßenecke, und nachdem sie hundertmal dem Tode getrotzt hatte, kam sie und brachte uns mit einer Flasche Limonade die Nachricht zurück, daß es bald tausend wären, die von der Seite von Thiberzy und Méséglise pausenlos heranmarschierten. Françoise und der Gärtner hatten sich inzwischen wieder vertragen und tauschten jetzt ihre Meinungen über das im Kriegsfall einzunehmende Verhalten aus:

– Sehen Sie, Françoise, äußerte sich der Gärtner, Revolution ist besser, weil dann nur die marschieren, die wirklich wollen.

– Ja, ja, meinte sie, das versteht man noch, das ist auch ehrlicher.

Der Gärtner war der Ansicht, daß im Kriegsfall sämtliche Eisenbahnen angehalten würden.

– Natürlich, daß keiner ausrücken kann, bestätigte Françoise.

– Ja, die sind schlau! setzte der Gärtner hinzu, denn für ihn war es ausgemacht, daß der Krieg eine Art von häßlichem Streich sei, den der Staat dem Volke zu spielen versuchte, und daß, wenn irgend möglich, jeder sich drücken würde.

Aber nun beeilte sich Françoise, wieder zu meiner Tante zu kommen, ich kehrte zu meinem Buche zurück, und die Dienstboten nahmen ihre Plätze vor dem Gartentor wieder ein, um den

Staub und die Wogen der Erregung allmählich sich legen zu sehen, die die vorüberziehenden Soldaten aufgewirbelt hatten. Lange nachdem wieder Stille eingetreten war, blieben die Straßen Combrays noch schwarz von ungewohnten Spaziergängern. Vor allen Häusern, selbst da, wo diese Gewohnheit sonst gar nicht bestand, hielten die Bedienten oder sogar die Herrschaften die Schwellen mit einem dunklen phantasievollen Saum besetzt, so wie eine Sturmflut den Strand mit einem muschelbestickten krausen Algenschleier am Rande zurückläßt, nachdem sie zurückgegangen ist.

Außer an solchen Tagen konnte ich gemeinhin ruhig lesen. Die Unterbrechung und der Kommentar jedoch, mit dem Swann einmal bei einem Besuch meine Lektüre versah, als ich gerade das Buch eines mir damals noch ganz neuen Autors, Bergotte, las, hatte die Folge, daß ich lange Zeit hinterher das Bild der Frau meiner Träume nicht mehr vor einer mit hängenden violetten Blüten dekorierten Mauer sah, sondern auf einem ganz andern Hintergrund, dem Portal einer gotischen Kathedrale.

Von Bergotte hatte ich zum ersten Male durch einen meiner Schulkameraden gehört, der älter als ich war und den ich sehr bewunderte: Bloch. Als ich ihm meine Begeisterung für die ›Nuit d'Octobre‹ von Musset gestand, war er in dröhnendes Gelächter ausgebrochen und hatte mir gesagt: »Deine Neigung für diesen Sieur de Musset ist von recht niederer Art, du solltest das revidieren. Der Bursche hat viel Unheil angerichtet und ist ein ganz roher Finsterling. Ich muß dir übrigens zugeben, daß er und auch jener unter dem Namen Racine bekannte Dichter, beide in ihrem Leben einen ganz netten Vers geschmiedet haben, der im Rhythmus nicht übel ist und außerdem für sich hat, daß er gar nichts bedeutet. Ich meine: ›La blanche Oloossone et la blanche Camire‹ und ›La fille de Minos et de Pasiphaë‹. Die beiden armen Schelme verdanken ihre Entlastung in meinen Augen einem Artikel des guten Leconte, der mein sehr verehrter Meister und lieb den unsterblichen Göttern ist. Übrigens habe ich hier ein Buch, für dessen Lektüre ich noch keine Zeit gefunden habe, das aber, glaube ich, auch von diesem ungewöhnlichen Manne empfohlen worden ist. Er hält, sagt man mir, den Verfasser, einen Herrn Bergotte, für einen ganz gewitzten Burschen, und obwohl er manchmal unerklärliche Milde walten läßt, bleibt sein Wort doch ein Orakel für mich. Lies also diese lyrische Prosa, und wenn der gigantische Türmer von Rhythmen, der ›Baghavat‹ und den ›Levrier de Magnus‹ geschrieben hat, die Wahrheit spricht, so wirst du bei Apollon, lieber Meister, die Wonnen olympischen Nektars kosten.« In sarkastischem Tone hatte er mich gebeten, ihn mit ›Meister‹ anzureden, er selbst nannte mich ebenso. In Wirklichkeit aber hatten wir ein gewisses Vergnügen an diesem Spiel, da wir noch nahe an dem Alter waren, da man zu schaffen glaubt, was man benennt.

Leider gelang es mir nicht, im Gespräch mit Bloch und an Hand der Erklärungen, die ich von ihm erbat, die Unruhe zu beschwichtigen, in die er mich mit seiner Bemerkung gestürzt hatte, daß schöne Verse (und das hatte er mir gesagt, der ich von ihnen nichts Geringeres erwartete als die Offenbarung der Wahrheit!) um so schöner seien, weil sie gar keinen Sinn hätten. Bloch wurde freilich nicht zum zweiten Male zu uns eingeladen. Zunächst war er freundlich aufgenommen worden. Mein Großvater behauptete allerdings, daß jedesmal, wenn ich mich mit einem Kameraden näher angefreundet hätte und ihn zu uns ins Haus brächte, es immer ein Jude sei, wogegen er grundsätzlich nichts einzuwenden hatte – sogar sein Freund Swann war jüdischer Herkunft –, aber er glaubte festgestellt zu haben, daß ich sie gewöhnlich nicht unter den besten wählte. Wenn ich also einen neuen Freund mitbrachte, so kam es selten vor, daß er nicht vor sich hinsummte: ›Kehr, o Gott unsrer Väter‹ aus der ›Jüdin‹ oder ›Israel, brich deine Kette‹, wobei er natürlich nur die Melodie andeutete (Tim talam talam, talim), aber ich hatte jedesmal Angst, mein Freund könnte die Melodie kennen und die Worte in Gedanken einsetzen.

Bevor er sie noch gesehen hatte, beim bloßen Hören ihres Namens, der oft gar nichts spezifisch Jüdisches hatte, erriet er nicht nur die jüdische Herkunft derjenigen meiner Freunde, bei denen es wirklich zutraf, sondern auch, was manchmal sonst in ihrer Familie nicht stimmte.

– Und wie heißt denn dein neuer Freund, der heute abend kommt?

– Dumont, Großvater.

– Dumont! Oh, das klingt allerdings nicht sehr vertrauenerweckend. Und er sang:

Schützen, seid auf der Hut!
Wacht unverzagt, ohne Lärm.

Und nachdem er uns geschickt ein paar mehr ins einzelne gehende Fragen gestellt hatte, rief er aus: »Achtung! Achtung!« oder wenn es das arme Opfer selbst war, das er durch ein wohlgetarntes Verhör, ohne daß jener es merkte, zum Eingestehen seiner Herkunft gezwungen hatte, begnügte er sich, um uns zu zeigen, daß er sich nicht getäuscht hatte, uns anzuschauen und dabei die Melodie:

Dieses scheuen Israeliten
Schritte leitet ihr also hierher!

kaum hörbar zu summen, oder auch:

Heimische Felder, Hebron, sanftes Tal

oder:

Ich bin vom auserwählten Volk.

In diesen kleinen Eigenheiten meines Großvaters drückte sich kein Übelwollen gegen meine Freunde aus. Bloch aber hatte meinen Eltern aus anderen Gründen mißfallen. Zunächst hatte er meinen Vater gereizt, der ihn regennaß bei uns eintreffen sah und daraufhin interessiert fragte:

– Ja aber, Herr Bloch, was ist denn für Wetter? Hat es geregnet? Ich verstehe das gar nicht, das Barometer stand doch so hoch.

– Ich kann Ihnen absolut nicht sagen, Monsieur, ob es geregnet hat. Ich lebe so entschieden außerhalb all dieser physischen Bedingungen, daß meine Sinne sich nicht mehr die Mühe machen, sie auch nur zu registrieren.

– Mein armer Junge, hast du aber einen Trottel zum Freunde, hatte mein Vater gesagt, als Bloch gegangen war. Er kann einem ja nicht einmal sagen, was für Wetter ist! Dabei ist das doch das Allerinteressanteste! Er ist einfach dumm!

Auch meiner Großmutter hatte Bloch mißfallen, denn als sie nach dem Mittagessen gesagt hatte, sie fühle sich nicht ganz wohl, hatte er ein Schluchzen unterdrückt und eine Träne aus dem Augenwinkel fortgewischt.

– Wie kann denn das aufrichtig sein, wo er mich doch kaum kennt; es sei denn, er ist nicht ganz richtig im Kopf.

Und schließlich hatte er es mit allen verscherzt, weil er, anderthalb Stunden verspätet und mit Schmutz bespritzt zum Mittagessen kommend, statt einer Entschuldigung nur geäußert hatte:

– Ich lasse mich niemals durch atmosphärische Störungen oder durch die konventionelle Zeiteinteilung beeinflussen. Ich wäre gern bereit, den Gebrauch der Opiumpfeife und des malaiischen

Kris wieder einzuführen, aber diese unendlich verderblicheren und zudem nur dem ideenlosen Bürgertum dienenden Instrumente wie Taschenuhr und Regenschirm ignoriere ich.

Er wäre dennoch wieder nach Combray gekommen, obwohl er nicht der Freund war, den meine Eltern für mich ausgesucht hätten. Sie waren schließlich sogar zu der Ansicht gelangt, die Tränen über die Indisposition meiner Großmutter seien echt gewesen; aber sie wußten aus Instinkt und Erfahrung, daß die Regungen unsres Gefühls wenig über unsere Handlungen und unsere künftige Führung vermögen und daß die Anerkennung sittlicher Verpflichtungen, die Treue gegen Freunde, das Vollenden eines Werkes, die Beobachtung eines Regimes eine zuverlässigere Grundlage in blindlings eingehaltenen Gewohnheiten haben als in solchem unvermittelten, übertriebenen und gänzlich unfruchtbaren Überschwang. Sie hätten mir an Stelle von Bloch lieber Gefährten gewünscht, die mir nicht mehr gegeben hätten, als nach den Regeln bürgerlicher Moral einem Freunde zukommt; die mir nicht unerwartet einen Korb mit Obst geschickt hätten, weil sie an dem betreffenden Tage gerade besonders liebevoll meiner gedachten, aber die, außerstande, die unbestechliche Waage der Pflichten und die Erfordernisse der Freundschaft zu meinen Gunsten zu überlasten, nur weil eine flüchtige Wallung der Phantasie oder ihres Gefühls sie dazu trieb, sie andererseits auch nie zu meinen Ungunsten beeinflußt hätten. Selbst offen zutage liegendes Unrecht bringt solche Naturen, deren Idealtypus meine Großtante verkörperte, von dem, was sie anderen schuldig sind, niemals ab: seit Jahren war sie mit einer Nichte verstritten, so daß sie nie mit ihr sprach, aber, weil sie nun einmal die nächste Verwandte war und weil es sich ›so gehörte‹, änderte sie deswegen nicht etwa ihr Testament, durch das sie dieser Nichte ihr ganzes Vermögen vermachte.

Ich aber liebte Bloch sehr; meine Eltern wollten, was mir Vergnügen machte; die ungelösten Probleme der Schönheit, hinter der sich wie in dem Vers von Minos und Pasiphaë kein Sinn verbarg, plagten mich mehr und setzten meiner Gesundheit weit stärker zu als etwaige Gespräche mit ihm, die meine Mutter freilich für unzuträglich hielt. Er wäre also noch immer in Combray bei uns empfangen worden, aber damals im Anschluß an das Nachtessen hatte er nach der allgemeinen Feststellung – die später großen Einfluß auf mein Leben gewann, mich zunächst glücklicher, dann sehr viel unglücklicher machte – alle Frauen seien nur auf Liebe aus und der Widerstand bei jeder zu überwinden, außerdem noch bemerkt, er habe mit Sicherheit sagen hören, daß meine Großtante eine stürmische Jugend verbracht habe und »ausgehalten« worden sei. Ich konnte es nicht lassen, diese Reden vor meinen Eltern zu wiederholen, man wies ihm die Tür, als er wiederkam, und als ich ihn auf der Straße anredete, behandelte er mich ausgesprochen kühl.

Doch mit Bergotte hatte er recht gehabt.

Wie es uns mit einem Musikstück geht, das wir unbeschreiblich gern haben werden, aber zuerst noch nicht herauskennen, enthüllte sich mir in den ersten Tagen noch nicht, was ich später an seinem Stil besonders lieben sollte. Ich konnte mich von dem Roman von ihm, den ich las, nicht trennen, glaubte aber einzig durch den Gegenstand gefesselt zu sein, so wie es einem in den ersten Phasen der Liebe geht, wenn man alle Tage eine Frau bei irgendeiner Veranstaltung, einer Darbietung zu treffen versucht und meint, man fühle sich nur durch den Reiz dieser Zerstreuungen angezogen. Dann wurde ich auf die seltenen, fast archaischen Wendungen aufmerksam, die er in gewissen Augenblicken gern gebrauchte, wenn ein verborgener Strom von Harmonie, ein Präludieren im Innern seinen Stil unmerklich höher trug; bei solchen Gelegenheiten sprach er dann auch von dem ›eiteln Traum des Lebens‹, dem ›unerschöpflichen Strom der schönen Erscheinungen‹, der ›fruchtlosen und so köstlichen Qual des Verstehens und Liebens‹, den ›tiefbewegenden Bildern, die für alle Zeiten die verehrungswürdige, die bezaubernde Stirn der Kathedralen adeln‹; oder er drückte eine für mich neue Philosophie in wunderbaren Bildern aus, von denen man hätte meinen können, sie seien es, die jenen Harfenton aufklingen ließen, der sich von da an erhob und dessen begleitender Stimme sie etwas Erhabenes gaben. Eine jener Stellen bei Bergotte, die dritte oder vierte, die sich für mich von dem übrigen abgehoben hatte, schenkte mir eine Freude, die jener nicht mehr zu vergleichen war, die ich bei der ersten empfunden hatte, eine Freude, die ich in einer tieferen, einheitlicher angelegten, weiträumigeren Sphäre meines Innern zu verspüren glaubte, aus der alle Hindernisse und Trennungswände fortgeräumt zu sein schienen. Das kam daher, daß ich beim Wiedererkennen der gleichen Neigung zu seltenen Ausdrücken, jenes gleichen musikalischen Überströmens, jener selben idealistischen Philosophie, die schon die anderen Male, ohne daß ich es wußte, den Anlaß meines Vergnügens bildeten, nicht mehr den Eindruck hatte, mich einem besonderen Stück aus einem besonderen Buch von Bergotte gegenüberzufinden, das auf der Oberfläche meines Denkens nur ein lineares Gebilde eingezeichnet hätte, sondern vielmehr dem ›Idealpassus‹ aus Bergotte, der allen seinen Büchern gemeinsam war und dem alle ähnlichen Stellen, die sich damit überdeckten, mehr Dichte, mehr Umfang verliehen, an denen mein Geist zu wachsen schien.

Mit meiner Bewunderung für Bergotte stand ich nicht völlig einzig da; er war auch der Lieblingsschriftsteller einer Freundin meiner Mutter, die in der Literatur sehr bewandert war; um das letzterschienene Buch von ihm zu lesen, ließ Doktor du Boulbon seine Patienten warten; und aus seinem Sprechzimmer und aus einem Park in der Nähe von Combray verbreiteten sich ein paar erste Samenkörner jener Vorliebe für Bergotte, damals noch selten als Spezies, heute allgemein verbreitet, in Europa, Amerika und selbst im kleinsten Ort die ideale, meistgezüchtete Blume. Was die Freundin meiner Mutter und, wie es scheint, auch der Doktor du Boulbon an den Büchern von Bergotte besonders liebten, war, wie auch für mich, der melodische Fluß, die altertümlichen Ausdrücke, aber auch einige andere, ganz einfache und bekannte, für die er durch den Platz, an dem er sie verwendete, eine ihm innewohnende ganz eigene Neigung zu offenbaren schien; endlich an den traurigen Stellen eine gewisse Ungerührtheit, ein beinahe rauher Ton. Sicherlich mußte er auch selber spüren, daß er hier seine größten Reize entfaltete. Denn wenn er in den weiter folgenden Büchern eine große Wahrheit feststellte oder den Namen einer berühmten Kathedrale erwähnte, unterbrach er seine Erzählung und ließ in einer Beschwörung, einer Anrede, einem langen Gebet jenen Ergießungen freien Lauf, die in seinen ersten Büchern unter dem Fluß seiner Prosa verborgen geblieben waren und sich nur im leisen Wogen der Oberfläche verrieten, beglückender vielleicht und harmonischer noch in dieser Verhülltheit, unter der man nie genau den Punkt bestimmen konnte, wo sie ihren Anfang nahmen und wo sie endeten. Diese Stellen, in denen Bergotte sich selbst so gern erging, waren unsere Lieblingsstellen. Ich selbst kannte sie auswendig. Wenn er den Faden seiner Erzählung wieder aufnahm, war ich im Grunde enttäuscht. Jedesmal, wenn er von etwas sprach, dessen Schönheit mir so lange verborgen geblieben war, von Pinienwäldern, vom Hagel, der Notre-Dame in Paris, der ›Athalie‹ oder ›Phädra‹ Racines, ließ er in einem Bilde diese Schönheit blitzartig bis zu mir hin aufleuchten. Da ich nun deutlich spürte, wie viele Teile der Welt es gab, die mein unzulängliches Auffassungsvermögen nie erkennen würde, wenn er sie mir nicht nahebrachte, hätte ich gerne eine Meinung von ihm, eine von ihm geprägte Metapher für alle Dinge gehabt, ganz besonders aber für die, die ich selbst eines Tages sehen würde, und unter diesen vorzugsweise die alten Bauwerke Frankreichs und gewisse Meereslandschaften; denn daraus, daß er in seinen Büchern immer wieder auf sie zurückkam, ging mir hervor, daß sie für ihn etwas besonders Bedeutungsvolles und Schönes hatten. Unglücklicherweise war mir seine Meinung über fast alle Dinge unbekannt. Ich zweifelte nicht, daß sie von der meinen völlig verschieden sein werde, da sie ja aus einer unbekannten Welt herniedergestiegen kam, zu der ich mich erst zu erheben versuchte: überzeugt, daß meine Ideen diesem vollkommenen Geist töricht erscheinen müßten, hatte ich mich so gründlich ihrer aller entledigt, daß, wenn ich zufällig in seinen Büchern einen Gedanken antraf, den ich selbst schon gehabt hatte, das Herz mir schwoll, als wenn ein Gott in seiner Güte ihn mir wiederschenkte, gleichzeitig legitimiert und für schön erklärt. Es kam manchmal vor, daß eine Seite von ihm dieselben Dinge enthielt, wie ich sie oft nachts an meine Großmutter oder meine Mutter schrieb, wenn ich nicht schlafen konnte, so daß diese selbe Seite aus Bergotte wie eine Sammlung von Leitsprüchen war, die man über meine Briefe hätte setzen können. Später ging es mir sogar öfter so, daß ich manche Sätze, die für mich, wenn ich ein Buch zu schreiben begann, noch nicht überzeugend genug waren, um damit fortzufahren, kurz darauf dem Sinne nach bei Bergotte wiederfand. Aber erst dann, wenn ich sie in seinem Werke antraf, gefielen sie mir recht; wenn ich selbst sie in der ängstlichen Sorge formulierte, sie möchten auch ja genau das widerspiegeln, was sich in meinem Denken abzeichnete, und fürchtete, sie möchten nie ganz ›treffend‹ sein, hatte ich ja gar keine Zeit, mich zu fragen, ob das, was ich schrieb, auch wohlgelungen sei! In Wirklichkeit liebte ich einzig diese Art des Ausdrucks und des Denkens. Mein ruheloses und unbefriedigtes Bemühen noch war ein Beweis der Liebe, einer Liebe, die ohne Lust war, mir aber um so tiefer ging. Wenn ich nun auf einmal solche Sätze im Werke eines anderen fand, das heißt ohne länger Bedenken und Strenge walten lassen und mich quälen zu müssen, gab ich mich daher mit Entzücken meiner Neigung für sie hin, so wie ein Koch, der einmal nicht selber kochen muß, endlich Zeit findet, Schlemmer zu sein. Als ich eines Tages bei Bergotte einen scherzhaften Satz über eine alte Dienerin angetroffen hatte, den der feierlich pompöse Ton des Schriftstellers noch witziger in der Wirkung machte, der aber ganz der gleiche war, den ich oft meiner Großmutter gegenüber mit Bezug auf Françoise ausgesprochen hatte, oder ein andermal, als ich feststellte, daß er es nicht für unter seiner Würde hielt, in einen dieser Spiegel der Wahrheit, die seine Bücher für mich waren, eine Bemerkung aufzunehmen, wie ich sie gelegentlich über unsern Freund Monsieur Legrandin gemacht hatte (Bemerkungen über Françoise und Legrandin hätte ich am allerersten Bergotte gegenüber völlig fallen lassen in der Idee, daß er sie ganz ohne Interesse finden müsse), kam es mir auf einmal so vor, als seien mein bescheidenes Dasein und die Bereiche des Wahren nicht ganz so weit voneinander entfernt, wie ich geglaubt hatte, ja, als ob sie sich sogar an gewissen Punkten berührten, und in einer Wallung von Zuversicht und Freude weinte ich über den Seiten meines Lieblingsschriftstellers wie in den Armen eines wiedergefundenen Vaters.

Nach seinen Büchern stellte ich mir Bergotte als einen hinfälligen, enttäuschten Greis vor, der Kinder verloren und sich nie darüber getröstet hätte. Daher las ich, sang ich seine Prosa im Geiste vielleicht mit mehr Bezeichnungen wie ›Dolce‹ und ›Lento‹ versehen, als sie geschrieben sein mochte, und der geringste Satz darin sprach mich mit einem Unterton von Rührung an. Mehr als alles liebte ich seine Philosophie, ihr war ich für immer gewonnen. Sie bewirkte, daß ich mit Ungeduld auf den Zeitpunkt wartete, wo ich in die ›Philosophie‹ benannte Klasse im Collège gelangen würde. Aber ich stellte mir dabei vor, man würde dort einzig in der Gedankenwelt Bergottes leben, und wenn man mir gesagt hätte, daß die Meister der Metaphysik, an die ich mich dann anschließen würde, ihm in keiner Hinsicht glichen, hätte ich die Verzweiflung eines Liebenden gespürt, der für sein ganzes Leben gewählt zu haben meint und dem man von den Geliebten spricht, die er späterhin haben wird.

Eines Sonntags wurde ich bei meiner Lektüre im Garten von Swann gestört, der meine Eltern besuchen kam.

– Was liest du denn da, darf man sehen? Sieh da, Bergotte. Wer hat dich denn auf seine Bücher aufmerksam gemacht?

Ich sagte ihm, daß Bloch es gewesen sei.

– Ach ja, das ist dieser Junge, den ich hier einmal gesehen habe, er sah genau aus wie das Porträt Mohammeds II. von Gentile Bellini. Ganz auffallend sogar, er hat die gleichen hochgezogenen Augenbrauen, die krumme Nase, die vorstehenden Backenknochen. Wenn er erst einmal einen Spitzbart trägt, könnte man beide verwechseln. Auf alle Fälle hat er Geschmack, denn Bergotte ist wirklich ein bezaubernder Geist. Und als er sah, wie sehr ich Bergotte zu bewundern schien, machte Swann, der sonst nie von den Leuten sprach, die er kannte, aus Freundlichkeit eine Ausnahme und sagte zu mir: – Ich kenne ihn gut, wenn es dir Vergnügen macht, könnte ich ihn bitten, dir ein Wort in deinen Band dort zu schreiben.

Ich wagte nicht ja zu sagen, sondern stellte Swann Fragen über Bergotte.

– Können Sie mir sagen, welchen Schauspieler er besonders schätzt?

– Welchen Schauspieler, weiß ich nicht. Aber ich weiß, daß er keinen Künstler für ebenso gut hält wie die Berma, die er über alle stellt. Hast du sie gesehen?

– Nein, meine Eltern erlauben mir nicht, ins Theater zu gehen.

– Das ist schade. Du solltest sie darum bitten. Die Berma in der ›Phädra‹ oder im ›Cid‹ ist freilich nur eine Schauspielerin, wenn man will, aber weißt du, ich glaube ja nicht sehr an die ›Hierarchie‹ der Künste. (Und wieder bemerkte ich, was mir schon in seinen Gesprächen mit den Schwestern meiner Großmutter aufgefallen war, nämlich daß Swann, wenn er von ernsten Dingen sprach, wenn er einen Ausdruck gebrauchte, der eine Meinung über einen bedeutenden Gegenstand einzuschließen schien, ihn durch eine besondere Betonung hervorhob, als setze er ihn in Anführungsstriche und wolle ihn eigentlich nicht auf eigene Rechnung übernehmen, sondern sagen: ›Die Hierarchie, du weißt ja, daß dumme Leute es so nennen?‹ Aber wenn es dumm war, warum sagte er dann ›Hierarchie‹?) Gleich darauf setzte er hinzu: »Ihr Spiel wird dir einen ebenso hohen künstlerischen Genuß verschaffen wie irgendein Kunstwerk, wie ... ich weiß nicht, was ich sagen soll ... die – und er fing an zu lachen – die Königinnen von Chartres!« Bis dahin war mir diese seine leidenschaftliche Abneigung, ernsthaft seine Meinung zu äußern, als etwas erschienen, was offenbar sehr elegant und pariserisch war im Gegensatz zu dem provinziellen Dogmatismus der Schwestern meiner Großmutter; ich vermutete auch, daß es der geistigen Haltung jener Clique entspreche, in der Swann lebte und in welcher man offenbar auf Grund einer Reaktion gegen das Schwelgen in Lyrik der vorhergehenden Generationen übermäßigen Wert auf kleine genaue Tatsachen legte, die früher für trivial gegolten hatten, und alle ›Phrasen‹ verpönte. Jetzt aber verletzte mich Swanns Haltung den Dingen gegenüber. Es sah aus, als wage er keine Meinung zu haben und als fühle er sich nur wohl, wenn er pedantisch genaue Auskünfte erteilte. Offenbar machte er sich gar nicht klar, daß er damit schon Partei ergriff, nämlich bereits die Wichtigkeit solcher exakten Details als gegeben hinstellte. Ich mußte wieder an jenes Abendessen denken, wo ich so traurig war, daß Mama nicht zu mir heraufkommen sollte, und wo er gesagt hatte, die Feste bei der Fürstin von Léon seien nichts Besonderes. Und dennoch wendete er sein Dasein an diese Art von Vergnügungen. Ich fand das alles höchst widerspruchsvoll. Für was für ein anderes Leben hob er sich denn auf, endlich zu sagen, was er ernstlich über die Dinge dachte, Urteile zu fällen, die nicht in Anführungsstrichen standen, und sich nicht mehr unter peinlicher Wahrung der Höflichkeit Beschäftigungen hinzugeben, von denen er gleichzeitig zugab, daß sie lächerlich seien? Ich stellte auch in Swanns Art, von Bergotte zu sprechen, etwas fest, was nicht ihm persönlich eigentümlich, sondern im Gegenteil allen Bewunderern dieses Schriftstellers gemeinsam war, der Freundin meiner Mutter, dem Doktor du Boulbon. Wie Swann sagten auch sie von Bergotte: ›Er ist ein bezaubernder Geist, etwas ganz Besonderes, er hat eine etwas ausgefallene, aber sehr angenehme Art, die Dinge zu sagen. Man braucht gar nicht nachzusehen, wer der Verfasser ist, man kennt ihn sofort heraus!‹ Keiner von ihnen wäre aber so weit gegangen zu sagen: ›Er ist ein großer Schriftsteller, ein Genie.‹ Sie sagten nicht einmal, er sei hochbegabt. Sie sagten es nicht, weil sie es nicht wußten. Wir sind sehr langsam darin, in der besonderen Physiognomie eines neuen Schriftstellers das Modell mit der Aufschrift ›große Begabung‹ im Museumsbestand unserer Allgemeinvorstellungen herauszuerkennen. Gerade weil es sich um ein neues Gesicht handelt, stellen wir die Ähnlichkeit mit dem, was wir ein Genie nennen, nicht gleich fest. Wir sprechen von Originalität, Charme, Differenziertheit, Kraft; und dann, eines Tages, machen wir uns klar, daß gerade das den großen Schriftsteller ausmacht.

– Gibt es etwas von Bergotte, worin er von der Berma spricht? erkundigte ich mich bei Swann.

– Ich glaube in seiner kleinen Schrift über Racine, sie wird aber sicher vergriffen sein. Vielleicht ist sie auch neu aufgelegt. Ich will mich danach erkundigen. Ich kann übrigens Bergotte um alles bitten, was du willst, es vergeht keine Woche im Jahr, wo er nicht zu uns zum Essen kommt. Er hat sich sehr mit meiner Tochter angefreundet. Sie suchen gemeinsam alte Städte, Kirchen und Schlösser auf.

Da ich ahnungslos in bezug auf die soziale Rangordnung war,

hatte seit langem die Tatsache, daß mein Vater einen Verkehr mit Madame und Mademoiselle Swann für unmöglich hielt, eher die Wirkung bei mir, ihnen im Hinblick auf die große Distanz, die offenbar zwischen ihnen und uns bestand, ein Prestige zuzuerkennen. Ich bedauerte, daß meine Mutter sich nicht die Haare färbte und kein Rouge für ihre Lippen verwendete, wie nach den Worten unserer Nachbarin, Frau Sazerat, Madame Swann es tat, weniger um ihrem Mann als um Monsieur de Charlus zu gefallen, und ich nahm an, daß sie nur Verachtung für uns hegen könne, was mir besonders wegen der Tochter leid tat, die ein so reizendes kleines Mädchen sein sollte und von der ich oft träumte, wobei ich ihr willkürlich immer das gleiche bezaubernde Antlitz gab. Aber als ich an diesem Tage nun erfuhr, Mademoiselle Swann sei ein so außerordentlich bevorzugtes Wesen, daß sie, wenn sie ihre Eltern fragte, wer heute zum Essen käme, wie etwas ganz zu ihrem Lebenselement Gehöriges jene lichterfüllten Silben, den Namen des erlesenen Gastes zur Antwort erhielt, der für sie nur einfach ein alter Freund der Familie war: Bergotte; daß das trauliche Tischgespräch – für mich also etwa den Auslassungen meiner Großtante entsprechend – für sie die Worte Bergottes über alle jene Gegenstände waren, die er in seinen Büchern nicht erörtern konnte und über die ich so gern seine Orakelsprüche gehört hätte; endlich daß er, wenn sie fremde Städte anschaute, einfach neben ihr herging, unbekannt und ruhmvoll wie die Götter, die unter den Sterblichen wandelten, da wurde mir zugleich mit dem Rang eines Wesens wie Mademoiselle Swann bewußt, wie plump und unwissend ich ihr erscheinen müsse, und ich empfand so lebhaft, wie zauberhaft und unmöglich es für mich wäre, ihr Freund zu sein, daß ich gleichzeitig vor Verlangen und vor Verzweiflung zitterte. Meist, wenn ich jetzt an sie dachte, sah ich sie vor dem Portal einer Kathedrale, wie sie mir die Bedeutung der Skulpturen erklärte und mich mit einem wohlmeinenden Lächeln ihrem Freund Bergotte präsentierte. Immer flutete der Zauber aller Vorstellungen, die ich mit den Kathedralen, den Hügeln der Ile-de-France und den Ebenen der Normandie verband, auf Mademoiselle Swann zurück: das heißt, ich war schon voller Bereitschaft, sie zu lieben. Unser Glaube, daß ein Wesen an einem unbekannten Leben teilhat, in das ihre Liebe uns mit hineintragen würde, ist unter allem, was die Liebe zu ihrer Entstehung braucht, das Bedeutungsvollste, demgegenüber alles andere nur noch wenig ins Gewicht fallen kann. Selbst Frauen, die behaupten, sie beurteilten einen Mann nur nach seinen körperlichen Vorzügen, sehen in dieser Schönheit den Ausdruck einer besonderen Art von Leben. Deshalb lieben sie die Soldaten oder Feuerwehrleute; die Uniform bewirkt, daß sie weniger auf das Antlitz schauen; sie vermuten unter dem Küraß ein ganz anderes, verwegeneres und liebebereiteres Herz, das sie mit ihren Lippen streifen möchten; und ein junger Fürst, ein Thronerbe, hat, um in fremden Ländern, die er besucht, die schmeichelhaftesten Eroberungen zu machen, nicht das regelmäßige Profil nötig, das für einen Kursmakler vielleicht unerläßlich wäre.

Während ich im Garten las – meine Großtante hätte nicht verstanden, daß ich das am Sonntag tat, dem Tage, wo es verboten ist, sich mit irgend etwas Ernsthaftem zu beschäftigen, und wo sie nicht nähte, während sie an einem Werktage mich gefragt haben würde: ›Was, du amüsierst dich mit Lesen, es ist doch schließlich nicht Sonntag!‹ – plauderte Tante Léonie mit Françoise, während sie die Stunde des Besuchs von Eulalie erwartete. Sie teilte ihr mit, sie habe Madame Goupil ›ohne Regenschirm, in ihrem Seidenkleid, das sie sich in Chateaudun hat machen lassen‹ vorbeigehen sehen. »Wenn sie noch lange zu laufen hat, bevor es Abend wird, könnte sie gründlich durchweichen.«

– Vielleicht, vielleicht (was soviel bedeutete wie ›vielleicht nicht‹) meinte Françoise, um die Möglichkeit einer günstigeren Alternative nicht völlig auszuschalten.

– Ach, sagte meine Tante und schlug sich vor die Stirn, da fällt mir ein, ich weiß ja noch immer nicht, ob sie noch vor dem Meßopfer in die Kirche gekommen ist. Ich muß unbedingt daran denken, Eulalie zu fragen ... Françoise, sieh nur die schwarze Wolke hinter dem Kirchturm und diesen grünen Sonnenschein auf den Schindeln, sicher geht der Tag nicht ohne Regen vorbei. Es war ja auch nicht möglich, daß es so blieb, es war gar zu heiß. Je eher, desto besser sogar, denn solange das Gewitter nicht ausgebrochen ist, bleibt mir das Vichywasser auf dem Magen liegen, fügte meine Tante hinzu, in deren Bewußtsein der Wunsch, daß das Vichywasser beschleunigt seinen natürlichen Weg nehmen möchte, unendlich viel mehr Gewicht hatte als die Furcht, Madame Goupil könne ihr Seidenkleid verderben.

– Vielleicht, vielleicht.

– Wenn man auf dem Platz in den Regen kommt, gibt es ja kaum eine Möglichkeit, sich irgendwo unterzustellen.

– Was, schon drei Uhr? rief meine Tante plötzlich erbleichend aus, aber dann hat die Vesper ja schon angefangen, und ich habe mein Pepsin vergessen! Jetzt verstehe ich auch, warum mir das Vichywasser so schwer im Magen liegt.

Und während sie sich eilig auf ihr in violetten Samt gebundenes, goldbeschlagenes Meßbuch stürzte, aus dem sie in ihrer Hast die mit Spitzenrand versehenen Bilder aus vergilbtem Papier herausflattern ließ, die die Festtage markierten, begann meine Tante, während sie ihre Tropfen zu sich nahm, so schnell sie konnte, die heiligen Worte zu lesen, deren Sinn ihr durch die Ungewißheit darüber, ob das so lange nach dem Vichywasser eingenommene Pepsin dieses noch erreichen und weiterbefördern werde, leicht verdunkelt wurde. »Drei Uhr, unglaublich, wie die Zeit vergeht!«

Ein leichtes Pochen auf dem Pflaster, gefolgt von dem weitläufigeren Fall von etwas Sandkörnerleichtem, das man etwa aus dem oberen Fenster schüttelte, darauf das zunehmende, regelmäßige, dann rhythmische, endlich plätschernde, klangvolle, musikalische, unübersehbare, allumfassende Rauschen: das war der Regen.

– Nun, Françoise, was habe ich dir gesagt? Wie das jetzt herunterkommt! Aber ich glaube, ich habe die Schelle an der Gartenpforte gehört, geh doch und sieh nach, vielleicht steht jemand draußen bei dem Wetter.

Françoise kehrte zurück:

– Es war nur Madame Amédée (meine Großmutter) sie hat gesagt, sie ginge ein bißchen ins Freie. Dabei regnet es nicht schlecht.

– Das wundert mich gar nicht, sagte meine Tante und hob den Blick gen Himmel dabei. Ich habe schon immer gesagt, ihr Geist ist anders gemacht als der von anderen Leuten. Aber mir ist lieber, sie ist draußen in diesem Augenblick als ich.

– Madame Amédée tut immer das Gegenteil von dem, was die andern tun, äußerte Françoise mit Sanftmut, denn sie sparte sich für den Augenblick, wo sie mit den andern Dienstboten allein sein würde, die Äußerung ihrer Meinung auf, daß sie meine Großmutter für etwas ›komisch‹ halte.

– Nun ist das Ave vorbei! Jetzt kommt die Eulalie nicht mehr, seufzte meine Tante; sicher hat das Wetter sie abgeschreckt.

– Aber es ist ja noch nicht fünf, Madame Octave, es ist eben erst halb.

– Halb fünf? Und ich habe schon die Vorgardinen zur Seite schieben müssen, um auch nur einen kleinen Lichtstrahl abzubekommen. Halb fünf Uhr! Acht Tage vor den Bittagen! Ach, meine arme Françoise! Der liebe Gott muß uns wirklich sehr böse sein. Aber die Welt von heute treibt es ja auch danach! Wie mein armer Octave immer sagte, wir vergessen zu sehr den lieben Gott, und dafür rächt er sich.

Lebhafte Röte belebte die Wangen meiner Tante, diesmal war es Eulalie. Unglücklicherweise war sie kaum von Françoise hereingeführt worden, als diese nochmals mit einem Lächeln eintrat, das ihre Teilnahme an der Freude ausdrücken sollte, die ihrer Meinung nach meiner Tante die Botschaft bereiten mußte, mit der sie trotz der indirekten Rede als gute Dienerin genau die Worte wiedergab, deren der Besucher sich bedient hatte.

– Der Herr Pfarrer wäre überaus erfreut, wenn Madame Octave gerade nicht ruhte und ihn empfangen könnte. Der Herr Pfarrer will aber nicht stören. Der Herr Pfarrer wartet unten, ich habe ihn in die Halle geführt.

In Wirklichkeit bereiteten die Besuche des Pfarrers meiner Tante kein so großes Vergnügen, wie Françoise vermutete, und die Festtagsmiene, die diese jedesmal aufsetzen zu müssen glaubte, wenn sie ihn anmeldete, entsprach den Gefühlen der Kranken nicht ganz. Der Pfarrer (ein trefflicher Mann, mit dem ich bedaure nicht ausgiebiger geplaudert zu haben, denn er verstand zwar nichts von Kunst, desto mehr jedoch von Etymologie) war daran gewöhnt, distinguierteren Besuchern Auskünfte über die Kirche zu geben (er hatte selbst die Absicht gehabt, ein Buch über die Pfarrei Combray zu schreiben) und ermüdete meine Tante infolgedessen durch endlose Erklärungen, noch dazu immer die gleichen. Wenn er aber nun auch noch gerade zu gleicher Zeit wie Eulalie erschien, war sein Besuch meiner Tante ausgesprochen unangenehm. Sie hätte sich viel lieber nur mit Eulalie abgegeben und nicht beide auf einmal dagehabt. Aber sie wagte nicht, den Pfarrer abzuweisen, und machte nur Eulalie ein Zeichen, sie möge nicht zu gleicher Zeit aufbrechen wie er, damit sie sie nach seinem Weggang noch ein Weilchen sprechen könnte.

– Ja, Herr Pfarrer, was höre ich denn? Ein Künstler soll in der Kirche seine Staffelei aufgestellt haben und eines der Fenster kopieren? Jetzt bin ich so alt geworden und habe so etwas noch niemals gehört! Dabei ist das das Häßlichste in der ganzen Kirche.

– Ich möchte nicht gerade sagen, daß es das Häßlichste ist, denn wenn es in Sankt Hilarius Dinge gibt, die sicher einen Besuch lohnen, so sind doch auch andere Teile recht verkommen in meiner alten Basilika, die als einzige in der Diözese nicht restauriert worden ist! Das Hauptportal ist verschmutzt und recht alt, aber besitzt doch eine gewisse Erhabenheit; die Tapisserien mit der Geschichte von Esther mögen auch noch hingehen; ich selbst würde keinen Pfifferling dafür geben, aber Kenner stellen sie denen von Sens an die Seite. Ich muß übrigens anerkennen, daß sie neben einigen reichlich realistischen Details auch andere enthalten, die wirklich gute Beobachtungsgabe verraten. Aber man soll mir nur nicht mit den Glasmalereien kommen. Ist das gesunder Menschenverstand, Fenster zu belassen, durch die kein Tageslicht dringt und deren undefinierbarer Farbton die Sicht völlig verändert, ausgerechnet in einer Kirche, in der keine zwei Steinplatten gleich hoch liegen, wo diese aber andererseits nicht ausgewechselt werden dürfen, weil es sich offenbar um die Gräber der Äbte von Combray und der Herren von Guermantes, der ehemaligen Grafen von Brabant, handelt, der direkten Vorfahren des jetzigen Herzogs von Guermantes und auch der Herzogin, da sie ein Fräulein von Guermantes ist, die ihren Vetter geheiratet hat. (Meine Großmutter, die sich so wenig für andere Menschen interessierte, daß sie alle Namen durcheinanderwarf, behauptete jedesmal, wenn der Name der Herzogin von Guermantes erwähnt wurde, sie sei eine Verwandte von Madame Villeparisis. Alles lachte dann; sie versuchte sich darauf zu rechtfertigen, indem sie auf irgendeine alte Familienanzeige hinwies: ›Ich meine mich doch zu erinnern, daß eine Guermantes darunter stand.‹ In diesem einen Falle war ich dann mit den andern gegen sie, da ich mir nicht vorzustellen vermochte, es könnte ein Band zwischen ihrer Pensionsfreundin und der Abkommin von Genoveva von Brabant bestehen.)

– »Nehmen Sie zum Beispiel Roussainville, das ist heute nur noch eine Bauerngemeinde, obwohl in alten Zeiten dieser Platz seinen Aufschwung dem Handel mit Filzhüten und Pendülen verdankte. Über die Etymologie von Roussainville bin ich nicht ganz sicher. Ich möchte annehmen, daß der erste Name Rouville (das ist Radulfi villa) gewesen ist, so wie es ja auch Châteauroux gibt, was einem ›Castrum Radulfi‹ entspricht, doch davon ein andermal. Was ich sagen wollte – die Kirche dort hat wundervolle Fenster, fast alle neu, darunter den großartigen ›Einzug Louis-Philippes in Combray‹, der eigentlich hier in Combray besser am Platze wäre und den berühmten Glasmalereien von Chartres ebenbürtig sein soll. Ich habe erst gestern den Bruder von Doktor Percepied getroffen, der sich in diesen Dingen auskennt und das Fenster für eine sehr schöne Arbeit erklärt. Aber, wie ich auch zu diesem Künstler da, der übrigens einen netten, höflichen Eindruck macht und wirklich virtuos den Pinsel zu handhaben scheint, schon sagte: was kann man nur Außerordentliches an einem Kirchenfenster finden, das an Dunkelheit noch alle übrigen übertrifft?«

– Ich bin sicher, wenn Sie Monseigneur darum bäten, warf meine Tante mit etwas leidender Stimme ein, denn sie begann zu fürchten, es möchte zuviel für sie werden, würde er Ihnen ein neues Fenster bewilligen.

– Meinen Sie, Madame Octave! antwortete der Pfarrer. Aber gerade Monseigneur hat ja soviel Tamtam um dies unglückselige Fenster gemacht, indem er nachgewiesen hat, daß es Gilbert den Bösen darstellt, Herrn von Guermantes – den direkten Nachkommen von Genoveva von Brabant, die eine Demoiselle de Guermantes war – wie er die Absolution des heiligen Hilarius erhält.

– Aber vom heiligen Hilarius ist doch gar nichts zu sehen?

– Doch, doch, haben Sie niemals in der Ecke des Fensters eine Gestalt im gelben Gewand bemerkt? Sehen Sie, das ist Sankt Hilarius, der in manchen Provinzen Frankreichs auch ›Saint Illiers‹ oder ›Saint Hélier‹, im Jura sogar ›Saint Ylie‹ heißt. Diese verschiedenen Verstümmelungen von ›sanctus Hilarius‹ sind übrigens noch nicht die merkwürdigsten, die mit den Namen unserer Heiligen vorgenommen worden sind. Wissen Sie, meine gute Eulalie, was aus Ihrer Namenspatronin in Burgund geworden ist? Einfach ›Saint Eloi‹: sie ist zum männlichen Heiligen avanciert. Können Sie sich vorstellen, Eulalie, daß Sie nach Ihrem Tode noch mal zum Mann erklärt werden? – »Der Herr Pfarrer hat auch immer etwas Spaßiges zu erzählen.« – »Der Vater Gilberts, Karl der Stammler, ein frommer Fürst, der aber, nachdem er früh seinen Vater Pippin den Wahnsinnigen, der an den Folgen seiner Geisteskrankheit starb, verloren hatte, die höchste Macht mit der ganzen Anmaßung eines jungen Mannes ausübte, dem die strenge Zucht gefehlt hat, ließ, sobald ihm das Gesicht eines Einwohners einer Stadt nicht gefiel, darin alles bis zum letzten Mann niedermachen. Um sich an Karl zu rächen, ließ Gilbert die Kirche von Combray niederbrennen, das heißt die alte Kirche, die damals noch stand, die Theodebert – als er mit seinem Hofe den Landsitz verließ, den er hier in der Nähe bei Thiberzy (Theodeberciacus) besaß, um gegen die Burgunder zu Felde zu ziehen – über dem Grabe des heiligen Hilarius zu bauen gelobt hatte, wofern der Heilige ihm den Sieg verschaffte. Davon ist nur die Krypta übrig, in die Theodor Sie sicher hinuntergeführt hat, denn alles übrige hat Gilbert damals in Asche gelegt. In der Folge schlug er den unglücklichen Karl mit Hilfe Wilhelms des Eroberers, weshalb viele Engländer die Stätten hier besichtigen kommen. Aber es scheint, daß er die Sympathie der Einwohner von Combray nicht erringen konnte, denn diese stürzten sich auf ihn, als er nach der Messe gerade die Kirche verließ, und schlugen ihm den Kopf ab. Theodor leiht übrigens ein kleines Buch aus, das alle notwendigen Erklärungen enthält.

Unzweifelhaft das Merkwürdigste aber an unserer Kirche ist die Aussicht vom Glockenturm, die wirklich ganz großartig ist. Gewiß, bei Ihrem Kräftezustand rate ich Ihnen nicht, die siebenundneunzig Stufen hinaufzusteigen, gerade die Hälfte von denen in dem berühmten Mailänder Dom. Schon für jemand, der gesund ist, ist das eine ziemliche Leistung, zumal man ganz krummgebückt gehen muß, um mit dem Kopf nicht anzustoßen, und man außerdem hinterher sämtliche Spinnweben aus dem Stiegenhaus an seinen Kleidern hat. Auf alle Fälle müßten Sie sich warm anziehen, fügte er hinzu (ohne zu bemerken, wie empört meine Tante über die Idee war, sie solle imstande sein, den Glockenturm zu besteigen), denn da oben herrscht ein eisiger Wind! Manche Leute behaupten, sie hätten eine wahre Grabeskälte verspürt. Dennoch kommen sonntags ganze Gruppen, oft von sehr weit her, um die Schönheit des Rundblicks zu genießen, und sind noch ganz erfüllt davon, wenn sie wieder gehen. Am nächsten Sonntag zum Beispiel würden Sie eine Menge Leute antreffen, weil ja da die Bittage sind. Man genießt auch wirklich oben ein märchenhaftes Panorama mit ein paar Ausblicken in die Ebene, die einzigartig sind. Bei klarem Wetter sieht man bis Verneuil. Vor allem hat man dort gleichzeitig vor Augen, was man gewöhnlich nur jedes für sich sehen kann, zum Beispiel den Lauf der Vivonne und die Gräben von Saint-Assiselès-Combray, von denen der Fluß durch einen Vorhang von großen Bäumen getrennt ist, oder die verschiedenen Kanäle von Jouy-le-Vicomte (Gaudiacus vice comitis, wie Sie wissen). Jedesmal wenn ich nach Jouy-le-Vicomte gekommen bin, habe ich zwar ein Stückchen Kanal gesehen, und wenn ich um die nächste Ecke ging, auch noch ein anderes, aber dann sah ich schon das vorige nicht mehr. In Gedanken konnte ich mir zwar die beiden gleichzeitig vorstellen, aber das ergab doch keinen Gesamteindruck. Vom Glockenturm von Sankt Hilarius aus aber ist das etwas anderes, das Ganze wirkt dann wie ein Netz, in dem der Ort gefangenliegt. Das

Wasser erkennt man allerdings nicht, es sieht mehr aus, als sei das Land von Erdrissen durchzogen, durch die die Stadt so sauber in Viertel eingeteilt wird wie eine große Torte, bei der die einzelnen Teile noch zusammenhalten, obwohl sie schon tief eingeschnitten sind. Das Beste wäre, man könnte gleichzeitig auf dem Turm von Sankt Hilarius und in Jouy-le-Vicomte sein.«

Der Besuch des Pfarrers hatte meine Tante so sehr angestrengt, daß sie sofort, nachdem er aufgebrochen war, auch Eulalie gehen ließ.

– Kommen Sie, meine liebe Eulalie, sagte sie mit schwacher Stimme, während sie in eine kleine Geldtasche griff, die stets in ihrer Reichweite lag, hier ist etwas, damit Sie mich nicht in Ihren Gebeten vergessen.

– Oh, Madame Octave! Ich weiß nicht, ob ich das annehmen soll, Sie wissen doch, daß ich nicht deswegen komme! meinte Eulalie jedesmal mit dem gleichen Zögern und der gleichen Verschämtheit, als wäre es das erste Mal; ja, auch ein Anschein von Mißvergnügen war dabei, der meine Tante erheiterte und nicht etwa verstimmte, so daß sie sogar, wenn Eulalie einmal das Geldstück etwas weniger unmutig entgegennahm, äußerte:

– Ich weiß nicht, was die Eulalie heute hatte; ich habe ihr doch das gleiche wie immer gegeben, aber sie sah nicht zufrieden aus.

– Ich meine, sie kann sich doch nicht beklagen, meinte Françoise, die alles, was sie selbst für sich oder ihre Kinder erhielt, als unbedeutende Summen zu betrachten geneigt war, jedoch als tolle Verschwendung zugunsten einer Undankbaren jedes kleine Geldgeschenk, das meine Tante sonntags der Eulalie so diskret in die Hand drückte, daß Françoise es nie genau sehen konnte. Nicht etwa, daß Françoise das Geld, das meine Tante der Eulalie gab, für sich hätte haben wollen. Sie nahm hinreichend an allem teil, was meine Tante besaß, da sie sehr wohl wußte, wie die Reichtümer der Herrin gleichzeitig in aller Augen dem Rang und Ansehen ihrer Dienerin zugute kommen, und daß sie selbst, Françoise, in Combray, Jouy-le-Vicomte und anderen Orten angesehen und ruhmreich dastand durch die zahlreichen Besitzungen meiner Tante, die häufigen und ausgedehnten Besuche des Pfarrers und die ungewöhnlich hohe Zahl der Flaschen von Vichywasser, die sie konsumierte. Geizig war sie nur für meine Tante selbst; wenn sie deren Vermögen hätte verwalten dürfen, was der Traum ihres Lebens war, hätte sie es in leidenschaftlicher mütterlicher Fürsorge vor jedem fremden Zugriff bewahrt. Sie hätte an sich nicht so schlimm gefunden, wenn meine Tante, von der sie wußte, daß sie unausrottbar großherzig war, ihrer Neigung zum Geschenkemachen nachgab, wofern sie sie nur Reichen gegenüber betätigt hätte. Vielleicht dachte sie dabei, daß Leute, die die Gaben meiner Tante nicht nötig hatten, auch nicht im Verdacht stehen konnten, sie nur deswegen zu lieben. Außerdem schienen ihr vielleicht Geschenke, die an Personen in guter Vermögenslage aus ›den gleichen Kreisen‹ wie meine Tante, an solche, die ›zu ihr paßten‹, an Madame Sazerat, Monsieur Swann, Herrn Legrandin, Madame Goupil gewendet wurden, einen Teil der Sitten und Gewohnheiten jenes fremden und glanzvollen Lebens der reichen Leute zu bilden, die auf die Jagd gehen, sich gegenseitig Feste geben, einander Besuche machen, und die sie insgeheim lächelnd bewunderte. Etwas anderes aber war es, wenn die Nutznießer der Freigebigkeit meiner Tante zu denen gehörten, die Françoise ›Leute wie ich selbst, Leute, die nicht mehr sind als ich‹ nannte und die sie am meisten verachtete, wofern sie sie nicht als ›Madame Françoise‹ anredeten und dadurch zugaben, daß sie ›weniger waren‹ als sie. Wenn sie sah, daß meine Tante entgegen ihren Ratschlägen nach ihrem Kopfe handelte und ihr Geld – jedenfalls nach Françoises Meinung – an unwürdige Kreaturen vergeudete, so fand sie die Geschenke, die meine Tante ihr selbst machte, recht bescheiden im Vergleich zu den imaginären, etwa an Eulalie gewendeten Beträgen. Es gab in der Umgebung keinen noch so ansehnlichen Bauernhof, von dem Françoise nicht annahm, daß Eulalie ihn leicht mit dem, was ihre Besuche ihr einbrachten, hätte erwerben können. Allerdings schätzte Eulalie die unermeßlichen verborgenen Reichtümer von Françoise in ganz der gleichen Höhe ein. Gewöhnlich, wenn Eulalie gegangen war, machte Françoise sich in dunklen Prophezeiungen Luft, die ohne Wohlwollen waren. Sie haßte, aber fürchtete sie und hielt es für angebracht, in ihrer Gegenwart ›gute Miene‹ zu machen. Zum Ausgleich äußerte sie sofort nach ihrem Verschwinden sibyllinische Orakel oder Sentenzen so allgemeinen Charakters wie die des Ecclesiasticus, deren Anzüglichkeit jedoch meiner Tante nicht entging. Nachdem sie sich durch einen Spalt im Vorhang vergewissert, daß Eulalie die Pforte hinter sich geschlossen hatte, sagte sie zum Beispiel: ›Leute, die anderen immer schmeicheln, verstehen es, sich beliebt zu machen und ihr Schäfchen ins trockene zu bringen; aber man muß nur abwarten, der liebe Gott straft sie doch eines Tages‹, und das mit einem Seitenblick und der Hinterhältigkeit des Joas, wenn er die einzig auf Athalie gemünzten Worte spricht:

Le bonheur des méchants comme un torrent s'écoule.

Aber wenn der Pfarrer gleichzeitig gekommen war und sein endloser Besuch die Kräfte meiner Tante erschöpft hatte, verließ Françoise gleich nach Eulalie das Zimmer mit den Worten:

Madame Octave, ich lasse Sie jetzt lieber ruhen, Sie sehen müde aus.

Meine Tante antwortete nicht einmal außer durch einen tiefen Seufzer, der ihr letzter zu sein verhieß; mit geschlossenen Augen lag sie da wie tot. Kaum aber war Françoise unten angelangt, als vier heftige Glockensignale im Hause ertönten und meine Tante, in ihrem Bett aufrecht sitzend, rief:

– Ist Eulalie schon fort? Stell dir vor, jetzt habe ich vergessen, sie zu fragen, ob Madame Goupil vor dem Meßopfer in der Kirche war! Lauf schnell, schnell hinter ihr her!

Aber Françoise kehrte zurück, ohne Eulalie noch erreicht zu haben.

– Zu dumm, meinte kopfschüttelnd meine Tante. Das war das einzig Wichtige, was ich sie fragen wollte!

So verging das Leben für meine Tante Léonie, immer in ganz der gleichen Weise, das heißt in angenehmer Einförmigkeit und dem, was sie in gespielter nichtachtender Gleichgültigkeit und tiefer Anhänglichkeit als ihren kleinen ›Train-train‹ bezeichnete. Von allen sorglich geschont – nicht nur zu Hause, wo jeder einzelne, nachdem er das Bemühen, ihr ein besseres Regime anzuraten, als zwecklos aufgegeben hatte, sich schließlich damit abfand, ihre Gewohnheiten zu respektieren, sondern auch im Orte, wo drei Straßen von uns entfernt der Packer, bevor er seine Kisten nagelte, Françoise fragte, ob meine Tante auch nicht ›ruhe‹ – mußte sie doch erleben, daß ihr ›Train-train‹ in diesem Jahre einmal unterbrochen wurde. Wie eine Frucht, die im verborgenen gereift ist, ohne daß jemand es beachtet hat, und auf einmal vom Baum fällt, war eines Nachts die Niederkunft des Küchenmädchens unaufhaltsam da. Ihre Schmerzen waren unerträglich, und da es in Combray keine Hebamme gab, mußte Françoise sich bei Nacht und Nebel aufmachen und eine aus Thiberzy holen. Wegen der Schreie des Mädchens konnte meine Tante nicht ruhen, und Françoise, die trotz der geringen Entfernung erst sehr spät wieder nach Hause kam, fehlte ihr wirklich sehr. Daher sagte meine Mutter an diesem Morgen zu mir: »Geh doch hinauf und sieh nach, ob Tante Léonie etwas braucht.« Ich trat in das erste Zimmer ein und sah durch die offene Tür meine Tante schlafend auf der Seite liegen; ich hörte sie halblaut schnarchen. Ganz leise wollte ich mich wieder entfernen, aber offenbar war das Geräusch meiner Schritte in ihren Schlaf eingedrungen und hatte darin eine Art »Umschaltung« bewirkt, wie man bei Automobilen sagt, denn der Ton ihres Schnarchens setzte einen Augenblick aus und gleich darauf in tieferer Lage wieder ein; dann erwachte sie und wendete ihr Gesicht halb um, so daß ich es sehen konnte; es drückte etwas wie Entsetzen aus; offenbar hatte sie furchtbar geträumt; sie konnte mich von ihrem Blickpunkt aus nicht sehen, und ich stand da und wußte nicht, ob ich gehen oder bleiben solle; aber sie schien bereits zum Bewußtsein der Wirklichkeit zurückgekehrt zu sein und die trügerischen Visionen, die sie erschreckt hatten, als solche erkannt zu haben; ein Lächeln der Freude, der frommen Dankbarkeit gegen Gott, der in seiner Güte das Leben weniger grausam als die Träume sein läßt, goß ein schwaches Licht über ihre Züge, und wie gewöhnlich halblaut mit sich selbst sprechend, da sie sich allein glaubte, sagte sie: »Gott sei gelobt! Das einzige, was uns stört, ist ja dieses Küchenmädchen, das ein Kind bekommt. Aber da habe ich doch geträumt, mein armer Octave sei auferstanden und wolle absolut, daß ich jeden Tag einen Spaziergang mache!«

Sie streckte die Hand nach dem Rosenkranz aus, der auf dem Tischchen neben ihr lag, aber der Schlaf überwältigte sie von neuem und ließ ihr keine Zeit, ihn wirklich zu ergreifen: in Frieden schlummerte sie von neuem ein, ich schlich mich aus dem Zimmer, und kein Mensch – auch sie nicht – hat jemals erfahren, was ich vernommen hatte.

Wenn ich sage, daß abgesehen von sehr seltenen Ereignissen, wie eben diese Niederkunft, der ›Train-train‹ meiner Tante unveränderlich feststand, so spreche ich nicht von den regelmäßig wiederkehrenden Abweichungen, die innerhalb der bestehenden Einförmigkeit eine zweite Art von Ordnung etablierten. So zum Beispiel fand am Samstag, wenn Françoise nachmittags zum Markt in Roussainville-le-Pin ging, das Mittagessen für alle eine Stunde früher statt. Meine Tante hatte sich so gut diese allwöchentliche Abweichung von der Regel zu eigen gemacht, daß sie nunmehr auf diese Gewohnheit wie auf jede andere hielt. Sie war so ›gut eingefahren‹ damit, wie Françoise es nannte, daß, wenn sie etwa eines Samstags bis zum Mittagessen die sonst gewohnte Stunde hätte abwarten sollen, sie das ebensosehr gestört hätte, als wenn sie an anderen Tagen ihre Mahlzeit auf die Samstagsstunde hätte vorverlegen sollen. Dieses vorzeitige Mittagessen gab übrigens dem Samstag in unser aller Augen etwas Besonderes, Gelockertes und eigentlich Sympathisches. In dem Augenblick, da wir normalerweise noch eine Stunde vor uns hatten bis zu der beschaulichen Stunde des Mahls, wußte man, daß bereits in wenigen Sekunden vorzeitig Endivien, ein Extraomelett, ein unverdientes Beefsteak vor uns erscheinen würden. Die Wiederkehr dieses regelwidrigen Samstags war eines der unbedeutenderen im Innern unseres gemeinsamen Lebens auftretenden, lokalen, unserem kleinen Staatswesen eigentümlichen Ereignisse, die in ruhigen Lebensabläufen und geschlossenen Gesellschaftskörpern eine Art von nationaler Einheit schaffen und zum Lieblingsthema der Unterhaltungen, humorvoller Anspielungen und scherzhaft übertriebener Erzählungen werden. Sie hätte das zentrale Thema eines Epenzyklus abgeben können, hätte einer von uns über wirkliches Erzählergenie verfügt. Schon morgens, ehe wir angekleidet waren, sagte nur in dem vergnügten Bestreben, die Stärke des Gemeinschaftsgefühls zu erproben, der eine zum andern gutgelaunt, herzlich, von einer Art von Patriotismus beseelt: »Wir dürfen heute keine Zeit verlieren; bedenke, daß Samstag ist!«, während meine Tante, die sich gerade mit Françoise beriet, in dem Gedanken, daß der Nachmittag länger sein werde als sonst, die Meinung äußerte: »Wie wäre es, wenn wir ihnen einen schönen Kalbsbraten machten?« Wenn um halb elf Uhr einer von uns zerstreut auf seine Uhr blickte und sagte: »Aha, immerhin noch anderthalb Stunden bis zum Mittagessen!«, so hielt ihm jeder mit Wonne vor: »Aber geh, wo hast du deine Gedanken, du vergißt, daß heute Samstag ist!«; und noch eine Viertelstunde darauf lachte man darüber und beschloß, nachher hinaufzugehen und es meiner Tante zu erzählen, damit sie etwas zu ihrer Erheiterung habe. Das Antlitz des Himmels selbst schien samstags verändert zu sein. Nach dem Mittagessen hielt sich die Sonne in dem Bewußtsein, daß Samstag sei, eine Stunde länger im Zenit des Himmels auf, und wenn jemand in der Idee, es sei für unseren Spaziergang schon recht spät, verwundert fragte: »Wie? Ist es wirklich erst zwei?« – im gleichen Augenblick erklangen vom Kirchturm her zwei Schläge (die gewöhnlich wegen der Mittagsmahlzeit und der Siesta noch keinen Menschen auf den verlassenen Wegen zur Seite des raschfließenden lichten Flusses antrafen, nicht einmal einen Angler, und die infolgedessen in großer Einsamkeit einen Himmel durchmaßen, an dem nur träge ein paar Wolken standen) – so antworteten ihm alle im Chor: »Du vergißt, daß wir heute eine Stunde früher gegessen haben, du weißt doch, es ist Samstag.« Das Staunen eines ›Barbaren‹ (so nannten wir alle Menschen, die die Besonderheit unseres Samstags nicht kannten), der, als er um ein Uhr meinen Vater aufsuchen wollte, uns bereits beim Mittagessen traf, war eine Sache, die Françoise in ihrem Leben mit am meisten erheitert hatte. Aber wenn sie amüsant gefunden hatte, daß der verdutzte Besucher nicht wußte, daß wir am Samstag früher aßen, so fand sie noch komischer (obwohl sie von Herzen mit diesem engstirnigen Patriotismus sympathisierte), daß mein Vater nicht auf den Gedanken gekommen war, der Barbar könne darüber in Unkenntnis sein, und ohne weitere Erklärung seine Verwunderung darüber, daß wir bereits im Eßzimmer waren, nur mit den Worten quittiert hatte: »Natürlich, es ist doch heute Samstag!« Wenn sie an dieser Stelle ihrer Erzählung angekommen war, wischte sie sich die Lachtränen aus den Augen, und um das Vergnügen noch zu steigern, erfand sie zwecks Ausspinnung des Dialoges eine weitere Replik des Besuchers, für den dieser ›Samstag‹ als Erklärung ja überhaupt nichts besagte. Wir dachten nicht daran, uns über diese Ausschmückung zu beklagen, sie genügte uns nicht einmal, und wir behaupteten: »Aber ich meine, er hat noch etwas anderes gesagt. Das erste Mal ist die Geschichte doch noch länger gewesen.« Meine Großtante sogar ließ ihre Handarbeit ruhen, hob den Kopf und schaute interessiert über ihr Lorgnon.

Der Samstag hatte auch noch eine andere Besonderheit, nämlich, daß wir an diesem Tage im Mai nach dem Abendessen das Haus verließen und zur Maiandacht gingen.

Da wir dort zuweilen Monsieur Vinteuil trafen, der sich sehr streng über das ›bedauerlich nachlässige Auftreten junger Leute, die von modernen Ideen infiziert seien‹, äußerte, gab meine Mutter besonders acht, daß nichts an meinem Anzug auszusetzen war. Bei der Maiandacht, erinnere ich mich, habe ich angefangen, den Weißdorn zu lieben. Er tauchte nicht nur in der so heiligen, für uns doch aber zugänglichen Kirche auf, sondern lag auch auf dem Altar, unzertrennlich verwoben mit den Mysterien der heiligen Handlung selbst, an der seine Zweige teilhatten; sie zogen sich quer durch die Leuchter und schlangen sich um die heiligen Gefäße, als Festtagsschmuck aneinandergereiht in grünen Laubgewinden, die einer Brautschleppe gleich mit kleinen Sträußchen von leuchtend weißen Knöspchen übersät waren.

Auch wenn ich sie nur verstohlen anzublicken wagte, hatte ich doch das Gefühl, daß diese üppige Zierde lebendig war und daß die Natur selbst, als sie die Einschnitte in den Blättern schuf und den Schmuck der weißen Blüten hinzugefügt hatte, sie würdig hergerichtet hatte für das, was zugleich ein Volksfest und eine mystische Feier war. Weiter oben öffneten sich hier und da die Blütenblätter mit unbekümmerter Grazie und trugen so nachlässig als einen letzten, duftigen Schmuck das Bündel der Staubgefäße, die, fein wie Marienfäden, sie rundum umwehten, daß ich, als ich im Innern die Gebärde ihres Aufblühens nachzuleben versuchte, zu der Vorstellung kam, es läge die rasche, übermütige Kopfbewegung eines fahrigen, munteren jungen Mädchens in Weiß samt ihrem koketten Blick aus den schmalen Pupillen darin. Herr Vinteuil und seine Tochter hatten sich neben uns gesetzt. Aus gutem Hause stammend, war er der Klavierlehrer der Schwestern meiner Großmutter gewesen, und als er sich nach dem Tode seiner Frau auf Grund einer Erbschaft in der Nähe von Combray angesiedelt hatte, wurde er oft zu uns eingeladen. Da er aber außerordentlich prüde war, hatte er seine Besuche eingestellt, um Swann nicht zu begegnen, der eine ›unpassende Ehe, wie das heute so üblich ist‹ geschlossen hatte. Meine Mutter, die erfahren hatte, daß er komponierte, hatte ihm aus Freundlichkeit gesagt, er müsse ihr, wenn sie ihn besuchen käme, etwas von sich vorspielen. Herr Vinteuil hätte das mit dem größten Vergnügen getan, aber er trieb die Höflichkeit und Herzensgüte so weit, daß er sich immer in die Lage der andern versetzte und dann fürchtete, sie zu langweilen und egoistisch zu scheinen, wenn er seinen Wünschen nachgäbe oder sie auch nur verriete. An dem Tage, als meine Eltern ihm einen Besuch machen gingen, begleitete ich sie zwar, aber sie erlaubten mir, draußen auf sie zu warten; da das Landhaus Herrn Vinteuils, Montjouvain, in gleicher Höhe mit einem kleinen umbuschten Hügel lag, auf dem ich mich verborgen hatte, befand ich mich genau dem Salon im zweiten Stock gegenüber, etwa fünfzig Zentimeter vom Fenster entfernt. Als meine Eltern ihm gemeldet wurden, hatte ich gesehen, wie Herr Vinteuil eiligst sichtbar auf das Klavier ein Musikstück legte. Beim Eintreten meiner Eltern aber hatte er es rasch wieder fortgenommen und in eine Ecke gesteckt. Sicher hatte er gefürchtet, sie würden meinen, er freue sich nur über ihren Besuch, weil er dadurch Gelegenheit habe, ihnen seine Kompositionen vorzuspielen. Und jedesmal, wenn meine Mutter im Laufe ihres Besuches wieder davon angefangen hatte, wiederholte er: »Aber ich weiß gar nicht, wie das auf das Klavier gekommen war, es gehört da gar nicht hin«, und hatte das Gespräch gerade deshalb auf andere Dinge gelenkt, weil diese ihn weniger interessierten. Seine einzige Leidenschaft galt seiner Tochter, diese aber, die wie ein Junge aussah, schien so kräftig, daß man unwillkürlich lächelte, wenn man sah, wie fürsorglich ihr Vater immer einen Reserveschal bereit hielt, um ihn ihr um die Schultern zu legen. Meine Großmutter machte uns darauf aufmerksam, welch sanfter, zarter, fast schüchterner Ausdruck oft über das Antlitz dieses so derbgebauten Kindes glitt, dessen Haut mit Sommersprossen übersät war. Wenn sie einen Ton gesagt hatte, so horchte sie darauf im Sinne derjenigen, die sie angeredet hatte; sie fürchtete dann die Möglichkeit von Mißverständnissen, und man sah unter den etwas männlichen Zügen dieses »guten Kerls« die feineren eines richtigen jungen Mädchens durchschimmern.

Als ich beim Verlassen der Kirche vor dem Altar die Knie beugte, spürte ich plötzlich, als ich mich wieder erhob, von den Weißdornzweigen her einen bittersüßen Mandelduft und erkannte gleichzeitig auf den Blüten kleine gelbliche Stellen, unter denen ich mir jenen Duft verborgen dachte wie unter den gebräunten Teilen den eines Mandelbackwerks oder unter den Sommersprossen den der Wangen von Mademoiselle Vinteuil. Trotz der schweigenden Unbeweglichkeit des Weißdorns war dies aussetzende und wiederkehrende starke Duften wie das Weben intensiven Lebens, von dem der Altar zu beben schien wie eine ländliche Hecke unter lebendig tastenden Fühlfäden, an die man ohnehin beim Anblick mancher Staubgefäße dachte, die das frühlingshafte Überschäumen, die aufreizende Daseinsbehauptung von Insekten zu haben schienen, deren Verwandlung in Blumen erst soeben vollzogen war.

Wir plauderten einen Augenblick mit Herrn Vinteuil vor dem Portal, als wir die Kirche verließen. Er mischte sich in die Balgereien der Buben auf dem Platz, ergriff die Partei der Kleinen und schalt die Großen aus. Wenn dann seine Tochter mit ihrer tiefen Stimme uns sagte, sie habe sich so gefreut, uns zu sehen, schien es gleich darauf, als erröte eine empfindlichere Schwester in ihr über solch brüske Äußerung eines unbedachten jungen Mannes, die uns etwa könnte glauben machen, sie lege es darauf an, zu uns eingeladen zu werden. Ihr Vater warf ihr einen Mantel um die Schultern, sie stiegen in einen kleinen Einspänner, den sie selber lenkte, und dann kehrten beide nach Montjouvain zurück. Da am folgenden Tage Sonntag war und wir erst rechtzeitig zum

Hochamt aufstehen würden, machten wir selbst jedoch, vorausgesetzt daß der Mond schien und es warm genug war, anstatt unmittelbar heimzukehren, über den Kalvarienberg einen langen Spaziergang, bei dem dank der geringen Fähigkeit meiner Mutter, sich zu orientieren und sich auf dem Wege zurechtzufinden, die Ruhmliebe meines Vaters, der sich dabei als genialer Stratege fühlte, auf ihre Kosten kam. Manchmal gingen wir bis zum Viadukt, dessen Steinbögen schon beim Bahnhof begannen und für mich ein leibhaftiges Symbol der Verbannung und Not außerhalb der bewohnbaren Welt darstellten, denn jedes Jahr, wenn wir aus Paris zurückkamen, hielt uns unser Vater zur Aufmerksamkeit an, wenn Combray kam, die Station nicht zu übersehen und im voraus zum Aussteigen bereit zu sein, fuhr doch der Zug schon nach zwei Minuten weiter und verließ über den Viadukt den Bezirk, den noch Christenmenschen bewohnten und dessen äußerster Punkt für mich Combray war. Wir kamen über die Bahnhofstraße zurück, wo die hübschesten Villen des Ortes standen. In jedem Garten streute der Mondschein à la Hubert Robert zerbrochene Stufen aus weißem Marmor, Springbrunnen und halboffene Parktore aus. Sein Schimmer ließ das Telegraphenbüro wie nicht vorhanden erscheinen. Stehenblieb davon einzig eine geborstene Säule, die die ganze Schönheit einer unsterblichen Ruine in sich trug. Ich schleppte schwer meine Füße, fiel um vor Müdigkeit, der Duft der Lindenbäume kam mir wie eine Belohnung vor, die einem nur um den Preis großer Mühen zuteil wurde und diese eigentlich nicht lohnte. Hinter Hoftoren, die weit voneinander entfernt lagen, ließen Hunde, die unsere einsam verhallenden Schritte aufgeweckt hatten, abwechselnd ihr Bellen ertönen, wie ich es jetzt noch öfter abends höre; und irgendwie muß wohl die Bahnhofstraße (als man später an ihrer Stelle die öffentlichen Anlagen von Combray schuf) in dies Bellen eingegangen sein, denn, wo ich auch bin, sobald Hundegebell ertönt und aus der Ferne beantwortet wird, sehe ich sie mit ihren Linden und dem mondbeschienenen Bürgersteig.

Plötzlich blieb mein Vater dann stehen und fragte meine Mutter: »Wo sind wir?« Erschöpft von der Wanderung, aber stolz auf ihn, gestand meine Mutter zärtlich zu ihm aufblickend ein, daß sie es durchaus nicht wisse. Achselzuckend lachte er dann, und als habe er es mit seinem Schlüssel aus der Westentasche gezogen, wies er auf das rückwärtige Gartenpförtchen unseres Grundstücks unmittelbar vor uns hin, das mit der Ecke der Rue du Saint-Esprit am Ende dieser unbekannten Wege uns erwartet hatte. Meine Mutter bewunderte ihn: »Du bist fabelhaft!« Von diesem Augenblick an brauchte ich keinen Schritt mehr zu machen, der Boden lief von allein unter meinen Füßen weg in diesem Garten, in dem längst schon alles, was ich tat, von keiner bewußten Aufmerksamkeit mehr begleitet wurde. Die Gewohnheit nahm mich in ihren Arm und trug mich bis in mein Bett wie ein kleines Kind.

Wenn der Samstag, der eine Stunde früher begann und an dem meine Tante auf die Hilfe von Françoise verzichten mußte, langsamer als andere Tage für sie verging, so erwartete sie doch ungeduldig schon von Anfang der Woche an seine Wiederkehr, da er gerade das Maß an Zerstreuungen und Sensationen mit sich brachte, das ihr geschwächter, eigenwilliger Körper noch zu ertragen vermochte. Nicht, daß sie nicht manchmal nach einer größeren Veränderung verlangt und ihre Ausnahmestunden gehabt hätte, in denen sie nach anderem als dem Bestehenden lechzte; Menschen, die aus Mangel an Energie oder Einbildungskraft in solchen Augenblicken nicht imstande sind, aus sich selbst den erneuernden Impuls zu ziehen, erwarten dann von jeder kommenden Minute, von dem Briefträger, der draußen schellt, auf alle Fälle Neues, und wäre es auch noch so schlimm, eine Aufregung, selbst einen Schmerz; das Gefühlsleben, das im Glück verstummt wie eine Harfe, an die niemand rührt, möchte dann unter einer Hand erbeben, und wäre der Zugriff selbst so roh, daß es darunter zerbricht, und der Wille, der sich so mühsam das Recht errungen hat, ohne Behinderung seinen Süchten und Leiden nachgeben zu können, würde gern die Zügel einer gebieterischen, wenn auch grausamen Macht der Ereignisse überlassen. Da die bei der geringsten Ermüdung schon versiegenden Kräfte meiner Tante sich in den Zeiten des Ausruhens immer nur tropfenweise erneuerten, dauerte es zweifellos lange, bis das Reservoir wieder aufgefüllt war, und es vergingen Monate, bis jener leichte Überdruck, den andere Menschen in Tätigkeit ausgeben, wieder bei ihr vorhanden war. Ich hege aber keinen Zweifel, daß dann – ebenso wie nach einer gewissen Zeit das Bedürfnis bei ihr aufkam, das täglich wiederkehrende Püree, das sie nie ›leid wurde‹ durch Béchamelkartoffeln zu ersetzen – aus der langen Häufung einförmiger Tage, auf die sie an sich solchen Wert legte, in ihr eine gewisse Hoffnung auf eine häusliche Katastrophe entstand, die möglichst nur einen Augenblick andauern, aber sie doch zu einer jener Veränderungen zwingen würde, deren Heilsamkeit sie ahnte, die sie aber doch sich nicht entschließen konnte, selbst herbeizuführen. Sie liebte uns wirklich und wahrhaftig, es hätte ihr Genuß bereitet, uns innig zu beweinen; die etwa in einem Augenblick, da sie sich wohl fühlte und nicht an Schweißausbrüchen litt, eintreffende Nachricht, daß das Haus einer Feuersbrunst zum Opfer gefallen und die ganze Familie dabei umgekommen sei, daß bald kein Stein mehr davon stehen werde, wobei ihr aber noch Zeit bliebe, sich ohne Eile in Sicherheit zu bringen, wofern sie auf der Stelle aufstände, hat sicher als Möglichkeit in ihren Hoffnungen eine Rolle gespielt, besonders da sich hier zu dem nicht ganz so ins Gewicht fallenden Vorteil, ihre ganze Liebe zu uns in langer Wehmut auszukosten und zum grenzenlosen Staunen des ganzen Dorfes hinter unseren Särgen herzuschreiten – mutig, wenn auch tiefgebeugt, todgeweiht, aber ungebrochen – noch jener weit verlockendere gesellt hätte, daß sie dann gerade im richtigen Augenblick ohne enervierendes Zaudern den Sommer auf ihrem hübschen Landbesitz Mirougrain hätte verbringen können, wo es einen Wasserfall gab. Da niemals irgendein Ereignis dieser Art eingetreten war, dessen verheißungsvolle Lockungen sie sicher überschlug, während sie in ihre zahllosen Patiencen vertieft war (und deren erstes Zeichen der Verwirklichung – irgendeine kleine unvorhersehbare Einzelheit, jenes Wort, das eine schlechte Nachricht einleitet und dessen Klang man nie vergessen kann, all das, was mit der Realität des Todes zu tun hat und so völlig anders ist als seine nur abstrakt gedachte Möglichkeit – sie in Verzweiflung gestürzt hätte) begnügte sie sich, um ihr Leben interessanter zu gestalten, eingebildete Peripetien in ihr Dasein einzuführen, die sie dann mit Leidenschaft ausgestaltete. So machte es ihr Spaß, sich auf einmal vorzustellen, Françoise würde sie bestehlen, und sie müsse Listen erfinden, um sie zu überführen. Da sie bei ihren Kartenspielen daran gewöhnt war, gleichzeitig für sich selbst und für ihren Partner zu handeln, brachte sie sich selbst gegenüber die verlegenen Ausreden vor, die Françoise erfand, und antwortete darauf mit so leidenschaftlicher Empörung, daß, wer von uns in solchen Momenten in ihr Zimmer trat, sie mit blitzenden Augen und leicht verschobenen falschen Locken antraf, die ihre kahle Stirn entblößten. Françoise hörte manchmal im Nachbarzimmer beißende Sarkasmen mit an, die ihr selber galten, und deren bloßes Erfinden meine Tante nicht genügend erleichtert hätte, so daß sie ihnen durch halblautes Murmeln erhöhte Wirklichkeit verlieh. Manchmal genügte ein solches ›Intimes Theater‹ meiner Tante noch nicht, sie wollte ihre Stücke richtig aufgeführt sehen. Dann vertraute sie eines Sonntags bei sorgfältig geschlossenen Türen der Eulalie ihren Zweifel in bezug auf Françoises Ehrlichkeit an und sprach von ihrer Absicht, sich ihrer zu entledigen; ein anderes Mal aber teilte sie umgekehrt Françoise ihren Argwohn mit, daß Eulalie, die bald bei ihr vergebens anpochen werde, nicht zuverlässig sei; ein paar Tage später war sie gegen ihre Vertraute von gestern eingenommen und mit der Verräterin wieder ein Herz und eine Seele, bis zur nächsten Vorstellung, wo die beiden ihre Rollen von neuem austauschen würden. Das Mißtrauen, das Eulalie ihr einflößen konnte, war aber immer nur ein Strohfeuer, das bald wieder in sich zusammensank, denn Eulalie wohnte ja nicht im Haus. Nicht so war es mit dem gegen Françoise gerichteten Argwohn, da meine Tante sie ja unaufhörlich unter dem gleichen Dache wußte, ohne daß sie selbst angesichts ihrer Besorgnis, sie könne sich beim Verlassen ihres Bettes erkälten, in die Küche hinunterzugehen und festzustellen wagte, ob ihr Verdacht begründet sei. Ganz allmählich beschäftigte sich ihr Geist mit nichts anderem mehr als damit, zu erraten, was Françoise in jedem Augenblick gerade tun und vor ihr verbergen mochte. Sie stellte die flüchtigsten Veränderungen in deren Mienenspiel fest, den kleinsten Widerspruch in ihren Worten, einen Wunsch sogar, den sie nicht auszusprechen schien. Sie gab ihr in solchem Falle mit einem einzigen Wort, das Françoise erbleichen machte, zu verstehen, daß sie sie durchschaute; dieses Wort zu finden und der Armen ins Herz zu bohren, bereitete meiner Tante eine grausame Freude. Am folgenden Sonntag offenbarte ihr dann eine Äußerung Eulalies – ähnlich jenen Zufallsentdeckungen, welche einer im Entstehen begriffenen Wissenschaft, die sich noch ganz in alteingefahrenen Geleisen bewegte, ungeahnte Möglichkeiten erschließt –, daß ihre Vermutungen noch weit hinter der Wahrheit zurückblieben. »Aber Françoise muß es ja wissen, wo Sie ihr jetzt einen Wagen geschenkt haben.« – »Ich ihr einen Wagen geschenkt!« rief meine Tante aus. – »Ach! Ja, ich weiß nicht, ich meine, ich hätte sie doch im Wagen, stolz wie ein Spanier, zum Markt nach Roussainville fahren sehen. Ich hatte geglaubt, Madame Octave habe ihn ihr geschenkt.« Allmählich kam es so weit, daß sie, wie Jäger und Wild, nur noch unablässig versuchten, eine den Listen der anderen rechtzeitig auf die Spur zu kommen. Meine Mutter befürchtete, es möchte sich in Françoise ein regelrechter Haß auf meine Tante herausbilden, die sie so derb beleidigte, wie es nur möglich war. Auf alle Fälle schenkte Françoise den geringsten Äußerungen und Gesten meiner Tante eine ungewöhnliche Aufmerksamkeit. Wenn sie um etwas bitten wollte, zögerte sie lange, in welcher Art und Weise sie es tun sollte, und wenn sie ihr Anliegen vorgebracht hatte, beobachtete sie heimlich meine Tante genau und versuchte, aus ihrem Mienenspiel zu erraten, was jene dächte und wie sie die Frage vermutlich entscheiden werde. Ein Schauspieler, der Memoiren des siebzehnten Jahrhunderts liest und den Sonnenkönig darstellen möchte, meint vielleicht auf dem Wege zum Ziel zu kommen, daß er sich ausmalt, er stamme aus einer der großen historischen Familien, oder indem er eine Korrespondenz mit einem der gegenwärtigen europäischen Potentaten führt, während er gerade das vollkommen übersieht, was er zu Unrecht bei irgendwelchen den damaligen ähnlichen und folglich nicht mehr bestehenden Ausdrucksformen sucht – nämlich daß eine alte Dame in der Provinz, wenn sie nur hemmungslos ihren Launen und einer aus Muße gezeugten Bosheit folgt, ohne daß sie dabei jemals an Ludwig XIV. gedacht hat, es erleben kann, daß ihre unbedeutendsten täglichen Beschäftigungen, die mit ihrem Aufstehen, ihrem Mittagessen, ihrer Ruhe zusammenhängen, durch ihren despotischen Eigenwillen etwas von dem Interesse bekommen, wie es dem innewohnte, was Saint-Simon den ›Mechanismus‹ des Lebens in Versailles genannt hat, und ebenso annehmen darf, daß ihr Schweigen, ein Anflug von guter Laune oder hochmütiger Ablehnung in ihren Zügen, von seiten ihrer Dienerin Françoise der Gegenstand ebenso leidenschaftlicher und angstvoller Kommentare sind, wie es das Schweigen, die gute Laune oder der Hochmut des Königs waren, wenn ein Höfling oder selbst einer der wirklich großen Herren ihm in einer Seitenallee von Versailles eine Bittschrift übergab.

Eines Sonntags, als meine Tante gleichzeitig den Besuch Eulalies und des Pfarrers gehabt und daraufhin ›geruht‹ hatte, waren wir alle zu ihr hinaufgegangen, um ihr gute Nacht zu sagen, und meine Mutter hatte ihr dabei ihr Bedauern darüber ausgesprochen, daß unglücklicherweise so häufig ihre Besucher zur selben Stunde erschienen.

– Ich weiß, Léonie, heute hat es sich wieder schlecht gemacht, sagte sie freundlich zu ihr, es waren ja alle auf einmal da.

– Des Guten hat man nie zuviel, mischte sich meine Großmutter ein, denn seitdem ihre Tochter krank war, glaubte sie sie immer dadurch aufrichten zu müssen, daß sie ihr alle Dinge von der besten Seite darstellte. Gleichzeitig aber ergriff mein Vater das Wort:

– Ich möchte, sagte er, diesen Augenblick benutzen, wo wir alle zusammen sind, und euch etwas erzählen, was ich sonst immer wieder von neuem berichten müßte. Ich fürchte, wir haben Legrandin irgendwie verstimmt: er hat mir heute morgen kaum guten Tag gesagt.

Ich blieb nicht lange da, um meinem Vater zuzuhören, denn ich war nach der Messe dabei gewesen, als wir Herrn Legrandin trafen; statt dessen ging ich hinunter in die Küche, um zu fragen, was es zum Abendessen gäbe; das unterhielt mich täglich in einer ähnlichen Weise wie andere die Nachrichten in der Zeitung und regte mich zugleich wie ein Festprogramm an. Da Herr Legrandin beim Verlassen der Kirche nahe an uns vorbeigegangen war an der Seite einer Schloßherrin aus der Nachbarschaft, die wir nur vom Sehen kannten, hatte mein Vater ihn gleichzeitig freundschaftlich und mit einer gewissen Zurückhaltung gegrüßt, ohne stehen zu bleiben; Herr Legrandin hatte den Gruß kaum erwidert, sondern uns nur mit eher erstaunter Miene, so als erkenne er uns nicht, und mit jener merkwürdigen Ferne im Blick angeschaut, wie Leute sie an sich haben, die nicht liebenswürdig sein wollen und aus einer plötzlich weiter zurückgerückten Tiefe ihrer Pupillen uns nur am äußersten Punkt eines endlosen Weges in so großer Distanz zu sehen scheinen, daß sie sich mit einem schwachen Kopfnicken begnügen, wie ihnen das einzig unseren puppenhaften Dimensionen angemessen vorkommt.

Die Dame aber, die Legrandin begleitete, war eine höchst tugendhafte und angesehene Persönlichkeit; es war ausgeschlossen, daß es sich um eine Liebesangelegenheit handelte, bei der er etwa nicht getroffen werden wollte, und mein Vater fragte sich, wodurch er Herrn Legrandin gekränkt haben könnte. »Ich würde es um so mehr bedauern«, sagte mein Vater, »als er inmitten aller dieser sonntäglich aufgeputzten Leute mit seinem einfachen Rock und der weichgebundenen Krawatte so adrett und schlicht, fast jugendlich naiv und wirklich recht sympathisch aussah.« Der Familienrat aber befand einmütig, daß mein Vater sich das Ganze eingebildet haben müsse oder daß Legrandin in dem Augenblick eben in Gedanken gewesen sei. Zudem wurden die Befürchtungen meines Vaters schon am nächsten Abend zerstreut. Als wir von einem großen Spaziergang zurückkamen, bemerkten wir in der Nähe der alten Brücke Legrandin, der wegen des Festes für mehrere Tage in Combray geblieben war. Mit ausgestreckter Hand trat er auf uns zu: »Nun, mein geschätzter Leser«, sagte er zu mir, »kennst du auch den Vers von Paul Desjardins:

Les bois sont déjà noirs, le ciel est encore bleu ...?

Drückt er nicht genau das Wesen dieser Stunde aus? Du hast vielleicht Paul Desjardins nie gelesen. Lies ihn aber, mein Sohn; er scheint jetzt, so höre ich wenigstens, eine Wandlung zum Moralprediger durchzumachen, aber lange Zeit war er ein Maler duftiger Aquarelle ...

Les bois sont déjà noirs, le ciel est encore bleu ...

Möge der Himmel ewig blau sein für dich, junger Freund; und selbst, wenn die Stunde naht, wie sie es für mich jetzt tut, wo die Wälder schon schwarz sind und die Nacht schnell hereinbrechen kann, wirst du dich immer damit trösten, nicht wahr, so wie ich es tue, daß du nach dem Himmel blickst.« Er nahm eine Zigarette aus der Tasche und blieb, die Augen auf den Horizont gerichtet, noch eine Weile stehen. »Freunde, ade«, sagte er dann und ließ uns plötzlich stehen.

Zu der Stunde, da ich hinunterging, um mich nach dem Küchenzettel zu erkundigen, war das Abendessen schon in der Zubereitung begriffen, und Françoise, den hilfreichen Kräften der Natur gebietend wie in den Märchenspielen, in denen Riesen sich als Köche verdingen, klopfte die Kohle klein, brachte Kartoffeln zum Weichwerden in den Dampf und ließ auf dem Feuer kulinarische Meisterwerke gar werden, die zuvor in irdenen Gefäßen, von großen Bottichen, Schüsseln, Kesseln und Fischbassins bis zu Terrinen für die Wildpastete, Kuchenformen und kleinen Rahmschüsselchen, vorbereitet wurden, wozu noch eine vollständige Sammlung von Kochtöpfen aller Größen kam. Ich blieb an einem Tisch stehen, an welchem das Küchenmädchen grüne Erbsen enthülst und dann in abgezählten Häufchen aufgereiht hatte wie kleine grüne Kugeln für ein Spiel; besonders aber die Spargel hatten es mir angetan, die wie mit Ultramarin und Rosa bemalt aussahen und deren in Violett und Himmelblau getauchte Spitze nach dem anderen Ende zu – das noch Spuren des nährenden Ackerbodens trug – lauter Abstufungen von irisierenden Farben aufwies, die nichts Irdisches hatten. Es schien mir, daß diese himmlischen Tönungen das Geheimnis von köstlichen Geschöpfen enthüllten, die sich aus Neckerei in Gemüse verwandelt hatten und durch ihre aus feinem eßbarem Fleisch bestehende Verkleidung hindurch in diesen Farben der zartesten Morgenröte, in diesen hinschwindenden Nuancen von Blau jene kostbare Substanz verrieten, die ich noch die ganze Nacht hindurch, wenn ich am Abend davon gegessen hatte, in den nach Art Shakespearescher Feenkomödien gleichzeitig poetischen und derben Possen wiedererkannte, die sie zum Spaße aufzuführen schienen, wenn sie sogar noch mein Nachtgeschirr in ein Duftgefäß umschufen.

Die arme Caritas von Giotto, wie Swann sie nannte, die von Françoise beauftragt war, sie zu schälen, hatte sie in einem großen Korb dicht neben sich stehen; ihre Miene war jammervoll, als trüge sie alle Leiden der Welt; die leichten Azurkrönchen aber, die die Spargel oberhalb ihrer rosa Halskrause trugen, waren Stern für Stern so fein gezeichnet wie die zu Girlanden geflochtenen Blumen an der Stirn und im Korb der ›Tugend‹ von Padua. Inzwischen bereitete Françoise eines jener Hähnchen am Spieß, durch die ihre Verdienste weithin durch Combray ruchbar geworden waren und die, während sie uns bei Tisch vorgelegt wurden, in meiner privaten Vorstellung von ihrem Charakter die Süße vorherrschen ließen, dem Duft des Fleisches entsprechend, das sie uns so schmelzend zart zu bereiten verstand, und der in meiner Phantasie zum spezifischen Duft ihrer Tugenden wurde.

Aber der Tag, an dem ich, während mein Vater den Familienrat wegen der Begegnung mit Legrandin befragte, in die Küche hinunterging, war einer derjenigen, wo die Caritas von Giotto, noch sehr mitgenommen von ihrer vor kurzem erfolgten Niederkunft, nicht hatte aufstehen können; ohne alle Hilfe war Françoise mit der Arbeit im Rückstand. Als ich in die Küche trat, war sie gerade dabei, einem Hähnchen den Garaus zu machen, das in seiner verzweifelten, sehr begreiflichen Gegenwehr, die von der zutiefst empörten Françoise, während sie ihm den Hals unterhalb der Ohröffnung zu durchschneiden versuchte, mit dem Ausruf: »Mistvieh, elendiges!« begleitet wurde, die Sanftmut und schmelzende Güte unserer Dienerin in einem weniger vorteilhaften Lichte erscheinen ließ als am folgenden Tage, wo es in seiner nach Art eines Meßgewandes mit Gold inkrustierten Haut und seinem köstlichen, wie aus einem Ciborium rinnenden Saft auf der Tafel figurierte. Als es endlich tot war, wischte Françoise das Blut auf, das ihren Groll offenbar nicht hatte ersäufen können; vielmehr bekam sie im Gegenteil einen erneuten Wutanfall, und mit einem Blick auf den Leichnam des endlich erledigten Feindes rief sie noch einmal: »Mistvieh, elendiges!« Bebend ging ich die Treppe hinauf; ich hätte am liebsten gesehen, Françoise wäre auf der Stelle entlassen worden. Aber wer hätte mir dann so schön heiße Wärmflaschen in mein Bett gelegt, wer einen so duftenden Kaffee bereitet, und wer ... schließlich solche Poulets? ... Tatsächlich fanden sich alle wie ich mit solcher berechnenden Feigheit ab. Denn meine Tante Léonie wußte – was mir unbekannt war –, daß Françoise, die für ihre Tochter, ihre Neffen klaglos ihr Leben hingegeben hätte, anderen gegenüber bemerkenswert hart sein konnte. Dennoch hatte meine Tante sie behalten, denn wenn sie ihre Grausamkeit kannte, so schätzte sie ihre Dienste doch sehr. Allmählich gingen mir die Augen dafür auf, daß hinter der Milde, der Zerknirschung, den Tugenden von Françoise sich Küchentragödien verbargen, so wie die Weltgeschichte den Schleier darüber lüftet, daß die Regierungszeiten von Herrschern und Herrscherinnen, die mit gefalteten Händen in Kirchenfenstern erscheinen, oft von blutigen Dramen erfüllt gewesen sind. Ich wurde mir klar darüber, daß nicht mit ihr verwandte menschliche Wesen ihr Mitleid um so mehr erregten, in je größerer Ferne sie ihr Dasein fristeten. Die Tränenströme, die sie zeitunglesend über den Unglücksfällen vergoß, denen Unbekannte zum Opfer gefallen waren, versiegten schnell, wenn sie sich die davon heimgesuchte Person ganz genau vorstellen konnte. Ich einer der Nächte, die auf die Niederkunft des Küchenmädchens folgten, wurde diese von heftigen Koliken befallen; Mama hörte, wie sie jammerte, stand auf und weckte Françoise, die ganz ohne Mitgefühl erklärte, all dies Geschrei sei nur Komödie und das Mädchen wolle ›sich nur bedienen lassen‹. Der Arzt, der solche Anfälle für bedenklich hielt, hatte ein Lesezeichen in ein medizinisches Buch, das wir besaßen, an die Stelle gelegt, wo sie beschrieben wurden und wo wir nachschlagen sollten, um einen Hinweis für eine erste Hilfeleistung zu finden. Meine Mutter schickte Françoise, um das Buch zu holen, und empfahl ihr an, auf das Lesezeichen achtzugeben. Nach einer Stunde war Françoise noch nicht zurück; meine Mutter war empört, denn sie glaubte, Françoise habe sich einfach wieder hingelegt, und trug mir auf, selbst in der Bibliothek nach dem Werk zu suchen. Dort fand ich Françoise, die, als sie hatte nachsehen wollen, was an der bezeichneten Stelle angegeben war, über die klinische Beschreibung des Anfalles geraten und in hemmungsloses Schluchzen ausgebrochen war, denn jetzt handelte es sich ja um einen ihr unbekannten ›Fall‹. Bei jedem schmerzhaften Symptom, das der Verfasser in seiner Abhandlung erwähnte, brach sie in Klagerufe aus wie: ›O Gott, o Gott!

Heilige Jungfrau! Ist es denn möglich, daß der liebe Gott ein armes Menschenkind so leiden lassen kann? Du lieber Himmel, die Arme!‹ Aber als ich sie nun rief und sie wieder an dem Bett der Caritas stand, hörten ihre Tränen augenblicks auf zu fließen, und sie verspürte nichts mehr von jenen angenehmen Empfindungen des Mitleids und der Rührung, die sie so gut kannte und die die Lektüre der Zeitungen ihr geschenkt hatte, auch kein sonstiges Gefühl einer ähnlichen Art; ärgerlich und gereizt, daß sie wegen des Küchenmädchens mitten in der Nacht hatte aufstehen müssen, hatte sie für jene nichts übrig als übelgelauntes Brummen, in das sich sogar abscheuliche Sarkasmen mischten, denn als sie glaubte, wir seien schon fort und könnten sie nicht mehr hören, sagte sie: »Die hätte ja nur das nicht zu tun brauchen, was einen dahin bringt! Aber das hat ihr Vergnügen gemacht! Jetzt soll sie sich auch nicht so anstellen! Das muß ja wirklich ein gottverlassener Kerl gewesen sein, der sich mit so was eingelassen hat. Ach ja! meine arme Mutter hat schon recht gehabt, sie hat immer gesagt, so wie die Leute da sprechen in ihrer Gegend:

Qui du cul d'un chien s'amourose
Il lui paraît une rose.«

Wenn ihr Enkel einen Schnupfen hatte, machte sie, nur um nachzusehen, ob er irgend etwas brauchte, selbst wenn sie krank war, anstatt zu schlafen vier Meilen zu Fuß vor Tau und Tag, um für ihre Arbeit im Haus rechtzeitig wieder zur Stelle zu sein; auf der andern Seite aber äußerten sich diese gleiche Liebe zu den Ihren und ihr Verlangen, die künftige Größe ihres Hauses zu sichern, den übrigen Dienstboten gegenüber in einer grundsätzlichen Taktik, die darin bestand, niemals einen einzigen von ihnen je bei meiner Tante Fuß fassen zu lassen, an die sie überhaupt niemand herankommen ließ; lieber stand sie, selbst krank, wieder auf, um ihr das Vichywasser zu geben, als daß sie dem Küchenmädchen den Zutritt zum Zimmer meiner Tante gestattet hätte. Und wie jener von Fabre beobachtete Hymenopteros, die Schlupfwespe, die, damit ihre Jungen nach ihrem Tode frisches Fleisch zur Verfügung haben, ihre Grausamkeit durch anatomisches Wissen unterbaut und gefangenen Rüsselkäfern und Spinnen mit staunenswerter Kenntnis und Geschicklichkeit das Nervenzentrum durchbohrt, von dem die Bewegung der Beine abhängt, jedoch die übrigen Körperfunktionen nicht beeinflußt werden, so daß das gelähmte Insekt, neben dem sie ihre Eier ablegt, für die ausschlüpfenden Larven eine gefügige, wehrlose, zu Flucht und Widerstand unfähige, aber jeglichen Haut-goûts entbehrende Beute abgibt, erfand Françoise in ihrer eisernen Entschlossenheit, das Haus jedem anderen dienstbaren Geist zu verleiden, so ausgeklügelte und unbarmherzige Listen, daß wir, wie wir erst nach Jahren herausbrachten, zum Beispiel in jenem Sommer nur deswegen fast täglich Spargel gegessen hatten, weil das mit ihrem Putzen betraute Küchenmädchen davon so heftige Asthmaanfälle bekam, daß es schließlich ging.

Ach! unsere Meinung über Legrandin mußten wir doch schließlich ändern. An einem jener Sonntage, die auf die Begegnung an der alten Brücke folgten, nach der mein Vater seinen Irrtum hatte einsehen müssen, ging die Messe gerade ihrem Ende entgegen, und mit der Sonne und den Geräuschen von draußen her kam etwas derart Profanes in die Kirche, daß Madame Goupil und Madame Percepied (Personen, die bei meiner etwas verspäteten Ankunft mit gesenkten Augen im Gebet verharrten, so daß ich hätte annehmen können, sie hätten mich gar nicht bemerkt, wenn sie nicht mit den Füßen leicht das Bänkchen zurückgeschoben hätten, das mir den Zugang zu meinem Stuhl verwehrte) sich laut mit uns von ganz weltlichen Dingen zu unterhalten begannen, als seien wir schon draußen auf dem Platz; da sahen wir auf der sonnenheißen Schwelle des Portals, den bunten Lärm des Marktes beherrschend, unsern Freund Legrandin, wie ihn der Gatte jener Dame, mit der wir ihn neulich gesehen hatten, gerade der Frau eines anderen Großgrundbesitzers aus der Umgebung vorstellte. Legrandins Miene war äußerst animiert und drückte ungewöhnlichen Eifer aus; er machte eine tiefe Verbeugung mit anschließendem Zurückschnellen des Rükkens über die Ausgangsposition hinaus: offenbar hatte den Mann seiner Schwester, Madame de Cambremer, ihm das beigebracht. Diese rasche Straffung der Wirbelsäule löste in Legrandins Rückseite, die ich nicht für so fleischig gehalten hätte, eine wogende Muskelbewegung aus; und, ich weiß nicht warum, dies Wabern der bloßen Materie, dies Fluten von purem Fleisch, in dem nichts Geistiges sich verbarg, sondern das seinen stürmischen Bewegungsimpuls einzig von niedriger Unterwürfigkeit her empfing, ließ in meinem Bewußtsein plötzlich die Ahnung von einem ganz andern Legrandin aufkommen, als wir ihn bis dahin kannten. Die Dame bat ihn, dem Kutscher etwas auszurichten, und während er zum Wagen ging, lag immer noch der Ausdruck schüchterner und hingebender Freude auf seinem Gesicht, den der Akt der Vorstellung darauf ausgebreitet hatte. Verzückt wie in einem

Traum lächelte er vor sich hin und kehrte dann eiligst zu der Dame zurück; da er schneller ging, als seine Gewohnheit war, tanzten rechts und links seine Schultern auf sonderbare Weise auf und ab, und er überließ sich dieser Bewegung so sehr, daß er nur ein willenloses mechanisches Spielzeug in der Hand des Glückes schien. Indessen traten auch wir aus dem Portal hervor und gingen dicht an ihm vorbei; er war zu wohlerzogen, um den Kopf wegzuwenden, aber er heftete seinen Blick auf einmal mit einem Ausdruck tiefer Gedankenverlorenheit auf einen so entfernten Punkt des Horizonts, daß er uns nicht sehen konnte und nicht zu grüßen brauchte. Sein Gesicht sah ganz harmlos aus über einem gefälligen hochgeschlossenen Rock, der sich inmitten eines verhaßten Luxus verloren zu fühlen schien. Und seine getupfte Lavallièrekrawatte wehte auch weiterhin, von der leichten Brise des Platzes bewegt, Legrandin voraus wie die Standarte stolzer Zurückgezogenheit und eines edeln Aufsichselbstbestehens. Als wir zu Hause ankamen, stellte meine Mutter fest, daß wir die Blätterteigtorte vergessen hatten, und bat meinen Vater, mit mir zurückzugehen und zu sagen, man möchte sie uns gleich schikken. Bei der Kirche stießen wir noch einmal auf Legrandin, der aus der entgegengesetzten Richtung kommend die Dame zu ihrem Wagen geleitete. Er kam uns direkt entgegen und hörte nicht auf, mit seiner Nachbarin zu sprechen; aber aus dem Winkel seiner blauen Augen machte er uns ein kleines Zeichen, das irgendwie innerhalb der Lider verblieb, und da es die Muskeln seines Gesichts nicht in Mitleidenschaft zog, für seine Gesprächspartnerin völlig unsichtbar war; da er aber durch Intensität des Gefühls den etwas engen Raum, auf den sich der Ausdruck beschränkte, kompensieren wollte, ließ er ein geradezu überschwengliches Maß an gutem Willen, der über das Scherzhafte hinausging und beinahe spöttisch wirkte, darin aufzucken; er trieb die Finessen der Liebenswürdigkeit derartig auf die Spitze, daß ein Augenzwinkern des geheimen Einverständnisses, vertraulicher Mitteilung und versteckter, spießgesellenhafter Anspielung daraus wurde; schließlich übersteigerte er die Freundschaftsbeteuerungen bis zu einem Geständnis wahrhafter Zärtlichkeit, bis zur Liebeserklärung, indem er, unsichtbar für die Schloßbesitzerin, nur für uns allein, etwas geradezu Schmachtendes aufglimmen ließ – das alles in einer wie liebestrunkenen Iris in einem zu Eis erstarrten Gesicht.

Gerade am Tage zuvor hatte er meine Eltern gebeten, sie möchten mir erlauben, daß ich an jenem Abend mit ihm zur

Nacht äße. »Komm, leiste deinem alten Freunde Gesellschaft«, hatte er zu mir gesagt. »Wie der Blumenstrauß, den jemand uns von der Reise schickt aus einem Lande, in das wir nie mehr zurückkehren werden, laß mir aus der Ferne deiner Jugend noch einmal den Duft jener Frühlingsblumen zukommen, durch die vor langen Jahren auch ich einmal dahingewandelt bin. Komm mit der Primel, der Braut-im-Haar, dem Hahnenfuß, komm mit dem Sedum, aus dem der Lieblingsstrauß der Balzacschen Flora besteht, dem Maßliebchen und dem Schneeball, der die Alleen im Garten deiner Großtante mit seinem Duft durchzieht, wenn der letzte Schnee der österlichen Schauer noch nicht geschmolzen ist. Komm mit den Lilien, die da sind wie Salomonis Seide, dem vielfarbigen Email der Stiefmütterchen, aber komm vor allem mit dem frischen Lufthauch der letzten kühlen Tage, der für die beiden Schmetterlinge, die vor den Toren schon harren, die erste Rose von Jericho aufwecken wird.«

Zu Hause fragten sie sich, ob man mich dennoch zum Abendessen zu Herrn Legrandin sollte gehen lassen. Meine Großmutter wollte nicht glauben, daß er unhöflich gewesen sei. »Ihr müßt doch selber sagen, daß er immer so einfach gekleidet daherkommt, daß es wirklich nicht aussieht, als wolle er den Weltmann spielen.« Sie erklärte, auf alle Fälle, selbst wenn man das Schlimmste annähme, sei es besser so zu tun, als habe man es nicht bemerkt. Tatsächlich hegte wohl auch mein Vater, der gleichwohl am ärgerlichsten über Legrandins Haltung war, noch einen letzten Zweifel darüber, was sie bedeuten sollte. Sie war wie jede andere Haltung oder Handlung, in der sich die verborgene Abseite eines Charakters offenbart: sie läßt sich mit früheren Reden nicht in Einklang bringen, wir können sie nicht durch die Aussage des Schuldigen bestätigen, der niemals eingestehen wird; wir sind also völlig auf unsere Sinne angewiesen und fragen uns dann doch angesichts dieser ganz isoliert dastehenden einmaligen Erfahrung, ob wir nicht einer Täuschung zum Opfer gefallen sind, so daß solche gelegentliche Haltung, die an sich die einzig aufschlußreiche ist, oft noch Zweifel in uns bestehen läßt.

Ich speiste mit Legrandin draußen auf der Terrasse; es war Mondschein: »Es herrscht heute so eine hübsche Art von Stille, nicht wahr«, sagte er zu mir; »für wunde Herzen, wie das meine es ist, hat ein Romanschriftsteller, den du später lesen wirst, einzig Dunkel und Schweigen als das Angemessene hingestellt. Und siehst du, mein Kind, es kommt im Leben eine Stunde, von der du noch sehr weit entfernt bist, wo die müden Augen nur noch das Licht vertragen, das eine schöne Nacht wie diese hier ausgießt und durch das Dunkel filtriert, in dem das Ohr keine Musik mehr erkennt als die, die das Mondlicht auf der Flöte des Schweigens spielt.« Ich lauschte den Worten Herrn Legrandins, die mir immer so angenehm schienen; aber stark beschäftigt mit der Erinnerung an eine Frau, die ich letzthin zum ersten Male gesehen hatte, kam ich auf die Idee, daß Legrandin, von dem ich jetzt wußte, daß er Beziehungen zu dem Adel der Umgegend hatte, sie vielleicht kennte, raffte all meinen Mut zusammen und fragte ihn rundheraus: »Sagen Sie, Herr Legrandin, kennen Sie ... kennen Sie die Damen Guermantes?« wobei es mir gleichzeitig Genuß bereitete, diesen Namen auszusprechen und durch die bloße Tatsache, daß ich ihn aus meinen Träumereien herausnahm und ihm eine objektive, tönende Existenz verlieh, eine gewisse Macht über ihn auszuüben.

Aber beim Aussprechen des Namens Guermantes bemerkte ich, wie sich in den blauen Augen unseres Freundes ein kleiner dunkler Strich zusammenzog, als würden sie von einer unsichtbaren Spitze geritzt, während die übrige Iris damit reagierte, daß sie Ströme von reinem Blau entsandte. Seine Lidränder wurden dunkler und senkten sich. Am schnellsten erholte sich sein eben noch von einer bittern Falte gezeichneter Mund, der schon wieder lächelte, während der Blick noch schmerzvoll blieb wie der eines schönen Märtyrers mit von Pfeilen durchbohrtem Leib: »Nein, ich kenne sie nicht«, sagte er, aber anstatt eine so wenig bemerkenswerte Tatsache in dem natürlichen und geläufigen Ton vorzubringen, den sie verdiente, sprach er sie unter Betonung jeder einzelnen Silbe, mit einer Art von Verbeugung und einem wie grüßenden Neigen des Kopfes aus, mit der Eindringlichkeit gleichzeitig, mit der man, um sie glaubhafter zu machen, eine unwahrscheinlich klingende Behauptung aufstellt – als wenn die Tatsache, daß er die Guermantes nicht kennte, nur das Ergebnis eines ganz unerklärlichen Zufalls sei – und mit der Emphase, die jemand an den Tag legt, der eine Sache, die ihm peinlich ist, nicht länger verschweigen kann und sich deshalb lieber laut dazu bekennt, um bei den anderen den Eindruck zu erwecken, daß dies Eingeständnis ihm keine Verlegenheit bereite, sondern spielend, ungezwungen und spontan erfolge, so als wäre die Situation selbst – nämlich das Fehlen jeglicher Beziehung zu den Guermantes – nicht etwas, womit er sich abzufinden hätte, sondern aus Prinzip, oder auf Grund eines mystischen Gelübdes, das ihm ganz ausdrücklich und namentlich den Umgang mit den Guermantes untersagte, willentlich von ihm herbeigeführt. »Nein«, wiederholte er, indem er nunmehr in Worten seinen Tonfall bekräftigte, »ich kenne sie nicht, ich wollte nie, ich habe immer darauf gehalten, meine volle Unabhängigkeit zu bewahren; im Grunde bin ich ja eine Jakobinernatur, mußt du wissen. Ich bin oft gedrängt worden, die Leute haben mir gesagt, ich mache einen Fehler damit, daß ich die Guermantes nicht besuche, ich würde dadurch naturburschenhaft wirken wie ein altes Rauhbein. Aber das ist ein Ruf, der mich nicht schrecken kann, denn er beruht auf Wahrheit! Im Grunde liebe ich auf der Welt nur ein paar Kirchen, zwei oder drei Bücher, ebenso wenige Bilder und den Mondschein, wenn der kühle Anhauch deiner Jugend den Duft der Blumenbeete zu mir trägt, die meine alten Augen nicht mehr zu erkennen vermögen.« Ich verstand nicht recht, wieso es nötig war, um nicht zu Leuten zu gehen, die man nicht kennt, auf seine Unabhängigkeit zu pochen, und inwiefern man dadurch wie ein Rauhbein wirkte. Eines aber war mir klar, nämlich daß Legrandin keineswegs bei der Wahrheit blieb mit seiner Behauptung, er mache sich nur etwas aus Kirchen, dem Mondschein und meiner Jugend; er machte sich sehr viel aus den Bewohnern der Schlösser und hegte in ihrer Gegenwart so große Furcht, ihnen zu mißfallen, daß er sich scheute, mit bürgerlichen Leuten wie Söhnen von Notaren oder Wechselmaklern befreundet zu scheinen, und vorzog, wenn die Entdeckung der Wahrheit schon einmal unvermeidlich war, daß sie dann in seiner Abwesenheit, fern von ihm, ›in contumaciam‹ erfolge; er war ein Snob. Natürlich drückte er niemals etwas Derartiges in der Sprache aus, die meine Eltern und ich so sehr an ihm bewunderten. Und wenn ich fragte: »Kennen Sie die Guermantes?«, gab Legrandin, der Plauderer, zur Antwort: »Nein, und ich habe auch niemals Wert darauf gelegt.« Leider aber antwortete er so nur als zweiter, denn ein anderer Legrandin, den er sorgfältig in seinem Innern verbarg und niemals vorzeigte, weil dieser Legrandin über den unseren und über seinen Snobismus allerlei kompromittierende Geschichten wußte, ein anderer Legrandin, sage ich, hatte zuvor bereits seine Antwort gegeben durch den verwundeten Blick, die verbissene Linie des Mundes, den übertriebenen Ernst im Tone seiner Erklärung, durch die tausend Pfeile, von denen unser Legrandin sich einen Augenblick gespickt und versehrt gefühlt hatte, ein heiliger Sebastian des Snobismus: ›Ach! Wie tust du mir weh! Nein, ich kenne die Guermantes nicht, rühre nicht an den großen Schmerz meines Lebens.‹ Und wenn dieser Legrandin, das Enfant terrible, der Erpresser, nicht über die nette Ausdrucksweise jenes zweiten verfügte, so war er doch viel schlagfertiger, bestand aus lauter ›Reflexen‹, wie man sagt, und wenn Legrandin der Plauderer ihm Schweigen gebieten wollte, hatte der andere längst gesprochen, und es nützte unserm Freund nichts, wenn er nachträglich verzweifelt war über den schlechten Eindruck, den die Enthüllungen seines alter ego machten; er konnte nur noch versuchen, ihn etwas zu verwischen.

Sicherlich bedeutet das nicht, daß Legrandin nicht etwa aufrichtig war, wenn er gegen die Snobs zu Felde zog. Er konnte nicht wissen, jedenfalls nicht aus sich selbst, daß er selber einer war, da wir ja immer nur die Leidenschaften der anderen kennen und alles, was wir über die unseren in Erfahrung bringen, uns nur durch jene vermittelt wird. Auf uns selbst wirken sie nur sozusagen aus zweiter Hand, nämlich durch die Phantasie, die die unmittelbaren Triebfedern unseres Handelns durch andere ersetzt, die uns zum Bekennen geeigneter erscheinen. Niemals gab Legrandin unmittelbar sein Snobismus ein, einer Herzogin häufig seine Aufwartung zu machen. Er beauftragte vielmehr Legrandins Einbildungsvermögen, ihm diese Herzogin als eine Person vor Augen zu stellen, die mit besonderen Reizen ausgezeichnet sei. Legrandin näherte sich dieser Herzogin dann in der Meinung, er erliege der Anziehungskraft ihres Geistes und ihrer Tugend, die ›diese dummen Snobs‹ natürlich vollkommen übersehen. Nur die anderen wußten, daß er selbst einer war; denn in ihrer Unfähigkeit, die vermittelnde Tätigkeit seiner Phantasie zu begreifen, sahen sie Legrandins gesellschaftliche Betriebsamkeit und ihre erste Ursache in direktem Zusammenhang.

Bei uns zu Hause machte sich jetzt niemand mehr über Herrn Legrandin Illusionen, und unsere Beziehungen zu ihm lockerten sich sehr. Mama amüsierte sich jedesmal köstlich, wenn sie Legrandin in flagranti bei der Sünde ertappte, die er nicht eingestand und auch weiterhin als die Sünde bezeichnete, für die es keine Verzeihung gibt, nämlich dem Snobismus. Meinem Vater fiel es nicht so leicht, Legrandins Nichtbeachtung mit so viel Überlegenheit und Heiterkeit hinzunehmen, und als meine Eltern eines Sommers einmal daran dachten, mich die großen Ferien mit meiner Großmutter in Balbec verbringen zu lassen, meinte er: »Ich muß unbedingt Legrandin erzählen, daß ihr nach Balbec geht, um zu sehen, ob er sich anheischig machen wird, euch mit seiner Schwester zusammenzubringen. Wahrscheinlich erinnert er sich nicht mehr, daß er uns erzählt hat, sie wohne von dort nur zwei Kilometer entfernt.« Meine Großmutter, die an der See immer fand, man müsse von morgens bis abends im Freien sein, um die Salzluft einzuatmen, und mache dort am besten keine Bekanntschaften, weil Besuche und gemeinsame Spaziergänge jeweils auf Kosten des Aufenthaltes am Meere selbst gingen, war im Gegenteil dafür, daß man Legrandin gegenüber unseren Plan nicht erwähne; sie malte sich schon im Geiste aus, wie seine Schwester, Madame de Cambremer, gerade in dem Augenblick vor dem Hotel erscheinen würde, wo wir im Begriff ständen, zum Fischfang aufzubrechen, und uns zwingen würde, im Zimmer zu bleiben, um sie zu empfangen. Mama aber verlachte ihre Befürchtungen, denn sie dachte im stillen, die Gefahr sei gering, da Legrandin es nicht so eilig haben werde, uns mit seiner Schwester in Verbindung zu bringen. Nun aber ergab es sich, daß, ganz ohne eine Bemerkung unsrerseits über Balbec, Legrandin selbst, ahnungslos, daß wir jemals die Absicht haben könnten, uns dorthin zu begeben, eines Abends uns in die Falle ging, als wir ihm an den Ufern der Vivonne begegneten.

– In diesen Wolkenbildungen hier gibt es wundervolle violette und blaue Töne, nicht wahr, mein lieber Freund, sagte er zu meinem Vater, ein Blau zumal, das eher blütenhaft als luftgeboren wirkt, ein Zinerarienblau, das in unseren Himmelsstrichen überrascht. Auch die kleine rosa Wolke da hat doch einen Ton von Nelken oder Hortensien. Sonst habe ich eigentlich nur an der Kanalküste, zwischen Normandie und Bretagne, solche ergiebigen Beobachtungen über diese Art von Pflanzenreich innerhalb der Atmosphäre machen können. In der Nähe von Balbec, in jenen wilden Gegenden, liegt eine kleine Bucht von einer bezaubernden Weichheit der Stimmung, in der der Sonnenuntergang des Vallée d'Auge, jener rot und goldene Sonnenuntergang, den ich sonst sehr zu schätzen weiß, charakterlos und unbedeutend wird; aber in dieser feuchtwarmen Atmosphäre entfalten sich des Abends für Augenblicke himmlische Blumengebinde in Rosa und in Blau, die ganz unvergleichlich sind und oft Stunden brauchen, um endlich zu verwelken. Andere entblättern sich auf der Stelle, und es ist dann fast noch schöner anzusehen, wenn der ganze Himmel weithin von schwefel- und rosenfarbenen Blüten überstreut ist. In jener sogenannten Opalbucht ist der goldene Sandstrand um so lieblicher, als er wieder und wieder einer blonden Andromeda gleicht, die an die starrenden Felsen der Nachbarküsten gefesselt scheint, an jenes düstere Gestade, das von so vielen Schiffbrüchen Kunde gibt, wo jeden Winter zahllose Barken in Seenot untergehen. Balbec! das älteste geologische Knochengerüst unsres Bodens, das wahre Ar-mor, das Meer, das Ende der Erde, jene unheildräuende Region, die Anatole France – ein Magier, den unser junger Freund hier lesen sollte – so trefflich beschrieben hat mit ihren ewigen Nebeln, das wahre Land der Kimmerier in der ›Odyssee‹. Wie wundervoll ist es, gerade von Balbec aus, wo jetzt schon ganze Hotelkolonien entstehen und einen antiken, zaubergetränkten Boden überdecken, dem sie seinen Charakter dennoch nicht nehmen können, unmittelbar in jene so nahen, urtümlich schönen Regionen vorzustoßen.

– Ach, sagen Sie, kennen Sie jemand in Balbec? fragte mein Vater. Der junge Mann hier soll nämlich gerade mit seiner Großmutter für zwei Monate hingehen, vielleicht auch meine Frau. Legrandin, der mit dieser Frage in einem Augenblick überrumpelt wurde, als er meinen Vater gerade fest anschaute, hatte so schnell nicht wegsehen können; statt dessen nun ließ er seine Augen – von Sekunde zu Sekunde intensiver und wehmütig lächelnd dabei – mit einer Miene der Freundschaft und des Freimuts und so, als fürchte er nicht, seinem Blick zu begegnen, auf meinem Vater ruhen, bis er schließlich, als könne er durch ihn hindurchsehen, hinter ihm eine lebhaft gefärbte Wolke zu entdecken schien, die ihm die Möglichkeit bot, so zu tun, als habe er in jenem Augenblick an etwas anderes gedacht und die Frage, ob er jemand in Balbec kenne, überhaupt nicht gehört. Gewöhnlich erreicht man mit solchem Blick, daß der andere fragt: ›Woran denken Sie denn?‹ Aber neugierig, ärgerlich und zur Grausamkeit geneigt ließ mein Vater nicht locker.

– Haben Sie Freunde dort in der Gegend, da Sie doch Balbec so gut kennen?

In einer letzten verzweifelten Bemühung erlangte Legrandins Blick sein Maximum an Zärtlichkeit, Traumverlorenheit, Aufrichtigkeit und Zerstreutheit, aber offenbar sah er ein, daß er der Antwort nicht ausweichen könne, und so sagte er denn:

– Ich habe Freunde überall, wo es wehrhafte Gruppen von Bäumen gibt, die verstümmelt sind, doch nicht den Kampf aufgeben, und die sich zusammenscharen, um in rührendem Eigensinn einen unguten Himmel anzuflehen, der kein Erbarmen mit ihnen kennt.

– Das meinte ich eigentlich nicht, unterbrach ihn mein Vater, eigensinnig wie die Bäume und wie der Himmel erbarmungslos. Ich fragte für den Fall, daß meiner Schwiegermutter irgend etwas zustieße und sie sich sonst ganz verraten und verkauft fühlte, ob Sie dort Leute kennen?

– Dort wie überall kenne ich alle und niemand, antwortete Legrandin, der nicht so rasch die Waffen streckte; die Dinge kenne ich gut, aber die Menschen nur wenig. Doch scheinen die Dinge dort viel eher Personen zu sein, und zwar erlesene Personen von überaus zarter Wesenssubstanz und gleichsam vom Leben enttäuscht. Manchmal ist es ein Schloß auf einsamer Klippe, am Rande eines Weges, an dem es stehengeblieben ist, um seinen Schmerz vor dem noch rosig durchhauchten Abend auszubreiten, in dem schon der goldene Mond aufzieht, dessen flammende Farben die Fischerbarken, die ihre Bahnen durch das schillernde Wasser ziehen, an ihren Masten hissen; manchmal ist es ein schlichtes einsames Haus, das, beinahe häßlich, etwas Scheues und Romantisches hat und irgendein unvergängliches Geheimnis von Glück oder von Entsagung den Blicken der Menschen verbirgt. Dies Land ohne Wahrheit, fügte er mit der subtilen Erfindungsgabe eines Machiavelli hinzu, dies Land der reinen Illusion ist eine schlechte Lektüre für ein Kind, und ganz gewiß würde ich es nicht für unseren jungen Freund hier auswählen oder empfehlen, der schon an sich mit seinem vorbelasteten Herzen zur Trauer zu neigen scheint. Die Atmosphäre von Liebesgeständnis und vergeblicher Klage dort mag für einen resignierten alten Mann passen, wie ich einer bin, doch ist sie ganz unzuträglich für eine noch nicht gefestigte Natur. Glauben Sie mir, beschwor er meinen Vater, die Wasser jener schon halb bretonischen Bucht können, wenn auch nicht mit voller Sicherheit, beruhigende Wirkung auf ein nicht mehr intaktes Herz wie das meine ausüben, auf ein Herz, dessen Schädigung durch nichts mehr auszugleichen ist. Aber sie sind völlig unangezeigt für dein Alter, mein Kind. – »Guten Abend, verehrter Nachbar«, setzte er noch hinzu und verließ uns mit jenem raschen Sichentziehen, das er an sich hatte; noch einmal hob er im Gehen den Finger gegen uns wie ein Arzt, der das Ergebnis der Konsultation abschließend zusammenfaßt: »Kein Balbec, bevor man fünfzig ist, und selbst dann muß zuvor der Zustand des Herzens festgestellt werden!« rief er uns, schon im Entschwinden, zu.

Mein Vater fing von der Sache bei späteren Begegnungen immer wieder an; er setzte ihm mit Fragen zu, aber es war vergebens: wie jener gelehrte Fälscher, der auf die Herstellung unechter Palimpseste eine Arbeit und ein Wissen verwendete, dessen hundertster Teil genügt hätte, ihm eine einträglichere, dabei aber ehrenhafte Existenz zu sichern, hätte Monsieur Legrandin, wenn wir noch weiter in ihn gedrungen wären, schließlich eher eine vollständige Landschaftsethik und Himmelsgeographie der unteren Normandie entworfen, als zuzugeben, daß zwei Kilometer von Balbec entfernt seine leibliche Schwester wohnte, und dadurch in die Lage zu kommen, uns einen Einführungsbrief an sie mitgeben zu müssen, der für ihn vielleicht nicht ein solcher Gegenstand der Schreckens gewesen wäre, hätte er unbedingt sicher sein können – was er bei seiner Kenntnis des Charakters meiner Großmutter ruhig hätte sein dürfen –, daß wir keinen Gebrauch davon machten.

Wir kehrten immer frühzeitig genug von unsern Spaziergängen heim, um meiner Tante Léonie vor dem Abendessen noch einen Besuch zu machen. Zu Beginn der Jahreszeit, wo die Tage früh zu Ende gehen, lag, wenn wir in der Rue du Saint-Esprit ankamen, stets ein Widerschein der Abendröte auf den Fenstern des Hauses und ein Purpurstreifen am Fuße der Wälder vor dem Kalvarienberg, der sich weiter fort im Teiche spiegelte, eine Röte, die, oft von ziemlich lebhafter Kälte begleitet, in meinem Geiste mit der Röte des Feuers eine Verbindung einging, über dem das Hähnchen briet, das für mich nach dem poetischen Vergnügen der Wanderung die Freuden der Tafel, der Wärme und Ruhe einleitete. Im Sommer hingegen ging die Sonne bei unserem Heimkommen noch nicht unter; erst während des Besuches, den wir bei Tante Léonie machten, senkte sich ihr Schein, traf das Fenster, wurde zwischen den dicken Vorhängen und ihren Haltern zerstreut, abgezweigt, gefiltert und versah wie in jener zarten Abwandlung, die er im Dickicht des Waldes erfährt, das Zitronenholz der Kommode mit feinen Goldintarsien. Aber an gewissen, freilich seltenen Tagen hatte, wenn wir ins Haus zurückkehrten, die Kommode seit langem diesen so kurzlebigen Intarsienschmuck verloren, und wenn wir in die Rue du Saint-Esprit einbogen, lag kein Widerschein des Abendrots auf den Scheiben; der Teich zu Füßen des Kalvarienberges hatte seine Röte eingebüßt, war manchmal schon in Opalfarbe übergegangen, und eine lange Mondbahn, die immer breiter wurde und sich in den Wellenringen des Wassers brach, zog sich über die ganze Oberfläche hin. Wenn wir uns dann dem Hause näherten, erkannten wir eine Gestalt auf der Schwelle, und meine Mutter sagte zu mir:

– Mein Gott! da steht Françoise und wartet auf uns; Tante Léonie sorgt sich sicherlich schon: wir sind aber auch spät daran.

Wir nahmen uns dann nicht die Zeit, erst unsere Sachen abzulegen, sondern eilten unmittelbar zu Tante Léonie, um sie zu beruhigen und ihr durch unseren Anblick zu beweisen, daß uns entgegen ihren Befürchtungen nichts zugestoßen war, sondern daß wir nur ›nach der Seite von Guermantes‹ gegangen waren, und, lieber Gott, meine Tante wußte ja, daß man, wenn man diesen Spaziergang machte, nicht so genau sagen konnte, wann man wieder zu Hause war.

– Da siehst du, Françoise, sagte meine Tante dann, ich habe es dir ja gesagt, sicher sind sie nach Guermantes zu gegangen! Himmel, was müssen sie da für einen Hunger haben! Und deine Hammelkeule ist gewiß ganz hart geworden, wo sie so lange schon fertig ist! Das ist aber auch eine Zeit, um nach Hause zu kommen! Soso, da seid ihr also nach Guermantes zu gegangen!

– Aber ich dachte, du wüßtest es, Léonie, entgegnete Mama. Ich meine, Françoise hätte uns doch durch die kleine Tür vom Küchengarten hinausgehen sehen.

Denn es gab in der Umgebung von Combray zwei ›Seiten‹ für Spaziergänge, die einander so entgegengesetzt waren, daß wir nicht einmal durch die gleiche Pforte aufbrachen, wenn wir nach der einen oder anderen Richtung gehen wollten: die Seite von Méséglise-la-Vineuse, die auch als Swanns Seite bezeichnet wurde, weil wir dort an dem Besitztum unseres Freundes vorbeikamen, und die Seite von Guermantes. Von Méséglise habe ich, wie ich gestehen muß, weiter nichts als die Gegend gesehen und ein paar fremde Menschen, die am Sonntag in Combray spazierengingen, Leute, die diesmal wirklich weder wir noch unsere Tante ›kannten‹ und die man auf diesen Augenschein hin für ›Leute aus Méséglise‹ hielt. Guermantes hingegen sollte ich eines Tages näher kennenlernen, aber viel später erst; und wenn während meiner ganzen Jugend Méséglise etwas so Unerreichbares blieb wie der Horizont, etwas was, wie weit man auch ging, doch stets den Blicken durch die Erhebungen eines Bodens entzogen blieb, der schon nicht mehr der Erde von Combray glich, so kam mir auch Guermantes eher als ein idealer denn als ein wirklicher Endpunkt der nach ihm bezeichneten Gegend vor, als eine Art von geographischer Bezeichnung wie Äquator, wie Pol, wie Zenit. ›Über Guermantes‹ nach Méséglise zu gehen oder umgekehrt wäre mir als eine ebenso sinnlose Wendung erschienen, wie wenn man nach Osten aufbrechen wollte, um gen Westen zu gehen. Da mein Vater immer von der Gegend um Méséglise als von dem schönsten Ausblick in die Ebene sprach, den er überhaupt kannte, und von der Gegend um Guermantes als der idealen Flußlandschaft, gab ich beiden Seiten, indem ich sie als zwei Wesenheiten begriff, jene Zusammengehörigkeit und Einheit, die nur den Schöpfungen unseres Geistes eigen ist; der geringste Teil davon schien mir kostbar und eine Bekundung ihrer speziellen Vollkommenheit, während neben ihnen – bevor man den geheiligten Boden der einen oder anderen betreten hatte – die rein materiellen Wege, in deren System sie als die ideale Ansicht der Ebene und ideale Flußlandschaft eingefügt waren, ebensowenig das Anschauen lohnten wie für einen leidenschaftlich der dramatischen Kunst ergebenen Zuschauer die kleinen Straßen in der Nachbarschaft des Theaters. Vor allem aber legte ich zwischen sie weit mehr als die in Kilometern ausdrückbare Entfernung jene andere, die zwischen den beiden Teilen meines Gehirns bestand, in denen ich an sie dachte, eine jener Distanzen im geistigen Bereich, die die Dinge nicht nur auseinanderhalten, sondern wirklich trennen und auf verschiedene Ebenen verweisen. Diese Absonderung wurde dadurch noch endgültiger, daß wir die Gewohnheit hatten, niemals am gleichen Tage auf einem einzigen Spaziergang nach beiden Seiten zu gehen, sondern vielmehr einmal nach Méséglise zu und einmal in Richtung Guermantes; dadurch wurden sie weit voneinander, unerkennbar füreinander in die gesonderten und verbindungslosen Gefäße verschiedener Nachmittage eingeschlossen.

Wenn wir nach Méséglise zu gehen wollten, brachen wir (nicht allzufrüh und selbst bei bedecktem Himmel, weil der Spaziergang nicht sehr lang war und nicht allzusehr anstrengte) genau wie für jeden beliebigen Ausgang durch die große Eingangstür des Hauses meiner Tante an der Rue du Saint-Esprit auf. Wir wurden von dem Büchsenmacher begrüßt, warfen unsere Briefe ein, verständigten Theodor im Auftrag von Françoise, daß sie keinen Kaffee oder kein Öl mehr habe, und verließen die Stadt auf dem Wege, der an der weißen Einfriedung des Parkes von Monsieur Swann vorbeiführte. Bevor wir dorthin gelangten, strömte uns schon der jeden Näherkommenden begrüßende Fliederduft entgegen. Zwischen den frischen grünen Herzen ihrer Blätter lugten ihre violetten oder weißen Helmbüsche, auf denen selbst im Schatten noch die Sonne zu flimmern schien, in der sie gebadet hatten, neugierig über den Zaun. Einige von ihnen, die halb hinter dem kleinen Ziegelhaus, dem sogenannten ›Bogenschützenhaus‹ in dem der Parkwächter wohnte, verborgen blieben, schauten mit ihrem Minarettrosa über den gotischen

Giebel hinweg. Frühlingsnymphen hätten plump gewirkt neben den jungen Huris, die in diesem französischen Garten die klaren lebendigen Farben persischer Miniaturen in sich verkörperten. Trotz meines Verlangens, ihre schlanke Gestalt zu umfangen, die bestirnten Locken ihrer duftenden Häupter an mich heranzuziehen, gingen wir weiter, ohne uns zu verweilen, denn meine Eltern besuchten Tansonville nicht mehr seit der Heirat Swanns, und damit es nicht so aussähe, als wollten wir in den Park hineinschauen, schlugen wir anstatt des Weges, der an der Parkmauer entlang unmittelbar in die Felder führte, einen anderen ein, der gleichfalls, aber von der Seite her und erst an einem späteren Punkt in sie einmündete.

– Erinnert ihr euch, daß Swann gestern gesagt hat, seine Frau und seine Tochter würden nach Reims fahren, und er werde die Zeit benutzen, selbst vierundzwanzig Stunden in Paris zu verbringen? Wir könnten also gut am Park entlanggehen, da ja die Damen nicht anwesend sind; wir kürzen den Weg dadurch ab.

Einen Augenblick blieben wir vor dem Parktor stehen. Die Fliederzeit ging ihrem Ende zu; einzelne Zweige ließen noch auf hohen grauvioletten Leuchtern die zarten Bläschen ihrer Blüten leuchten, aber in vielen Partien des Laubwerks, wo sie vor einer Woche ungefähr noch duftend aufgeschäumt waren, welkten sie jetzt als schrumpfendes, geschwärztes, hohles, trockenes, duftlos gewordnes Gekräusel dahin. Mein Großvater setzte meinem Vater auseinander, inwieweit der Platz sein Aussehen beibehalten und worin er sich verändert hätte seit jenem Spaziergang, den er mit dem alten Swann an dem Tage gemacht hatte, als dessen Frau gestorben war, und ergriff die Gelegenheit, die Einzelheiten dieses Spaziergangs noch einmal genau zu schildern.

Unmittelbar vor uns führte eine mit Kapuzinerkresse eingefaßte Allee etwas aufwärts zum Schloß. Zur Rechten hingegen breitete der Park sich vollkommen eben aus. Verdunkelt durch den Schatten großer Bäume, die ihn rings umgaben, lag ein Teich, den Swanns Eltern hatten anlegen lassen; aber auch noch in seinen künstlichsten Schöpfungen hat es eben der Mensch doch stets mit der Natur zu tun; gewisse Stätten stellen immer wieder ihre Eigenherrschaft her und richten inmitten eines Parks ihre Hoheitszeichen genauso auf, wie sie es fern von jedem menschlichen Eingriff getan hätten, in einer Einsamkeit, die sich von allen Seiten her wieder lautlos um sie schließt und ihren Bedingungen gemäß alles Menschenwerk von neuem überdeckt. So hatte sich am Fuße der Allee, die oberhalb des künstlichen Teiches hinlief, in zwei aus Vergißmeinnicht und Sinngrün geflochtenen Girlanden ein natürlicher zartblauer Kranz gebildet, der die verschattete Stirn des Wasserbeckens umschlang, und die Iris, die ihre Schwerter mit königlicher Gelassenheit senkte, reckte doch über dem im feuchten Grunde verwurzelten Wasserdost und Hahnenfuß die violett und gelb gefransten Lilienblüten ihres sumpfbeherrschenden Zepters auf.

Daß Mademoiselle Swann nicht anwesend war, benahm mir zwar die gleichzeitig erschreckende und beglückende Möglichkeit, sie am Ende einer Allee auftauchen zu sehen und so der Bekanntschaft und Nichtachtung des bevorrechteten kleinen Mädchens teilhaftig zu werden, das mit Bergotte befreundet war und in seiner Begleitung Kathedralen besuchte, aber es machte mich auch gleichgültig gegen den Anblick von Tansonville dies erste Mal, wo er sich mir bot; in den Augen meines Vaters und meines Großvaters jedoch versah diese Tatsache den Besitz mit gewissen vorübergehenden Annehmlichkeiten und Erleichterungen für Besucher und machte, wie das Fehlen jeder Wolkenbildung bei einem Ausflug ins Gebirge, den Tag hervorragend für einen Spaziergang in diese Gegend geeignet; ich hätte mir gewünscht, daß ihre Berechnung zunichte würde, daß durch ein Wunder Mademoiselle Swann mit ihrem Vater auftauchte, und zwar so dicht neben uns, daß wir keine Zeit mehr hätten, ihr zu entkommen, also genötigt wären, ihre Bekanntschaft zu machen. Als ich daher mit einem Male auf dem Grase, gleichsam als ein Zeichen ihrer möglichen Anwesenheit, ein vergessenes Deckelkörbchen neben einer Angel sah, deren Kork auf dem Wasser schwamm, versuchte ich rasch die Blicke meines Vaters und meines Großvaters nach der anderen Seite abzulenken. Außerdem konnte freilich, da Swann gesagt hatte, es sei nicht ganz recht, daß er das Haus verließe, da er Verwandtenbesuch habe, die Angel sehr wohl einem seiner Gäste gehören. Auf den Alleen vernahm man das Geräusch der Schritte nicht. In halber Höhe eines nicht zu ermittelnden Baumes war ein unsichtbarer Vogel bemüht, sich den Tag zu verkürzen; mit einem lang angehaltenen Ton versuchte er die Einsamkeit auszuloten, aber er erhielt eine so klare Antwort, eine Art Resonanz aus nichts als Schweigen und tiefer Ruhe, daß es schien, als hielte er nun für immer den Augenblick fest, den er eben noch versucht hatte, schnell zum Enteilen zu bringen. Das Licht fiel so schonungslos von einem erstarrten Himmel herab, daß man sich gern seiner Aufmerksamkeit entzogen hätte, und das schlafende Wasser, dessen Ruhe die

Insekten unaufhörlich durchschwirrten, träumte sicherlich von irgendeinem eingebildeten Maelstrom und vermehrte die Unruhe, in die mich der Anblick des Korkschwimmers gestürzt hatte, indem es ihn in großer Geschwindigkeit in die schweigenden Weiten des widergespiegelten Himmels hineinzuziehen schien; fast vertikal gestellt, schien er sinken zu wollen, und ich fragte mich, ob ich nicht ganz unabhängig von dem Wunsch und der Furcht, sie kennenzulernen, einfach die Pflicht hätte, Mademoiselle Swann darauf aufmerksam zu machen, daß ein Fisch angebissen habe – als ich feststellte, daß ich laufen mußte, um meinen Vater und meinen Großvater einzuholen; beide riefen mich, erstaunt darüber, daß ich ihnen nicht auf dem kleinen Pfad in die Felder gefolgt war, den sie eingeschlagen hatten. Für mich erhob sich summend darüber der Duft der Weißdornhecken. Diese Hecken bildeten in meinen Augen eine unaufhörliche Folge von Kapellen, die unter dem Schmuck der wie auf Altären dargebotenen Blüten verschwanden; unter ihnen zeichnete die Sonne auf den Boden ein lichtes Gitterwerk, so als fiele ihr Schein durch ein Kirchenfenster; ihr Duft strömte sich so voll und überquellend aus, wie ich ihn vor dem Altar der Muttergottes stehend verspürt hatte, und die ebenso geschmückten Blüten trugen eine jede mit gleicher gedankenloser Miene ihr schimmerndes Strahlenbündel aus Staubgefäßen, feine glitzernde Rippen im spätgotischen Stiel wie die, die in der Kirche das Gitter der Empore durchzogen oder die Kreuze der Buntglasfenster, die aber hier die weiße sinnliche Fülle von Erdbeerblüten hatten. Wieviel naiver und bäuerlicher wirkten im Vergleich dazu die Heckenrosen, die in wenigen Wochen im vollen Sonnenschein den gleichen ländlichen Weg erklimmen würden, mit der glatten Seide ihres rötlichen Mieders bekleidet, das der leiseste Hauch zerflattern macht.

Aber ich mochte mich noch so lange vor dem Weißdorn aufhalten, ihn riechen, in meinen Gedanken, die nichts damit anzufangen wußten, seinen unsichtbaren, unveränderlichen Duft mir vorstellen, ihn verlieren und wiederfinden, mich eins fühlen mit dem Rhythmus, in dem sich seine Blüten in jugendlicher Munterkeit und in Abständen, die so unerwartet waren wie gewisse musikalische Intervalle, hierhin und dorthin wendeten; sie entfalteten für mich auf unbestimmte Zeit hin den gleichen Reiz in unerschöpflicher Fülle, aber ohne daß ich tiefer in ihn einzudringen vermochte, so wie es gewisse Melodien gibt, die man hundertmal hintereinander spielt, ohne in der Entdeckung ihres Geheimnisses einen Fortschritt zu machen. Einen Augenblick wendete ich mich von ihnen ab, um ihnen wieder mit frischeren Kräften gegenüberzustehen. Ich folgte mit dem Blick bis draußen zur Böschung, die jenseits der Weißdornhecke steil zu den Feldern aufstieg, einigen vereinzelten Mohnblumen und träge zurückgebliebenen Kornblumen, die hier und da ihre Blüten in den Hang eingewirkt hatten, so wie in weitläufigen Abständen am Rande einer Stickerei das pflanzliche Motiv erscheint, das erst in der Mittelpartie sich völlig entfalten wird; selten noch und lückenhaft wie die Häuser, mit denen sich die Nähe eines Dorfes ankündigt, zeigten sie mir die ungeheuren weizenwogenden Weiten an, über denen sich Wolken kräuselten, und der Anblick einer einzigen Mohnblüte, die am Ende ihres Tauwerks im Winde die rote Flamme aufzüngeln ließ über der schwarzen wie ölgetränkten Boje, ließ mein Herz höher schlagen wie das eines Reisenden, der in der Nähe des Strandes eine erste gescheiterte Barke erblickt, an der ein Kalfaterer gerade die Schäden behebt; bevor er es noch wirklich gesichtet hat, ruft er dann aus: ›Das Meer!‹

Ich kehrte zu dem Weißdorn zurück wie zu einem Kunstwerk, von dem man meint, man werde es besser sehen, wenn man es einen Augenblick inzwischen nicht angeschaut hat; aber es nützte nichts, daß ich meinen Blick mit den Händen abschirmte, um nichts weiter zu sehen: das Gefühl, das er in mir weckte, blieb dunkel und unbestimmt, versuchte vergebens, sich loszulösen und die Verbindung mit den Blüten einzugehen. Sie verhalfen mir nicht dazu, es wirklich deutlich zu machen, und von anderen Blumen erreichte ich nicht, daß sie es mir verschafften. Da aber schenkte mir mein Großvater die Freude, die wir empfinden, wenn wir auf ein Werk unseres Lieblingsmalers stoßen, das von den uns bekannten ganz verschieden ist, oder wenn man uns vor ein Bild führt, von dem wir bislang nur eine Bleistiftskizze gesehen haben, oder wenn ein Stück, das wir nur auf dem Klavier gehört haben, durch eine Orchesteraufführung seine wahre Vielfarbigkeit erhält, denn er sagte zu mir: »Du hast doch den Weißdorn so gern, schau her, hier gibt es einen mit rosa Blüten, er ist wirklich hübsch!« Tatsächlich war es auch ein Dornstrauch, doch rosa, noch köstlicher als die weißen. Auch er war geschmückt wie für ein Fest, eines jener einzig wirklichen Feste, wie es nur kirchliche Festtage sind, da sie ja nicht wie weltliche durch eine Zufallslaune an einen beliebigen Tag geheftet werden, der nicht besonders für sie vorgesehen ist und nichts im tiefsten Wesen Feiertagsmäßiges besitzt – aber noch reicher, denn die

Blüten, die an den Zweigen in der Weise aufgereiht waren, daß sie wie die Pompons an einem Rokokohirtenstab keine Stelle ungarniert ließen, waren ›farbig‹ und somit von höherer Qualität nach den Gesetzen der Ästhetik von Combray, jedenfalls nach der Staffelung der Preise im ›Warenhaus‹ oder bei Camus zu schließen, wo die Pâtisserie mit rosa Guß teurer war als die andere. Ich selbst schätzte mehr den rosa Rahmkäse, in den ich hatte Erdbeeren drücken dürfen. Diese Blumen aber hatten sich gerade jenen rosa Farbton ausgewählt, den eßbare Dinge haben oder eine liebenswürdige Kleinigkeit, mit der man eine Festtagstoilette schmückt, ein Rosa, das, weil die Gründe für seine Überlegenheit so klar zutage treten, in den Augen der Kinder die überzeugendste Farbe ist und deshalb später für sie immer etwas Lebendigeres und Natürlicheres behält als alle anderen Tönungen, selbst wenn sie begriffen haben, daß es dem Geschmacksempfinden keine besonderen Reize bietet oder von der Schneiderin nicht eigentlich für das Kleid bestimmt worden ist. Und tatsächlich empfand ich ebenso wie angesichts der weißen Dornenhecke, aber doch noch mit größerem Staunen, daß nicht erst durch etwas Künstliches, durch einen Kniff der menschlichen Industrie die festtägliche Bestimmung der Blumen zustande gekommen war, sondern daß die Natur sie in ihnen selbst spontan zum Ausdruck gebracht hat mit der Naivität einer dörflichen Händlerin, die Artikel für einen feiertäglichen Hausaltar herstellt, indem sie nämlich dieses Zweigwerk mit Rosetten von allzu süßem Rosa und in altmodischem Provinzgeschmack ausgestattet hat. Oben an den Zweigen sproßten in übermäßiger Fülle, ähnlich den kleinen Rosenstöckchen, in deren in Papiermanschetten verschwindenden Töpfen bei großen Festen am Altar winzige Kerzen erstrahlen, kleine Knöspchen von blasserem Ton, die, wenn sie sich öffneten, im Innern in einem Kelch aus blutrotem Marmor ein rötliches Linienwerk zeigten und mehr noch als die Blüten die ganz besondere, unzerstörbare Substanz dieser Gattung verrieten, die überall, wo sie Knospen treibt oder blüht, immer nur Rosa erzeugt. In die Hecke eingefügt, und doch so verschieden von ihr wie ein junges Mädchen im Festgewand von den Personen im Werktagskleid, die zu Hause bleiben, bereit für die Maiandacht in der Kirche, zu der es schon ganz zu gehören schien, so leuchtete lächelnd, frisch eingekleidet, dieses katholische, dieses köstliche Gewächs.

Durch die Hecke hindurch sah man im Innern des Parks eine Allee, die mit Jasmin, Stiefmütterchen und Verbenen eingefaßt war, zwischen denen Levkojen ihre taufrischen Täschchen in einem wie altes Corduanleder duftenden und etwas vergilbten Rosa öffneten, während auf dem Kiesweg ein langer grüngestrichener Gartenschlauch in vielen Windungen sich hinzog und aus seinen Öffnungen über den Blumen, deren Duft er durchfeuchtete, den senkrecht aufgestellten, als Prisma wirkenden Fächer seiner in allen Farben spielenden Tröpfchen aufsteigen ließ. Auf einmal blieb ich regungslos stehen wie vor einer Vision, die nicht nur die Blicke fesselt, sondern auch tiefere Wahrnehmungsschichten und schließlich unser gesamtes Sein in Anspruch nimmt. Ein Mädchen mit rotblondem Haar, das von einem Spaziergang heimzukommen schien und eine Gartenschaufel in der Hand trug, hob ihr mit rosigen Flecken übersätes Gesicht und schaute zu uns herüber. Ihre schwarzen Augen blitzten, und da ich damals so wenig wie später einen starken Eindruck in seine einzelnen Elemente zu zerlegen verstand, weil ich nun einmal nicht, wie man es nennt, genügend ›Beobachtungsgabe‹ besaß, um einen deutlichen Begriff von der Farbe dieser Augen zu gewinnen, hat sich mir lange Zeit hindurch, so oft ich an sie dachte, in der Erinnerung ihr Leuchten wie das von einem kräftigen Azurblau dargestellt, weil sie nun einmal blond war; so daß ich mich, wenn sie nicht so schwarze Augen gehabt hätte – gerade die Intensität fiel mir bei ihrem ersten Anblick so ganz besonders auf – vielleicht nicht, wie es tatsächlich geschah, mehr als in irgend etwas anderes an ihr, in ihre blauen Augen verliebt hätte.

Ich betrachtete sie zunächst mit einem Blick, der nicht nur das Sprachrohr der Augen ist, sondern wie ein Fenster, durch das sich alle Sinne angstvoll und wie versteinert neigen, einem Blick, der Leib und Seele dessen, was er anschaut, berühren, einfangen, mit sich forttragen möchte, dann aber mit einem zweiten, in den ich in meiner Todesangst, mein Großvater und mein Vater könnten das Mädchen bemerken und mich von ihr entfernen, indem sie mich vor sich hergehen hießen, unbewußt einen flehentlichen, an sie gerichteten Appell legte, durch welchen ich sie zwingen wollte, von mir Notiz zu nehmen und meine Bekanntschaft zu machen. Sie ließ ihre Augäpfel nach vorn und nach der Seite rollen, um meinen Großvater und meinen Vater mit dem Blick zu umfassen, und zweifellos nahm sie den Eindruck davon mit, daß wir komische Leute seien, denn mit gleichgültiger und nichtachtender Miene wendete sie sich ab und stellte sich so hin, daß ihr Gesicht nicht in das Blickfeld der beiden anderen fiel; als sie weitergingen, ohne sie zu bemerken, schoß sie einen langen Blick zu mir herüber, der ganz ohne Ausdruck war und mir gar nicht zu gelten schien, aber so starr und mit einem versteckten Lächeln darin, daß ich ihn auf Grund der Vorstellungen von guter Erziehung, die man mir beigebracht hatte, nur als eine Bekundung äußerster Verachtung auffassen konnte; gleichzeitig machte sie flüchtig mit der Hand eine nicht ganz anständige Bewegung, die, wenn sie öffentlich einem Unbekannten gegenüber ausgeführt wurde, nach dem kleinen Höflichkeitskodex, den ich in mir trug, eindeutig eine ganz bewußte Ungezogenheit war.

– Gilberte, komm auf der Stelle her, was machst du denn da, rief eine energisch befehlende Stimme einer Dame in Weiß, die ich bislang nicht gesehen hatte und neben der in einer gewissen Entfernung ein Herr in leichtem Sommeranzug stand, der mir unbekannt war; er aber starrte mich aus leicht hervortretenden Augen an; das Mädchen hörte plötzlich auf zu lächeln, nahm die Schaufel und entfernte sich, ohne sich nach mir umzudrehen, mit gefügiger, undurchdringlicher und etwas tückischer Miene.

So klang dicht neben mir der Name Gilberte auf, mir geschenkt wie ein Talisman, der mir vielleicht erlauben würde, eines Tages diejenige wiederzufinden, die er aus einem eben noch ganz ungewissen Bild zu einer wirklichen Person umgeschaffen hatte. So flog er an mir vorüber, über Jasmin und Levkojen hinweg, scharf und kühl wie die Tropfen aus dem grünen Gartenschlauch; er füllte die klare Luftzone, die er durcheilt und völlig von allem anderen abgetrennt hatte, mit dem Duft und dem Farbenspiel, die dem Geheimnis des Lebens derjenigen innewohnten, die für die beglückten Wesen, die mit ihr lebten und reisten, sein Klang bezeichnete; unter dem rosa Blütenbusch in Schulterhöhe ließ er die verdichtete Essenz einer für mich so schmerzlichen Vertrautheit mit ihr erstehen, mit dem Unbekannten ihres Seins, zu dem ich nie Zugang haben würde.

Einen Augenblick lang (während wir uns entfernten und mein Großvater murmelte: »Dieser arme Swann, was für eine lächerliche Rolle lassen sie ihn spielen: sie sorgen, daß er abreist, damit sie mit Charlus allein bleiben kann, denn er war es, ich habe ihn erkannt! Und dies kleine Mädchen ziehen sie auch in diese Infamie mit hinein!«) beschwichtigte der Eindruck von Gilbertes Mutter, deren Befehlen sie ohne Widerrede gehorchte, etwas mein Leiden insofern, als ich daraus ersah, daß sie jemandem folgen mußte und also nicht über alles und jedes erhaben war; er gab mir wieder etwas Hoffnung und verminderte ein wenig meine Liebe. Aber sehr schnell schon wuchs diese Liebe wieder in einer Reaktion, in der mein gedemütigtes Herz sich entweder zu Gilbertens Höhen emporschwingen oder sie bis zu meinem Niveau herunterziehen wollte. Ich liebte sie, ich bedauerte, daß ich weder Zeit noch Einfallsvermögen genug gehabt hatte, um sie zu beleidigen, ihr Böses zuzufügen und ihr die Erinnerung an mich dadurch aufzuzwingen. Ich fand sie so schön, daß ich gern noch einmal umgekehrt wäre und ihr achselzuckend zugerufen hätte: ›Ich finde dich häßlich, furchtbar komisch, und es graust mir vor dir!‹ Statt dessen ging ich davon und trug für immer als Prototyp eines für Kinder meiner Art nach einem unverrückbaren Naturgesetz unzugänglichen Glückes das Bild eines kleinen rothaarigen Mädchens mit rosa Sommersprossen mit mir fort, das eine Schaufel in der Hand hielt und lachte, während sie mir lange, hintergründige und doch ganz ausdruckslose Blicke zusandte. Und schon begann der Zauber, mit dem ihr Name die Stelle unter dem rosa Dornstrauch, an der er gleichzeitig vor ihren und meinen Ohren aufgeklungen war, mit Weihrauch umnebelt hatte, alles zu erfassen, zu durchduften und mit Balsam zu erfüllen, was irgend mit ihr zu tun hatte, ihre Großeltern, die zu kennen die meinen das unaussprechliche Glück gehabt hatten, den erhabenen Beruf des Wechselmaklers, die schmerzlichsüße Region der Champs-Elysées, die sie in Paris bewohnte.

– Léonie, sagte mein Großvater, als wir nach Hause kamen, heute hätte ich wirklich gern gesehen, du wärest bei uns gewesen. Du hättest Tansonville nicht wiedererkannt. Ich wagte es nur nicht, sonst würde ich dir einen Zweig von der rosa Dornenhecke mitgebracht haben, die du so sehr liebst. Mein Großvater schilderte meiner Tante darauf unseren Spaziergang, sei es, daß er sie zerstreuen wollte, sei es, daß er noch nicht aufgab, sie doch einmal zum Ausgehen zu bewegen. Diesen Besitz aber hatte sie immer besonders geliebt, und außerdem waren die Besuche Swanns die letzten gewesen, die sie noch angenommen hatte, als sie ihre Tür bereits für alle anderen Leute verschloß. Und ebenso wie sie, wenn er jetzt einmal nach ihr fragte (sie war die einzige von uns, die er noch gelegentlich besuchen kam), ihm sagen ließ, sie sei müde, aber das nächste Mal werde sie ihn gewiß empfangen, so meinte sie an diesem Abend auch: »Ach ja, wenn einmal ein recht schöner Tag ist, lasse ich mich im Wagen bis an das Parktor fahren.« Sie sagte es und meinte es auch. Sie hätte sehr gern Swann und Tansonville wiedergesehen; aber der Wunsch war für ihre Kräfte bereits genug, eine Verwirklichung wäre bei weitem zuviel für sie gewesen. Manchmal verlieh ihr das schöne

Wetter einen Anflug von Kraft, sie stand auf und kleidete sich an; doch die Ermüdung setzte ein, bevor sie ins andere Zimmer ging, und dann wollte sie wieder zu Bett. Was bei ihr schon begonnen hatte – nur früher als üblich –, war der große Verzicht des Alters, das sich zum Sterben rüstet, sich sozusagen verpuppt; bei langen Lebensabläufen kann man selbst zwischen einstigen Liebenden, die leidenschaftlich einander zugetan waren, unter Freunden, die durch die stärksten geistigen Bande geeint waren, feststellen, daß sie von einem gewissen Jahre an die Reise oder den Ausgang nicht mehr unternehmen, die notwendig wären, um sich zu sehen, daß sie aufhören, sich zu schreiben, und wissen, daß in dieser Welt die Verbindung zwischen ihnen aufgehört hat. Meine Tante wußte sicher ganz genau, daß sie Swann nicht mehr wiedersehen, daß sie niemals mehr das Haus verlassen würde, aber diese endgültige Abschließung wurde ihr wahrscheinlich ziemlich leicht aus dem gleichen Grunde, der sie in unseren Augen eher schmerzlich hätte erscheinen lassen: nämlich daß diese Abschließung ihr durch die Verminderung ihrer Kräfte, die sie täglich feststellen mußte, gebieterisch auferlegt wurde, da allmählich jede Tätigkeit, jede Bewegung für sie von Ermüdung, ja Schmerzen begleitet waren, wohingegen Untätigkeit, Einsamkeit und Schweigen für sie die tröstliche, gesegnete Süße der Ruhe hatten.

Meine Tante machte sich also nicht auf, um die rosa Dornenhecke zu bewundern, aber unaufhörlich fragte ich meine Eltern, ob sie es nicht täte, ob sie früher oft nach Tansonville gegangen sei, nur um sie dazu zu bringen, daß sie von den Eltern und Großeltern der Mademoiselle Swann sprächen, die mir wie Götter erschienen. Den Namen Swann, der für mich fast mythisch geworden war, wollte ich für mein Leben gern von ihren Lippen hören, wenn ich mit meinen Eltern sprach; ich wagte nicht, ihn selber auszusprechen, aber ich brachte sie dauernd auf Gegenstände, die in die Nähe von Gilberte und ihrer Familie führten, die mit ihr zu tun hatten und bei deren Erwähnung ich mich etwas weniger aus ihrer Nähe verbannt fühlte; ich zwang ganz plötzlich meinen Vater, indem ich so tat, als glaube ich, das Büro meines Großvaters sei schon vor ihm in unserer Familie gewesen, oder die Dornenhecke, die Tante Léonie so gern gesehen hätte, läge auf Gemeindegrund, meine Behauptung richtigzustellen und ohne mein Zutun von sich aus zu sagen: »Aber nicht doch, das Büro hat früher der Vater von *Swann* gehabt, diese Hecke gehört zu *Swanns* Park.« Ich mußte dann tief Atem holen, so schwer legte sich auf die Stelle in mir, in der er schon eingeschrieben stand, dieser Name, der mir in dem Augenblick, da ich ihn hörte, gewichtiger als jeder andere schien, weil er schon von allen den Malen beschwert war, da ich ihn mir zuvor im Geiste vorgesprochen hatte. Ihn zu hören, bereitete mir ein Vergnügen, das ich nur mit großen Bedenken von meinen Eltern zu erbitten wagte, denn dies Vergnügen war so groß, daß ich das Gefühl hatte, es mir zu gewähren, müsse sie viel Mühe kosten, eine Mühe dazu, die durch nichts wettgemacht wurde, weil es ja kein Vergnügen für sie war. So lenkte ich denn auch gleich darauf die Unterhaltung aus Gründen des Taktes auf etwas anderes. Aus schwerwiegenderen Bedenken sogar. Der einzigartige verführerische Reiz, den der Name Swann für mich besaß, nahm auf der Stelle Gestalt an, sobald sie ihn vor mir nannten. Es kam mir dann plötzlich so vor, als sei es ganz unmöglich, daß meine Eltern ihn nicht auch empfänden und sich eben nur auf meinen Standpunkt stellten, meine Träume entschuldigten, zu den ihren machten; und ich fühlte mich dann unglücklich in der Vorstellung, ich habe sie sozusagen besiegt und zu mir herabgezogen.

In jenem Jahre hatten meine Eltern den Termin unserer Abreise nach Paris etwas vorverlegt; am Morgen des Aufbruchs hatte man mir, weil ich photographiert werden sollte, die Locken eingewickelt, mir vorsichtig einen Hut darauf gesetzt, den ich noch nie getragen hatte, und einen Samtkittel angezogen; ich wurde überall gesucht, und schließlich fand mich meine Mutter in Tränen auf dem kleinen steilen Pfad kurz vor Tansonville, wie ich gerade von dem Weißdorn Abschied nahm; mit beiden Armen drückte ich die Zweige an mich, und wie die Phädra Racines ›die Last des eiteln Schmucks‹ beklagend und undankbar gegen ›die lästige Hand, die durch so vieler Knoten Schlingen mein Haar auf meiner Stirn zu ordnen sich bemüht‹, zertrampelte ich mit den Füßen die Lockenwickel, die ich mir aus den Haaren gerissen hatte, und meinen neuen Hut. Meine Tränen rührten meine Mutter nicht, doch angesichts des zertretenen Hutes und der ruinierten Samtjacke konnte sie einen Aufschrei nicht unterdrücken. Ich aber hörte sie nicht. »Mein guter, lieber Weißdorn«, murmelte ich schluchzend vor mich hin, »du kannst ja nichts dafür, daß ich jetzt fortgehen muß, du hast mir keinen Kummer machen wollen! Dich habe ich auch für immer lieb!« Und meine Tränen trocknend gelobte ich ihm, wenn ich erst groß wäre, es nicht so zu machen wie die andern törichten Leute, und selbst in Paris an Frühlingstagen, anstatt Besuche zu machen und eitles

Geschwätz anzuhören, auf das Land zu fahren und die erste Weißdornblüte zu genießen.

Wenn man erst zwischen den Feldern angelangt war, verließ man sie auch während des ganzen Spaziergangs nach der Seite von Méséglise nicht mehr. Wie ein unsichtbarer Landstreicher lief unaufhörlich der Wind, der für mich überhaupt eine Art Lokalgeist von Combray war, durch sie hin. Jedes Jahr hatte ich gleich bei unserer Ankunft das Bedürfnis, mir zum Bewußtsein zu bringen, daß ich nun wirklich in Combray war; ich ging dann hinaus, um ihn wiederzufinden, wie er durch die Stranddisteln strich, und lief selbst hinter ihm her. Auf dem Wege nach Méséglise hatte man den Wind immer neben sich auf der etwas gerundeten Hochebene, die meilenweit von keiner Bodenerhebung unterbrochen wurde. Ich wußte, daß Mademoiselle Swann oft ein paar Tage in Laon verbrachte; es lag zwar einige Meilen entfernt, aber die Entfernung schien mir nicht so groß, weil nirgends ein Hindernis dazwischen lag; und wenn ich an heißen Nachmittagen einen Windhauch vom äußersten Horizont her kommen, die fernsten Getreidefelder durchpflügen, sich wie eine Flut über die unendlich weite Ebene verbreiten und schließlich, müde und zu leisem Murmeln herabgedämpft, zu meinen Füßen zwischen Esparsetten und Klee zur Ruhe kommen sah, so schien es mir, als brächte diese von uns beiden bewohnte Fläche uns einander näher, als sei sie etwas Gemeinsames zwischen uns; ich stellte mir vor, daß dieser Lufthauch bei ihr vorübergegangen war, daß er mir eine Botschaft von ihr zuflüsterte, die ich nicht verstehen konnte, und ich empfand sein Streicheln mit großer Zärtlichkeit. Zur Linken lag ein Dorf mit Namen Champieu (Campus Pagani, erklärte der Pfarrer den Namen). Zur Rechten erschienen hinter den Getreidefeldern die beiden klarlinigen kräftigen Türme von Saint-André-des-Champs, selber so spitz, geschuppt, vielzellig, zerklüftet, goldgelb und knötchenbesetzt wie die Weizenähren.

In symmetrischen Abständen öffneten zwischen der einzigartigen Ornamentik ihrer Blätter, die der keines anderen Obstbaums gleicht, die Apfelbäume ihre großen Blütenblätter aus weißer Seide oder ließen die bescheidenen Sträußchen sich rötender Knospen niederhängen. Dort auf der Straße nach Méséglise habe ich zum ersten Male bemerkt, daß Apfelbäume einen runden Schatten auf den besonnten Boden werfen, und auch jenes ungreifbare goldene Seidengespinst zum ersten Male gesehen, das die sinkende Sonne beim schrägen Einfall unter den Blättern schafft und das ich meinen Vater oft mit seinem Spazierstock durchschlagen sah, ohne daß es sich jemals verschob.

Manchmal zog durch den Nachmittagshimmel schon der noch nebelweiße, heimliche, glanzlose Mond wie eine Schauspielerin, die erst später auftritt und vom Zuschauerraum aus in Straßentoilette einen Augenblick ihren Kollegen zuschaut in dem Bestreben, selbst im Hintergrund zu bleiben und nicht beachtet zu werden. Es machte mir Vergnügen, sein Abbild in Gemälden und Büchern wiederzufinden, aber diese Kunstwerke waren – wenigstens während der ersten Jahre, als Bloch noch nicht meine Augen und mein Denken an raffiniertere Harmonien gewöhnt hatte – sehr verschieden von denjenigen, in denen der Mond mir heute schön erscheinen würde und wo ich ihn damals gar nicht bemerkt hätte. Damals waren es Romane von Saintine oder eine Landschaft von Gleyre, wo er mit seiner Silbersichel klar abgezeichnet am Himmel stand, das heißt Werke von naiver Unvollkommenheit – so wie meine eigenen Eindrücke es zur Zeit noch waren – deren Beliebtheit bei mir für die Schwestern meiner Großmutter ein Gegenstand des Mißfallens war. Sie waren der Meinung, man müsse Kindern gleich die Werke vor Augen stellen, die man als gereifter Mensch für alle Zeiten bewundert, und ihren Geschmack danach beurteilen, ob sie von vornherein dafür eingenommen sind. Offenbar stellten sie sich ästhetische Vorzüge als etwas Materielles vor, das auch ein Kind mit offenem Blick ohne weiteres erkennen müßte, ohne daß es erst nötig hätte, in seinem eigenen Herzen die entsprechenden Organe auszubilden.

Nach Méséglise zu, in Montjouvain, in einem Hause am Ufer eines großen Teiches, das mit der Rückseite einem mit Gebüsch bewachsenen Hang zugewendet lag, wohnte Monsieur Vinteuil. Daher begegnete man auf diesem Wege auch oft seiner Tochter, die in flottem Tempo einen Einspänner lenkte. Von einem gewissen Jahre an traf man sie nicht mehr allein, sondern in Begleitung einer älteren Freundin, die in der Gegend eher übel beleumundet war und eines Tages endgültig nach Montjouvain zog. ›Dieser arme Vinteuil‹, sagten die Leute, ›muß ja wohl mit Blindheit geschlagen sein, daß er gar nicht merkt, was man sich erzählt, und seiner Tochter erlaubt, mit einer solchen Person unter einem Dache zu leben. Ausgerechnet er, der sich über jedes unpassende Wort aufregt! Er behauptet, sie sei eine Frau von überlegenem Verstand und mit großem Herzen, die zudem über eine außerordentliche musikalische Begabung verfüge, hätte sie sie nur gepflegt. Aber er kann sicher sein, daß sie sich nicht mit Musik beschäftigt, wenn sie bei seiner Tochter ist.‹ Herr Vinteuil freilich behauptete es; tatsächlich ist es auffallend, wieviel Bewunderung eine Person für ihre geistigen und moralischen Eigenschaften immer bei den Eltern derjenigen findet, mit der sie körperliche Beziehungen unterhält. Die physische Liebe, die zu Unrecht so verschrien ist, zwingt jeden Menschen so sehr dazu, selbst die kleinsten ihm innewohnenden Mengen an Güte und Selbstaufgabe hervorzukehren, daß sie den Nahestehenden außerordentlich in die Augen stechen. Doktor Percepied, dem seine rauhe Stimme und dicken Augenbrauen gestatteten, perfide zu sein, soviel er wollte, da er nicht danach aussah und niemals dadurch seinen unerschütterlichen wiewohl völlig unverdienten Ruf als ›gutmütiger Polterer‹ in Frage stellte, verstand es, den Pfarrer und alle sonstigen gelegentlichen Zuhörer zum Tränenlachen zu bringen, wenn er in seinem derbgemütlichen Ton erklärte: ›Na ja, es scheint also, sie treibt Musik mit ihrer Freundin Fräulein Vinteuil. Sie scheinen erstaunt zu sein – wieso eigentlich? Erst gestern hat Vater Vinteuil es wieder zu mir gesagt. Schließlich darf das Mädel ja doch wohl musikliebend sein. Ich persönlich würde mich der künstlerischen Berufung der Kinder niemals entgegenstellen. Auch Vinteuil tut das offenbar nicht. Und er selber treibt ja wohl auch Musik mit der Freundin seiner Tochter. Großer Gott, wieviel Musik wird in dem Hause getrieben. Aber was lachen Sie denn so? Sie machen sogar zuviel Musik. Neulich habe ich Vater Vinteuil in der Nähe des Friedhofs getroffen. Er konnte sich tatsächlich kaum auf den Beinen halten.‹

Wir alle, die wir damals mitansehen mußten, wie Monsieur Vinteuil allen Bekannten aus dem Wege ging, sich abwendete, wenn er sie auftauchen sah, wie er in wenigen Monaten zum alten Manne wurde und zu keiner Anstrengung mehr imstande war, die nicht unmittelbar dem Glück seiner Tochter diente, wie er ganze Tage am Grab seiner Frau verbrachte – mußten einsehen, daß er nahe daran war, vor Kummer zu sterben, und konnten nicht umhin zu vermuten, daß er die Bemerkungen, die über ihn umliefen, wohl erriet. Er kannte sie und schenkte ihnen am Ende auch Glauben. Es gibt vielleicht keinen Menschen, und wäre er noch so tugendhaft, den die Umstände nicht eines Tages dazu bringen können, in nächster Nachbarschaft des Lasters zu leben, das er mehr als alle verdammt – ohne daß er es übrigens ganz genau erkennt unter der besonderen Verkleidung, die es anlegt, um mit ihm in Kontakt zu kommen und ihm Leid zuzufügen: seltsame Reden, ein unerklärliches Verhalten an irgendeinem Abend von seiten des Wesens, das er im übrigen aus so vielen Gründen liebt. Für einen Mann wie Vinteuil aber mußte das Sichschicken in eine jener Situationen, die man zu Unrecht für ein ausschließliches Privileg der Welt der Boheme ansieht, von ganz besonderem Kummer begleitet sein: diese Situationen ergeben sich jedesmal dann, wenn ein Laster, das die Natur selbst bei einem Kinde oft nur durch Mischung der Tugenden seines Vaters und seiner Mutter entstehen läßt (so wie die Farbe der Augen zustande kommt) sich den Platz und die Sicherung erobern will, die es nötig hat. Aus der Tatsache aber, daß Herr Vinteuil vielleicht über das Verhalten seiner Tochter Bescheid wußte, folgt noch nicht, daß der Kult, den er mit ihr trieb, etwa geringer wurde. Die Tatsachen dringen in den Bezirk nicht ein, in dem unser Glaube wohnt, sie haben ihn weder erzeugt, noch zerstören sie ihn; sie können ihn unaufhörlich widerlegen, ohne ihn abzuschwächen, und eine Lawine von pausenlos aufeinanderfolgenden Unglücks- und Krankheitsfällen in einer Familie läßt in dieser selbst keinen Zweifel an der Güte Gottes oder der Vortrefflichkeit ihres Arztes aufkommen. Wenn aber Monsieur Vinteuil seine Tochter und sich selbst mit den Augen der andern betrachtete, wenn er sich vorstellte, welchen Ruf sie genossen und welchen Platz sie in der allgemeinen Achtung einnahmen, dann urteilte er vom gesellschaftlichen Standpunkt aus genau in der Weise, wie es jeder Einwohner von Combray, ja sogar ein persönlicher Feind von ihm getan hätte: er sah sich mitsamt seiner Tochter tief gesunken, und daher hatte sein Auftreten etwas so Demütiges bekommen, darum drückte sich darin ein solcher Respekt denen gegenüber aus, die über ihm standen und die er gleichsam von unten her sah (mochten sie auch vordem tief unter ihm gestanden haben) und jenes Bemühen, wieder zu ihnen emporzusteigen, das eine fast mechanische Reaktion auf solchen Abstieg ist. Eines Tages, als wir mit Swann durch eine Straße in Combray gingen, kam aus einer anderen Monsieur Vinteuil hervor und stand zu plötzlich vor uns, um uns noch aus dem Wege gehen zu können; Schwann, mit der hochmütigen Großherzigkeit eines Weltmannes, der, sowieso im Begriff, alle moralischen Vorurteile abzulegen, in der Schmach des anderen nur einen Grund sieht, ihn mit einem Wohlwollen zu behandeln, das um so mehr der Eigenliebe dessen schmeichelt, der es erweist, als er es ungemein wertvoll weiß für den, dem er es entgegenbringt, hatte lange mit Herrn Vinteuil geplaudert, an den er früher nie das Wort gerichtet hatte, und bevor wir uns trennten, bat er ihn sogar, er möge doch seiner Tochter erlauben, einmal nach Tansonville zu kommen und dort etwas vorzuspielen. Diese Einladung, die vor zwei Jahren noch bei Herrn Vinteuil eher auf Entrüstung gestoßen wäre, erfüllte ihn jetzt mit solchen Gefühlen der Dankbarkeit, daß er sie aus Takt ablehnen zu müssen glaubte. Die Liebenswürdigkeit Swanns seiner Tochter gegenüber erschien ihm an sich schon als eine so ehrenvolle und köstliche Stärkung seiner Position, daß er meinte, es sei vielleicht besser, keinen Gebrauch davon zu machen und so das völlig platonische Glück zu genießen, sie ungenutzt aufzubewahren.

– Was für ein ungewöhnlicher Mann, sagte er zu uns, als Swann uns verlassen hatte, mit der gleichen enthusiastischen Verehrung, die kluge und hübsche Frauen bürgerlicher Herkunft veranlaßt, ehrfurchtsvoll und bezaubert zu einer Herzogin aufzublicken, wenn sie auch dumm und häßlich ist. Was für ein ungewöhnlicher Mann! Wie schade, daß er diese so ganz und gar unpassende Ehe geschlossen hat.

Und so heuchlerisch sind auch die ehrlichsten Menschen, so sehr stellen sie im Gespräch mit einem anderen ihre Meinung über ihn zurück, zu der sie sich doch gleich wieder bekennen, wenn er nicht mehr anwesend ist, daß meine Eltern Swanns Heirat zusammen mit Monsieur Vinteuil im Namen von Prinzipien und Konventionen beklagten, deren Verletzung in dessen eigenem Hause in Montjouvain sie (dadurch, daß sie gemeinsam mit ihm ihre Gültigkeit verfochten) stillschweigend übergingen. Herr Vinteuil schickte seine Tochter nicht zu Swann, was jener am meisten bedauerte, denn jedesmal, wenn er sich eben von Herrn Vinteuil getrennt hatte, erinnerte er sich, daß er ihn eigentlich schon seit längerem um eine Auskunft über jemanden bitten wollte, der den gleichen Namen trug und, wie er annahm, ein Verwandter von ihm war. Diesmal nun hatte er sich fest vorgenommen, seine Frage nicht zu vergessen, wenn Herr Vinteuil seine Tochter nach Tansonville schicken würde.

Da der Spaziergang in Richtung Méséglise der weniger ausgedehnte von den beiden war, die wir von Combray aus unternahmen, und da wir ihn uns infolgedessen für unsicheres Wetter aufsparten, war der Himmel über Méséglise gewöhnlich regnerisch, und wir behielten immer den Wald von Roussainville im Auge, unter dessen dichtbelaubten Bäumen wir notfalls Schutz suchen konnten.

Oft versteckte sich die Sonne hinter einem Wolkengebilde, das ihre Form in die Breite zog und dessen Ränder sie gelblich tönte.

Der Glanz, wenn auch nicht die Helligkeit, schwand dann von den Feldern, auf denen alles Leben zu stocken schien, während das Dörfchen Roussainville das Relief seiner weißen Firste mit bedrückend vollendeter Klarheit in den Himmel zeichnete. Ein leichter Wind störte eine Krähe auf, die in einiger Entfernung wiederum ins Feld einfiel, und gegen den weißlichen Himmel erschien der Waldrand in der Ferne so blau wie auf Camaïeumalereien an den Fensterpfeilern alter Behausungen.

Zu anderen Malen aber begann der Regen zu fallen, den uns der kleine Kapuzenmann im Schaufenster des Optikers schon vorausgesagt hatte; wie Zugvögel, die gemeinsam den Abflug unternehmen, stürzten die Tropfen dichtgedrängt zusammen vom Himmel herab. Sie trennen sich nicht, sie weichen auf ihrem raschen Durchzug nicht vom Wege ab, sondern jeder bleibt an seinem Platz und zieht den folgenden hinter sich her, so daß der Himmel verdunkelter ist als beim Aufbruch der Schwalben. Wir flüchteten in den Wald. Als ihre Reise beendet schien, kamen noch ein paar Schwächere, Säumige hinterher. Wir aber verließen wieder unseren Unterschlupf, die Erde war fast schon trocken, während noch der eine oder andere auf die Rippe eines Blattes fiel, in der Sonne blitzend einen Augenblick ruhig an der Spitze hängenblieb und dann plötzlich vom Zweig heruntergleitend uns auf die Nase rann.

Oft suchten wir auch Schutz mitten unter den Heiligen und Patriarchen aus Stein unter dem Portal von Saint-André-des-Champs. Wie französisch diese Kirche doch war! Über der Tür waren Heilige und mittelalterliche Könige mit einer Lilienblüte in der Hand dargestellt, dazu Hochzeits- und Begräbnisszenen, so wie sie sich in der Seele von Françoise malen mochten. Der Steinmetz hatte auch gewisse Anekdoten über Aristoteles und Virgil in der gleichen Weise wiedergegeben, in der Françoise in der Küche zum Beispiel von Ludwig dem Heiligen sprach, als habe sie ihn persönlich gekannt, meist so, daß meine Großeltern dabei schlecht wegkamen, weil sie nicht so ›gerecht‹ waren wie er. Man hatte das Gefühl, daß die Vorstellungen, die der mittelalterliche Künstler und die mittelalterliche Dienerin (die im neunzehnten Jahrhundert noch die Vergangenheit überlebte) von der Geschichte der antiken und der christlichen Ära hatten und die sich durch ebenso große Ungenauigkeit wie Redlichkeit der Gesinnung auszeichneten, nicht aus Büchern stammten, sondern aus einer uralten, aber unmittelbaren, ununterbrochenen, durch mündliche Weitergabe bis zur Unkenntlichkeit entstellten, jedoch lebendigen Überlieferung. Eine andere Persönlichkeit, die ich ebenfalls als Typus prophetisch vorausgeschaut in den gotischen Skulpturen von Saint-André-des-Champs erkannte, war Theodor, der junge Mann von Camus. Françoise empfand ihn übrigens so sehr als einen der Ihren in bezug auf Landschaft und Zeit, daß, wenn meine Tante Léonie zu krank war, als daß sie, Françoise, allein sie umbetten oder in ihren Lehnstuhl setzen konnte, sie lieber Theodor rief, als daß sie dem Küchenmädchen zu erscheinen erlaubte. Dieser Jüngling aber, der mit gutem Grund als ein ziemlicher Strick galt, war so sehr desselben Geistes Kind wie der Schöpfer der Bildwerke von Saint-André-des-Champs und namentlich auch von der Achtung erfüllt, die Françoise den ›armen Kranken‹ und ihrer ›armen Herrschaft‹ schuldig zu sein glaubte, daß er den Kopf meiner Tante mit der naiv eifrigen Miene der kleinen Engel vom Kopfkissen hob, die sich auf dem Flachrelief, eine Kerze in der Hand, um die schmerzvoll hinsinkende Muttergottes bemühten, als seien die Gesichter aus gemeißeltem Stein, grau und nackt wie ein kahler Wald, eine Art von eingewintertem Vorrat, der jeden Augenblick wieder lebendig werden konnte in den unzähligen Gesichtern des Volkes, die ehrwürdig und durchtrieben waren wie das unseres Theodor mit seinem an reife Äpfel erinnernden kräftigen Rot. Nicht mehr an den Stein gebunden wie die kleinen Engel, sondern aus dem Portal herausgelöst, von übermenschlicher Statur, auf einem Sockel wie auf einem Schemel stehend, damit sie die Füße nicht auf den feuchten Grund setzen müßte, stand eine Heilige mit ihren vollen Wangen, der festen Brust, die unter der Draperie wie eine reife Traube in ihrem Gazesäckchen schwoll, mit der kurzen schelmischen Nase, den tiefliegenden Augen, gesund, gefühllos und tüchtig gleich einer der Bäuerinnen dieser Gegend da. Diese Ähnlichkeit, die bei der Statue noch einen Zug von Sanftmut enthielt, den ich bei ihr nicht vermutet hätte, wurde oft durch irgendein Mädchen vom Felde in seiner Wahrheit bekräftigt, das gleichfalls sich unterstellen kam und dessen Anwesenheit ebenso wie die der Blätter des Mauerkrauts, die dicht neben dem gemeißelten Laubwerk auftauchten, durch unmittelbare Gegenüberstellung mit der Natur gestattete, die Richtigkeit in der Darstellung des Kunstwerks bestätigt zu finden. Vor uns in der Ferne lag Roussainville, das gelobte oder unheilige Land, in dessen Mauern ich niemals eingedrungen bin; Roussainville wurde manchmal, wenn der Regen bei uns schon aufgehört hatte, noch weiter gezüchtigt wie ein biblischer Ort, die goldenen Lanzen des Unwetters drangen schräg auf die Behausungen seiner Bewohner ein, oder aber es ward ihm von Gottvater verziehen, der dann – ähnlich den Strahlen, die auf dem Altar das Ciborium umgeben – die ungleichmäßig langen ausgefransten goldenen Pfeile der wiedererschienenen Sonne um das Dorf aufleuchten ließ.

Wurde das Wetter endgültig schlecht, so mußten wir nach Hause zurückkehren und dort bleiben. Hier und da in der Ferne schimmerten dann in der Landschaft, die dunkel und feucht dem Meere glich, vereinzelte Häuser auf, die an einem in Nacht und Nässe versinkenden Hügel angeklammert hingen, wie kleine Boote, die ihre Segel eingeholt haben und unbeweglich draußen auf offenem Meer den neuen Tag erwarten. Aber was machte schon der Regen, was machten die Unwetter aus! Im Sommer war das schlechte Wetter nur eine vorübergehende, oberflächliche Laune des darunter fest und beständig weiterlaufenden schönen Wetters, das, ganz verschieden von dem unbeständigen flüchtigen des Winters sich fest auf der Erde niedergelassen hatte in den dichten Blättern, von denen der Regen abtropfen kann, ohne sie in ihrem zäh beständigen Glück zu treffen, und das für die ganze Jahreszeit bis in die Dorfstraßen hinein an den Mauern der Häuser und Gärten seine Wimpel aus violett und weißer Seide aufgehängt hat. In dem kleinen Salon sitzend, in dem ich die Stunde vor dem Abendessen mit meiner Lektüre verbrachte, hörte ich, wie das Wasser von unseren Kastanienbäumen tropfte, doch ich wußte, daß der Regenschauer ihre Blätter nur mit glänzender Nässe überzog, daß sie aber doch mit Sicherheit dableiben würden als Unterpfand des Sommers während der ganzen Regennacht, um die Beständigkeit des schönen Wetters zu garantieren; daß es ruhig regnen mochte, da morgen doch über der weißen Mauer von Tansonville in so großer Zahl wie zuvor kleine herzförmige Blätter wogen würden; und ohne Trauer sah ich die Pappel in der Rue de Perchamps dem Unwetter mit verzweifelten und flehentlichen Gebärden begegnen; ohne Trauer auch hörte ich in der Tiefe des Gartens den letzten Nachhall des Donners in den Fliederbüschen grollen.

Wenn das Wetter von morgens an schlecht war, verzichteten meine Eltern auf den Spaziergang, und auch ich ging dann meist nicht aus. Aber in jenem Herbst nahm ich doch die Gewohnheit an, an solchen Tagen allein nach Méséglise-la-Vineuse zu gehen; wir hatten nämlich nach Combray kommen müssen wegen der Erbschaft meiner Tante Léonie, denn sie war schließlich gestorben und hatte damit gleichzeitig denen einen Triumph bereitet, die die Meinung vertraten, daß ihr schwächendes Regime sie schließlich umbringen werde, und ebenso den anderen, die immer behauptet hatten, sie litte an einer nicht eingebildeten, sondern organischen Krankheit, und wer es nicht glauben wollte, würde es eines Tages noch einsehen müssen, wenn sie ihr schließlich erläge; durch ihren Tod bereitete sie nur einem einzigen Wesen einen großen Schmerz, aber bei diesem war er auch wirklich hemmungslos. Während der vierzehn Tage, die die letzte Krankheit meiner Tante dauerte, verließ Françoise sie nicht einen Augenblick lang, sie legte ihre Kleider nicht ab, ließ niemand anderen etwas für sie tun und blieb bei der Toten, bis sie begraben war. Da wurde uns denn klar, daß jene Furcht, in der Françoise gelebt hatte, die Furcht vor bösen Worten, vor dem Argwohn, vor dem Zorn meiner Tante, die wir für Haß gehalten hatten, Verehrung und Liebe war. Die, die wahrhaft ihre Herrin war mit ihren unvorhersehbaren Entschlüssen, ihren schwer zu vereitelnden Listen, dem leicht beeinflußten guten Herzen, ihre Souveränin, ihre geheimnisvoll allmächtige Monarchin, war nicht mehr. Neben ihr galten wir nicht viel. Die Zeit lag weit zurück, da wir, als wir anfingen, unsere Ferien in Combray zu verbringen, in den Augen von Françoise ein ebenso großes Prestige wie meine Tante besaßen. In jenem Herbst nun waren meine Eltern so völlig mit allerlei notwendigen Formalitäten, Gesprächen mit Notaren und Pächtern beschäftigt, daß sie kaum Zeit für Spaziergänge fanden und ich die Gewohnheit annahm, allein ohne sie, in ein großes Plaid gehüllt, das mich vor Regen schützte und das ich um so lieber umnahm, als ich spürte, daß sein schottisches Muster bei Françoise Anstoß erregte, nach Méséglise zu gehen. Niemals hätte man Françoise nämlich beibringen können, daß die Farbe der Kleidung nichts mit dem Schmerz, den man empfindet, zu tun hat, und außerdem sagte ihr unsere Art von Trauer über den Tod unserer Tante wenig zu, weil wir keinen Leichenschmaus veranstaltet hatten, nicht mit gedämpfter Stimme von ihr sprachen, und ich sogar zuweilen halblaut vor mich hinsang. Ich bin sicher, daß mir in einem Buch – und darin war ich selbst ganz wie Françoise – diese Auffassung der Trauer nach Art des Rolandsliedes und des Portals von Saint-André-des-Champs sympathisch gewesen wäre. Sobald aber Françoise leibhaftig in meiner Nähe war, gab mir ein böser Geist den Wunsch ein, sie in Wallung zu bringen, und so ergriff ich jede Gelegenheit, ihr zu sagen, daß es mir um meine Tante leid tue, weil sie eine gute Frau gewesen sei trotz mancher Lächerlichkeiten, die sie an sich gehabt, aber keineswegs, weil sie meine Tante war; daß sie ruhig meine Tante und mir recht zuwider hätte sein können und ihr Tod mir dann eben keinen Kummer bereitet hätte, lauter Redensarten, die mir in einem Buche ganz unangebracht erschienen wären.

Wenn dann Françoise, deren Gemüt wie das eines Dichters von verworrenen Ideen über den Schmerz und über Familienpietät erfüllt war, sich entschuldigte, daß sie auf meine Erörterungen keine Antwort geben könne, und etwa sagte: »Ich verstehe mich nicht auszudrücken«, triumphierte ich über dies Eingeständnis mit einer rohen, ironischen Nüchternheit, die Doktor Percepieds würdig gewesen wäre; und wenn sie dann hinzusetzte: »Sie ist doch eine von Ihnen Ihrer Verwandtschaft gewesen, da gehört es sich doch, daß man Respekt vor ihr hat«, so zuckte ich die Achseln und sagte mir: ›Ich bin wirklich gut, daß ich mich mit dieser ungebildeten Person herumstreite, die nicht einmal richtig sprechen kann‹, das heißt, ich machte mir für die Beurteilung von Françoise den kleinlichen Gesichtspunkt von Menschen zu eigen, deren Rolle diejenigen, die sie in der teilnahmslosen Ruhe der Meditation am meisten verachten, in einer der gewöhnlichen Szenen des Lebens sehr wohl selbst manchmal spielen.

Meine Spaziergänge in jenem Herbst waren um so angenehmer, als ich sie meist nach langen, über Büchern verbrachten Stunden unternahm. Wenn ich den ganzen Morgen im Saal gelesen hatte und schließlich müde davon war, warf ich mein Plaid um die Schultern und ging ins Freie: mein so lange zur Unbeweglichkeit verurteilter Körper, der sich mit Unruhe und gestautem Bewegungsdrang aufgeladen hatte, empfand das Bedürfnis, wie ein Kreisel, der endlich aufgesetzt wird, nach allen Seiten zu schnurren. Die Mauern der Häuser, die Hecke von Tansonville, die Bäume des Waldes von Roussainville erhielten Schläge mit dem Regenschirm oder Stock, vernahmen Freudenjauchzer, die einen wie die anderen nur verworrene Ideen, deren Überschwang mich bewegte und die nie zur ruhigen Klärung gelangten, weil sie der langsamen, schwierigen Wiedergabe in Worten den lustvolleren, bequemeren Weg zum kürzesten Ausdruck vorzogen. Die Mehrzahl der angeblichen Bekundungen dessen, was wir empfinden, befreien uns nur davon, indem sie es in einer deutlichen Form aus uns herausstellen, so daß wir selbst es erstmals erkennen können. Wenn ich annähernd zu überblicken versuche, was ich den Wanderungen nach Méséglise verdanke, die bescheidenen Entdeckungen betrachte, deren zufälliger Rahmen oder unerläßliche Inspirationsquelle sie gewesen sind, so erinnere ich mich, daß ich in jenem Spätjahr nahe bei dem gestrüppbewachsenen Abhang oberhalb von Montjouvain zum ersten Male betroffen war über das Mißverhältnis zwischen unseren Eindrücken und ihrem landläufigen Ausdruck. Als ich nach einer Stunde fröhlichen Kampfes gegen Regen und Wind an das Ufer des Teiches von Montjouvain kam und vor einer kleinen ziegelgedeckten Hütte stand, in der Herrn Vinteuils Gärtner seine Geräte unterbrachte, trat gerade die Sonne wieder hinter Wolken hervor, und ihr von kühlen Schauern gebadetes Gold strahlte wie neu am Himmel, auf den Bäumen, den Schuppenwänden und glitt über das noch feuchte Ziegeldach hin, auf dessen First ein Huhn umherspazierte. Der Wind zerrte die Grasbüschel, die in der Mauer sproßten, waagerecht zur Seite, und auch die Federn des Huhns zogen sich wehend in ganzer Länge nach der Art von schlaffen, willenlosen Dingen aus. Das Ziegeldach erschien in dem dank der Sonne von neuem spiegelnden Teich als rosiges Geäder, auf das ich noch niemals achtgegeben hatte. Und als ich im Wasser und auf der Fläche der Mauer ein schwaches Lächeln dem Lächeln des Himmels Antwort geben sah, machte ich meiner Begeisterung, den geschlossenen Regenschirm schwingend, in lautem Jauchzen Luft. Gleichzeitig aber hatte ich das Gefühl, es sei eigentlich meine Pflicht, nicht bei solchen unklaren Lauten stehenzubleiben, sondern zu versuchen, meinem Entzücken klaren Ausdruck zu geben.

In dem gleichen Augenblick aber machte ich – dank einem Bauern, der ohnehin schon etwas mißgelaunt, es vollends wurde, als er an mir vorüberschritt und ich ihm um ein Haar meinen Regenschirm ins Gesicht gebohrt hatte, und der auf meine Bemerkung »Herrliches Wetter, nicht wahr? Heute geht es sich gut« ohne Begeisterung antwortete – die Erfahrung, daß gleiche Seelenregungen nicht im selben Augenblick nach einer im voraus bestimmten Ordnung bei allen Menschen entstehen. Später, wenn langes Lesen die rechte Plauderstimmung in mir aufkommen ließ, hatte oft der Schulgefährte, mit dem ich brennend gern geredet hätte, gerade ausgiebig die Freuden der Unterhaltung genossen und hegte jetzt einzig den Wunsch, ungestört lesen zu können. Wenn ich eben voller Zärtlichkeit an meine Eltern dachte und die besten Vorsätze faßte, die ihnen nur Freude machen konnten, so hatten sie inzwischen die Zeit benutzt, um irgendeiner meiner kleinen Untaten nachzugehen, die ich vergessen hatte, und hielten sie mir streng gerade in dem Augenblick vor, da mich mein Herz zu ihnen zog und ich sie stürmisch umarmen wollte.

Manchmal verband sich mit der überspannten Freude, die mir die Einsamkeit schenkte, noch eine andere, die ich nicht ganz klar davon zu trennen vermochte und die in mir durch das Verlangen entstand, ein ländliches Mädchen auftauchen zu sehen, das ich in meine Arme schließen könnte. Plötzlich aufkommend, ohne daß ich Zeit gefunden hätte, sie mit ihrer Ursache richtig in Beziehung zu setzen, und inmitten von ganz andersartigen Vorstellungen, schien mir die Lust, von der dies Verlangen begleitet war, nur eine höhere Stufe von der, welche jene mir schenkten. Allem, was in diesem Augenblick meine Sinne erfüllte, dem rosigen Ziegeldach, den wehenden Grasbüscheln, dem Dorfe Roussainville, wohin ich schon längst einmal wollte, den Bäumen seiner Wälder, dem Glockenturm der Kirche, schrieb ich die neue Regung zu, die sie mir noch erwünschter erscheinen ließ, weil ich glaubte, sie nur brächten die Lust hervor, während sie mich offenbar nur um so rascher ihnen entgegentragen wollte, wenn sie mein Segel mit einer mächtigen, unbekannten, in günstiger Richtung wehenden Brise schwellte. Dies Verlangen nach einer Frau gab den Reizen der Natur etwas noch Aufregenderes, die Reize der Natur hoben den Wunsch nach einer Frau aus seiner Begrenztheit heraus. Es kam mir so vor, als sei der Zauber der Bäume auch noch ihr zu verdanken, und als ob das Beseelte der Horizonte, des Dorfes Roussainville, der Bücher, die ich in jenem Jahre las, durch ihren Kuß mir offenbar werden würde, und da meine Phantasie im Kontakt mit meinen erwachenden Sinnen neue Beschwingtheit erfuhr und meine Sinnlichkeit alle Bezirke der Phantasie durchströmte, kannte mein Verlangen keine Grenzen mehr. Es war dabei auch so – wie es in Augenblicken der Träumerei inmitten der Natur geschieht, wo die Wirkung der Gewohnheit aufgehoben ist, unsere abstrakten Begriffe aus unserm Bewußtsein verschwinden und wir aufs tiefste von der Einmaligkeit, dem individuellen Dasein des Ortes, an dem wir uns befinden, überzeugt sind – daß jene Vorübergehende, die mein Verlangen herbeizitieren sollte, für mich nicht nur ein beliebiges Exemplar des Gattungsbegriffes ›Frau‹ war, sondern ein notwendiges und natürliches Produkt dieses speziellen Bodens. Denn zu jener Zeit schien mir alles, was nicht ich war, die Erde und ihre Geschöpfe, kostbarer, wichtiger, mit einer realeren Existenz begabt, als sie der Erwachsene sieht. Erde und Erdenwesen aber trennte ich nicht. Ich verlangte nach einer jungen Bäuerin von Méséglise oder Roussainville, einer Fischerin aus Balbec, so wie ich mich nach Méséglise oder nach Balbec sehnte. Die Lust, die sie mir geben konnten, wäre mir weniger wahr erschienen, ich hätte nicht daran geglaubt, wenn ich diese Voraussetzungen abgewandelt hätte. In Paris die Bekanntschaft einer Bäuerin aus Méséglise oder einer Fischerin aus Balbec zu machen, wäre mir so vorgekommen wie Muscheln, die ich nicht selbst am Strande gesehen oder ein Farnkraut, das nicht ich in den Wäldern gepflückt, es hätte der Lust, die diese Frau mir schenkte, alles das genommen, womit meine Einbildungskraft sie umwoben hatte. Aber hier in den Wäldern von Roussainville umherirren und keine Dörflerin zum Umarmen haben, bedeutete, daß ich den verborgenen Schatz, die innewohnende Schönheit dieser Wälder nicht kannte. Dies Mädchen, das ich immer mit Laub bedeckt vor mir sah, war für mich selbst nur ein Gewächs der Gegend, freilich von höherer Art und ihrer Natur nach so beschaffen, daß man durch sie der auf dem Grunde verborgenen Essenz des Landes näher kommen konnte als auf irgendeinem anderen Weg. Ich konnte das um so leichter glauben (und auch, daß ihre Zärtlichkeiten, durch die ich dorthin zu gelangen vermöchte, von ganz besonderer Art sein würden, wie ich sie durch eine andere nicht kennenlernen könnte) als ich noch auf lange Zeit hinaus in dem Alter war, wo man die Lust noch nicht von dem Besitz der verschiedenen Frauen, mit denen man sie gekostet hat, abstrahiert, sie noch nicht auf eine Allgemeinvorstellung zurückgeführt hat, auf Grund deren man jene nur als auswechselbare Instrumente der gleichen Wonnen betrachtet; ja, diese Lust besteht in jener Zeit noch nicht einmal deutlich gesondert, herausgelöst und im Geiste formuliert, als der Zweck an sich, den man bei der Annäherung an eine Frau verfolgt, und als die Ursache jener Beunruhigung, die man vorher verspürt. Man denkt noch kaum an sie als an ein Vergnügen, das man haben wird; man sieht in ihr vielmehr einen dieser bestimmten Frau innewohnenden Reiz, denn man denkt noch nicht an sich selbst, man will vielmehr aus sich heraus. Dumpf erwartet, immanent, von anderem überlagert, bringt sie nur in dem Augenblick ihrer Erfüllung alle anderen Freuden, die sanften Blicke, die Küsse derjenigen, die uns nahe ist, zu einer so rauschhaften Höhe, daß sie uns selber vorkommt wie ein überschwenglicher Dank für die Herzensgüte unsrer Gefährtin, für ihre rührende Neigung zu uns, die wir an der Wohltat des Glückes messen, mit dem sie uns beschenkt.

Ach, vergebens flehte ich den Schloßturm von Roussainville an, mir irgendein Kind des Dorfes entgegenzuschicken; er war der einzige Vertraute meiner Wünsche, wenn ich oben in unserem Hause in Combray in dem nach Iris duftenden kleinen Raum nichts als ihn in der quadratischen Öffnung des halbgeschlossenen Fensters stehen sah, während ich mit dem heroischen Zaudern eines Reisenden, der eine Forschungsreise unternimmt, oder des Verzweifelten, der sich umbringen will, mit versagender Kraft in mir selbst einen unbekannten und von Todesgefahr umlauerten Weg suchte bis zu dem Augenblick, da seine natürliche Spur wie die einer Schnecke auf den Blättern des Johannisbeerstrauches entstand, der sich bis zu mir neigte. Vergebens flehte ich jetzt. Vergebens durchspähte ich die ganze Weite der Ebene in meinem Gesichtsfeld und versuchte mit den Blicken eine Frau aus ihr hervorzuzaubern. Ich ging sogar vergebens bis zu dem Portal von Saint-André-des-Champs; niemals fand ich dort die ländliche Gestalt, die ich ganz sicher angetroffen hätte, wenn ich mit meinem Großvater erschienen wäre und unmöglich mit ihr eine Unterhaltung hätte anknüpfen können. Unendlich lange starrte ich auf den Stamm eines fernen Baumes, hinter dem sie hervortreten und auf mich zukommen sollte; der Horizont, den ich absuchte, lag auch weiterhin öde da, die Nacht sank hernieder, ohne Hoffnung heftete ich meine Aufmerksamkeit, als könne mein Atem verborgene Geschöpfe aus ihm saugen, auf diesen unfruchtbaren Boden, auf dieses brache Land; nicht mehr aus Übermut, sondern aus Wut schlug ich jetzt auf die Bäume von Roussainville ein, zwischen denen ebensowenig lebende Wesen hervortraten, als seien es auf Leinwand gemalte Bäume eines Bühnenprospekts, wenn ich, obwohl ich eigentlich nicht hatte heimgehen wollen, ohne die so sehr ersehnte Frau in den Armen gehalten zu haben, dennoch schließlich den Weg nach Combray einschlagen und mir gestehen mußte, daß ich immer weniger hoffen konnte, durch Zufall auf sie zu stoßen. Und wäre sie wirklich erschienen, hätte ich denn gewagt, sie überhaupt anzusprechen? Es kam mir vor, als würde sie mich für einen Irren halten; ich hörte auf, die Wünsche, die in mir auf einsamen Wegen entstanden, als etwas anzusehen, was andere Wesen teilten und was an sich und unabhängig von mir einer Wahrheit entspräche; sie verwirklichten sich ja jedenfalls nicht. Sie kamen mir nur mehr wie rein persönliche, ohnmächtige, trügerische Schöpfungen meines Gefühlslebens vor. Sie hatten keine Verbindung mit der Natur und mit der Wirklichkeit, die von da an jeden

Reiz und jede Bedeutung verlor und meinem Leben nur noch einen herkömmlichen Rahmen bot, wie für einen Roman der Eisenbahnwagen, in dem der Reisende ihn liest, um die Zeit totzuschlagen.

Aus einem damals nur dumpfen Eindruck, den ich in der Nähe von Montjouvain und erst einige Jahre später erhielt, mag wiederum eine Weile danach die Vorstellung hervorgegangen sein, die ich mir vom Sadismus machte. Später wird man sehen, daß aus ganz anderen Gründen die Erinnerung an diesen Eindruck in meinem Leben eine wichtige Rolle spielen sollte. Es war ein sehr heißer Tag; meine Eltern, die auf kurze Zeit verreisen mußten, hatten mir erlaubt, so spät ich wollte, nach Hause zu kommen; so war ich bis zum Teich von Montjouvain vorgedrungen, auf dem ich so gern den Widerschein des Ziegeldaches sah, hatte mich im Schatten ausgestreckt und war in den Büschen der Anhöhe eingeschlafen, die etwas über dem Hause lag, dort, wo ich meine Eltern damals erwartet hatte, als sie Herrn Vinteuil besuchten. Es war fast dunkel, als ich erwachte, ich wollte mich erheben, aber da sah ich Mademoiselle Vinteuil (soweit ich sie wiedererkennen konnte, denn ich hatte sie nicht oft in Combray gesehen und nur als Kind, während sie jetzt bereits ein junges Mädchen schien), die wahrscheinlich gerade nach Hause gekommen war; ich sah sie mir gegenüber, nur wenig von mir entfernt, in jenem Zimmer, in dem ihr Vater damals meine Eltern empfangen und das sie zu ihrem eigenen kleinen Salon gemacht hatte. Das Fenster stand halb offen, die Lampe war angezündet, ich sah alle ihre Bewegungen, ohne daß sie mich sah; wäre ich aber jetzt gegangen, so hätten die Zweige geknackt, sie hätte mich gehört und hätte meinen können, ich habe mich dort versteckt, um sie zu belauschen.

Sie war in tiefer Trauer, denn ihr Vater war erst vor kurzem gestorben. Wir hatten ihr keinen Besuch gemacht, meine Mutter hatte es nicht gewollt im Namen einer Tugend, die einzig imstande war, bei ihr die Güte einzuschränken, nämlich des Gefühls für gute Sitte; doch bedauerte sie das junge Mädchen sehr. Meine Mutter mußte an das traurige Lebensende von Herrn Vinteuil denken, das erst ganz von den Sorgen einer Mutter und Kinderfrau für seine Tochter in Anspruch genommen war, dann von dem Kummer, den diese ihm bereitet hatte; sie sah wieder das gequälte Gesicht des alten Mannes in seiner letzten Zeit vor sich; sie wußte, daß er endgültig aufgegeben hatte, jemals sein musikalisches Œuvre der letzten Jahre ins reine abzuschreiben, jene armen Stücke eines alten Klavierlehrers, eines früheren Dorforganisten, die wir uns an sich als ziemlich belanglos vorstellten, aber doch nicht verachteten, weil sie soviel für ihn bedeutet hatten, ja der Zweck seines Lebens gewesen waren, bevor er es ganz seiner Tochter widmete; zum größten Teil waren sie nicht einmal aufgezeichnet, sondern nur in seinem Gedächtnis eingeschrieben geblieben, nur einzelne davon hatte er auf verstreute Blätter unleserlich gekritzelt, so daß sie sicherlich alle unbekannt bleiben würden; meine Mutter dachte auch an jenen anderen noch grausameren Verzicht, zu dem Herr Vinteuil gezwungen worden war, den Verzicht auf eine Zukunft ehrenhaften und geachteten Glücks für seine Tochter; wenn sie sich diese ganze letzte Leidenszeit des ehemaligen Klavierlehrers meiner Tanten vor Augen stellte, so empfand sie wirklichen Kummer und dachte mit Grauen an jenen noch bittreren, den Fräulein Vinteuil sicherlich empfand, da er ja bei ihr noch mit Reue darüber gemischt sein mußte, daß sie so viel zum Tode ihres Vaters beigetragen hatte. »Der arme Monsieur Vinteuil«, sagte meine Mutter, »er hat für seine Tochter gelebt und ist ihretwegen gestorben, und niemand hat es ihm gedankt. Wird er je nach seinem Tode den Lohn dafür erhalten und in welcher Form? Es könnte ja doch einzig von ihrer Seite sein.«

Im Hintergrund von Mademoiselle Vinteuils Salon stand auf dem Kamin ein kleines Bild ihres Vaters; in einer plötzlichen Regung erhob sie sich und holte es herbei gerade in dem Augenblick, als man von der Landstraße her das Rollen eines Wagens vernahm; dann warf sie sich auf das Sofa, zog einen kleinen Tisch an sich heran und stellte das Bild darauf, ähnlich wie Monsieur Vinteuil es damals mit dem Musikstück machte, das er so gern meinen Eltern vorgespielt hätte. Gleich darauf trat die Freundin ein. Mademoiselle Vinteuil begrüßte sie, ohne sich zu erheben, mit hinter dem Kopf verschränkten Händen und rückte dicht an den Rand des Sofas heran, als ob sie ihr Platz machen wolle. Aber gleich darauf hatte sie offenbar das Gefühl, sie könne ihr damit eine Haltung aufzwingen, die jener möglicherweise unbequem war. Sie dachte, ihre Freundin würde vielleicht lieber in einer gewissen Entfernung von ihr auf einem Stuhl sitzen, und fand sich unbescheiden, das Zartgefühl ihres Herzens regte sich; so nahm sie gleich darauf wieder das ganze Sofa ein, schloß die Augen und gähnte, um anzudeuten, daß sie nur aus Müdigkeit sich hier hingelegt habe. Trotz ihrer rauhen und gebieterischen Vertraulichkeit im Umgang mit ihrer Freundin erkannte ich doch die umständlichen und gehemmten Gebärden, die plötzlichen Bedenken ihres Vaters wieder. Kurz darauf stand sie auf und tat so, als wolle sie die Fensterläden schließen, käme aber damit nicht zurecht.

– Laß doch alles offen, mir ist so warm, bemerkte ihre Freundin.

– Aber es ist doch unangenehm, man könnte uns ja sehen, gab Mademoiselle Vinteuil zurück.

Doch sie erriet offenbar, daß ihre Freundin dachte, sie habe diese Worte nur gesagt, um gewisse andere damit herauszufordern, die sie in der Tat gern gehört hätte, die auszusprechen sie aber doch der Initiative der Freundin überließ. Sicher nahm dabei ihr Blick, den ich nicht sehen konnte, jenen Ausdruck an, der meiner Großmutter immer so gut gefallen hatte, als sie rasch hinzusetzte:

– Mit ›sehen‹ meine ich, man kann uns lesen sehen; es ist doch ein dummes Gefühl, wenn man nichts tun kann, ohne daß man sich von fremden Augen beobachtet fühlt.

Aus instinktiver Großherzigkeit und einer Höflichkeit, auf der sie eigensinnig bestand, sprach sie die Worte nicht aus, die sie sich vorher zurechtgelegt und für die Erfüllung ihrer Wünsche als unerläßlich angesehen hatte. In jedem Augenblick lag in ihr eine schüchterne, demütig bittende Jungfrau mit einem derben, rohen Draufgänger im Kampf und wußte ihn schließlich durch ihr Flehen zu bändigen.

– Ja, es ist wirklich höchst wahrscheinlich, daß jemand uns um diese Zeit zusieht hier in dieser belebten Gegend, gab ihre Freundin ironisch zurück. Und wenn? fügte sie hinzu (und hielt es für nötig, mit einem übermütig-zärtlichen Augenzwinkern die Worte zu begleiten, die sie aus Freundlichkeit wie einen Text heruntersagte, der Fräulein Vinteuil angenehm sein mußte, jedoch in möglichst zynischem Ton). Wenn uns wirklich jemand zusieht, kann es ja gar nichts schaden.

Mademoiselle Vinteuil zuckte zusammen und stand dann auf. Ihr von Skrupeln geplagtes, empfindliches Herz wußte nicht, welche Worte jetzt genau zu der Szene gepaßt hätten, die ihre Sinne sich wünschten. Sie suchte möglichst weit entfernt von ihrer wahren seelischen Natur den angemessenen Ton für das lasterhafte Geschöpf zu finden, das sie so gern vorstellen wollte, aber die Worte, von denen sie glaubte, daß jenes sie gebraucht haben würde, klangen ihr falsch in ihrem eigenen Mund. Das wenige, was sie doch davon verwendete, brachte sie in einem gezwungenen Ton hervor, in dem ihre gewohnte Schüchternheit den Anflug von Kühnheit in ihr lähmte und immer wieder Wendungen einstreute wie: ›Es ist dir doch auch nicht zu kalt, oder zu heiß, möchtest du lieber lesen?‹

– Die Dame scheint heute abend auf Vergnügungen aus zu sein, bemerkte sie schließlich und wiederholte damit zweifellos einen Satz, den sie vorher einmal aus dem Munde ihrer Freundin vernommen hatte.

Sie fühlte, wie die andere ihr einen Kuß auf den Ausschnitt ihrer Crêpebluse drückte, stieß einen kurzen Schrei aus, lief davon, und nun verfolgten sie einander, schlugen flatternd mit den weiten Ärmeln und gluckSten und zwitscherten dabei wie verliebte Vögel. Dann warf sich Mademoiselle Vinteuil auf das Sofa, und ihre Freundin sank über sie hin, so daß sie dem Tischchen, auf dem das Bild des verewigten Klavierlehrers Herrn Vinteuil stand, den Rücken zuwendete. Mademoiselle Vinteuil war sich klar darüber, daß ihre Freundin es nicht bemerken würde, wenn sie nicht selbst ihre Aufmerksamkeit darauf lenkte, und so sagte sie, als sähe sie es erst jetzt:

– Da schau! das Bild meines Vaters sieht uns zu, ich weiß gar nicht, wer es dahin gestellt hat, ich habe schon zwanzigmal gesagt, daß es da nicht stehen soll.

Ich erinnerte mich, daß dies die Worte waren, die Herr Vinteuil zu meinem Vater mit Bezug auf das Musikstück gesagt hatte. Dies Bild diente ihnen sicher gewohnheitsmäßig zu profanierendem Spott, denn ihre Freundin antwortete ihr mit Worten, die wohl ein fester Bestandteil dieser liturgischen Responsorien waren:

– Laß es doch stehen, er selbst kann uns ja nicht mehr anöden. Was meinst du, wie er winseln würde und dir deinen Mantel umlegen, wenn er dich hier am offenen Fenster sehen könnte, der alte Affe.

Mademoiselle Vinteuil antwortete mit leisem Vorwurf: »Aber höre mal!« Es lag etwas von der ursprünglichen Gutartigkeit ihrer Natur darin, nicht als hätte ihr Empörung über eine solche Art, von ihrem Vater zu sprechen, diese Worte diktiert (offenbar hatte sie sich mit wer weiß welchem Sophismus daran gewöhnt, dies Gefühl in sich zum Schweigen zu bringen), sondern sie benutzte sie, um nicht egoistisch zu scheinen, als eine Art Aufschub des Vergnügens, das ihre Freundin ihr verschaffen wollte. Außerdem mochte dieser lächelnde Verweis als Antwort auf eine derartige Lästerung, diese heuchlerische, zärtliche Vorhaltung ihrer freimütigen und guten Natur ganz besonders lasterhaft vorkommen als eine widerwärtig süßliche Form jener Verruchtheit, die sie sich so gern zulegen wollte. Aber sie konnte der Lockung der Lust nicht widerstehen, daß eine gegen einen wehrlosen Toten so unerbittlich strenge Person ihr Zärtlichkeiten erwies; sie sprang ihrer Freundin auf die Knie und bot keusch ihre Stirn ihren Küssen dar, wie sie es als ihre Tochter hätte tun können, und war sich mit Entzücken bewußt, daß sie beide die Grausamkeit bis zum Äußersten trieben, indem sie Herrn Vinteuil noch bis ins Grab hinein seine Vatereigenschaft streitig machten. Die Freundin nahm ihren Kopf in beide Hände und drückte ihr einen Kuß auf die Stirn mit einem Entgegenkommen, das ihr durch ihre große Zuneigung zu Mademoiselle Vinteuil sowie auch durch den Wunsch, in das jetzt so traurige Leben der armen Verwaisten etwas Zerstreuung zu bringen, leicht gemacht wurde.

– Weißt du, was ich am liebsten mit diesem alten Ekel machte? sagte sie und nahm die Photographie.

Und sie flüsterte Mademoiselle Vinteuil etwas ins Ohr, was ich nicht verstehen konnte.

– Oh! Das würdest du niemals wagen.

– Was? Ich würde nicht wagen, darauf zu spucken? Auf *das* hier? rief die Freundin mit gespielter Roheit aus.

Das Weitere hörte ich nicht, denn mit einer müden, hilflosen, geschäftigen, redlich bemühten und traurigen Miene schloß Fräulein Vinteuil die Fensterläden, aber ich wußte jetzt, was Monsieur Vinteuil, nach allen den Leiden, die er im Leben wegen seiner Tochter erduldet hatte, nach seinem Tode von ihr als Belohnung erhielt.

Und dennoch habe ich gedacht, Monsieur Vinteuil, wäre er Zeuge dieser Szene gewesen, hätte doch vielleicht nicht ganz das Vertrauen in das gute Herz seiner Tochter verloren und schließlich noch nicht einmal unrecht damit gehabt. Gewiß, in den Gewohnheiten von Mademoiselle Vinteuil war der Augenschein des Bösen so unbestreitbar vorhanden, daß es schwer gewesen wäre, es in höherer Vollendung anderswo als bei einer Sadistin anzutreffen; eher im Rampenlicht eines Boulevardtheaters als unter der Lampe eines wirklichen Landhauses begegnet man einer Tochter, die das Bild ihres Vaters, der nur für sie gelebt hat, von einer Freundin anspucken läßt; und tatsächlich ist ja der Sadismus ungefähr das einzige im Leben, was der Ästhetik des Melodramas als Vorlage dienen kann. In der Wirklichkeit würde sich zwar vielleicht auch außerhalb der Sphäre des eigentlichen Sadismus eine Tochter so grausam gegen das Gedächtnis und Vermächtnis ihres verstorbenen Vaters ergehen können wie Mademoiselle Vinteuil, aber sie würde diese Nichtachtung nicht so ausdrücklich in einem Akt von primitivstem Symbolismus manifestieren; die kriminelle Seite ihres Verhaltens würde vor den Augen anderer und sogar vor ihren eigenen Augen verborgen bleiben, denn sie würde das Böse tun, ohne es auch nur sich selber einzugestehen. Aber entgegen dem Augenschein bestand das Böse in Fräulein Vinteuils Herzen wenigstens zu Anfang zweifellos nicht ungemischt. Eine Sadistin wie sie ist eine Künstlerin des Bösen, was eine von Grund auf schlechte Natur gar nicht sein könnte, denn das Böse wäre für sie in diesem Falle nichts Äußerliches, es läge in ihr selbst und wäre untrennbar von ihr; die Tugend aber, das Gedächtnis der Toten, die kindliche Pietät wären für sie, da sie ihr niemals heilig gewesen wären, in ihrer Profanation keine Quelle einer blasphemischen Lust. Sadisten vom Schlage der Mademoiselle Vinteuil sind rein gefühlsbetonte Wesen, die, von Natur tugendhaft, in der Sinnenlust etwas Schlechtes sehen, eine Art Vorrecht der Bösen. Wenn sie sich selbst dann erlauben, einen Augenblick lang sich daran zu verlieren, so versuchen sie, eine Bösewichtsnatur anzulegen, und erwarten das gleiche auch von ihrem Gefährten im Genuß, so daß sie kurze Zeit hindurch die Illusion haben können, sie wären ihrer gewissenhaften, zärtlichen Seele in die unmenschliche Welt der bösen Lüste entronnen. Ich verstand sehr gut, wie sehr sie es sich wünschte, als ich sah, wie wenig es ihr gelang. In dem Augenblick, als sie möglichst anders sein wollte, als ihr Vater gewesen war, verfiel sie in die Denk- und Redeweise des alten Klavierlehrers. Was sie profanierte, was sie ihren Lüsten dienstbar machte, was jedoch gleichzeitig zwischen ihr und den ersehnten Freuden stand und sie daran hinderte, sie unmittelbar zu genießen, das waren – weit mehr als die Photographie des Vaters – die Ähnlichkeit ihrer Züge mit den seinen, die blauen Augen seiner Mutter, die er ihr wie einen Familienschmuck weitervererbt hatte, jene liebenswürdige Haltung, die zwischen Mademoiselle Vinteuils Laster und sie selbst einen Wortschatz und eine Verhaltensweise schob, die nicht dazu paßten und sie um die Möglichkeit brachten, es eigentlich kennenzulernen, da es ja etwas von jenen vielfältigen Verpflichtungen der Höflichkeit, denen sie sich gewohnheitsmäßig überließ, so vollkommen Verschiedenes war. Nicht das Böse gab ihr die Vorstellung von der

Lust, die sie freute; die Lust vielmehr kam ihr böse vor. Und da sie ihr jedesmal, wenn sie sich ihr hingab, von schlechten Gedanken begleitet erschien, die ihrer tugendhaften Seele sonst fremd waren, so fand sie schließlich an der Lust etwas Teuflisches, indem sie sie mit dem Bösen identifizierte. Vielleicht war Mademoiselle Vinteuil sich bewußt, daß ihre Freundin nicht von Grund auf böse und daß sie im Augenblick nicht einmal aufrichtig war, wenn sie ihre lästerlichen Reden führte. Auf alle Fälle hatte sie das Vergnügen, auf ihrem Antlitz ein Lächeln, einen Blick mit ihren Küssen zu bedecken, die, wenn auch vielleicht nur trügerischerweise, dem verderbten, niederen Ausdruck ähnlich waren, den nicht ein für Güte und Leiden zugängliches, sondern ein von Laster und Lust geprägtes Wesen zur Schau getragen hätte. Sie konnte sich einen Augenblick lang einbilden, sie spiele wirklich das Spiel, dem mit einer ganz und gar entarteten Gefährtin eine Tochter sich hingeben würde, die tatsächlich das Andenken ihres Vaters so roh geschändet hätte. Vielleicht hätte sie das Böse nicht für einen so außergewöhnlichen, seltenen, aus allen Gewohnheiten herausführenden und dadurch erholenden Zustand gehalten, wenn sie in sich selbst die auch in allen anderen Menschen vorhandene Gleichgültigkeit gegen Leiden, die man schafft, erkannt hätte; jene Indifferenz, die, welche Namen man ihr auch geben mag, einfach die fürchterliche Gestalt ist, in der die Grausamkeit in Permanenz erscheint.

Wenn es verhältnismäßig einfach war, nach Méséglise zu gehen, so war ein Ausflug nach der Seite von Guermantes schon eher ein Unterfangen, denn der Weg war weit, und man mußte sicher sein, daß das Wetter sich hielte. Wenn eine Reihe schöner Tage anzubrechen schien, wenn Françoise schon verzweifelte, daß kein Tropfen Regen für ›die arme Ernte‹ herunterkam, und beim Anblick der spärlichen weißen Wolken, die auf der gleichmäßig blauen Himmelsfläche umherschwammen, seufzend ausrief: ›Das sieht doch wahrhaftig aus, als ob da oben nur ein paar Seehunde spielen und ihre Schnauzen herausstrecken. Ach! Daran denkt kein Mensch, daß die armen Landleute Regen brauchen! Wenn aber das Korn hoch steht, wird es natürlich nur so schütten und nicht aufhören wollen und gar nicht wissen, wohin es noch fallen soll, als ginge alles einfach ins Meer‹, und dann mein Vater eine auf Unveränderlich lautende günstige Auskunft von Gärtner und Barometer erhielt, pflegte er beim Abendessen zu sagen: ›Wenn es morgen so bleibt, gehen wir nach Guermantes.‹ Wir brachen dann gleich nach dem Mittagessen durch die kleine Gartentür auf und gingen durch die enge Rue des Perchamps, die einen scharfen Winkel bildete und mit Gräsern bestanden war, zwischen denen zwei oder drei Wespen botanisierten; sie war so eigenartig wie ihr Name, aus dem ihre kuriose Beschaffenheit und rauhe Individualität sich herzuleiten schienen; jetzt würde man sie in Combray vergebens suchen, denn da, wo sie sich früher erstreckte, erhebt sich heute die Schule. Doch meine träumende Rückerinnerung läßt (ähnlich wie die Architekten aus der Schule von Viollet-le-Duc, die, wenn sie unter einem Renaissancechor und einem Altar aus dem siebzehnten Jahrhundert die Spuren eines romanischen Chores finden, das ganze Bauwerk in den Zustand zurückversetzen, in dem es im siebten Jahrhundert gewesen sein mag) keinen Stein des neuen Gebäudes stehen, sondern legt wieder die Rue des Perchamps durch das Grundstück hindurch und ›stellt den ursprünglichen Zustand her‹. Sie besitzt übrigens für ihre rekonstruierende Tätigkeit präzisere Unterlagen, als sie den Restauratoren im allgemeinen zur Verfügung stehen: ein paar im Gedächtnis aufbewahrte Bilder – die letzten vielleicht, die heute noch existieren, und auch diese schon zu baldigem Untergang bestimmt – von dem, was Combray zur Zeit meiner Kindheit war; und da der Ort selbst sie noch in mich eingezeichnet hat, bevor jene Stätten verschwanden, haben sie – wenn man ein schlichtes Porträt mit den großartigen Gemälden vergleichen kann, von denen meine Großmutter mir so gern Reproduktionen schenkte – etwas ebenso Erschütterndes wie jene alten Stiche nach dem Abendmahl oder dem Bild von Gentile Bellini, auf denen man in einem Zustand, der heute nicht mehr vorhanden ist, das Meisterwerk Leonardos oder das Portal der Markuskirche sieht.

In der Rue de l'Oiseau kamen wir an dem alten Gasthaus zum ›Oiseau flesché‹ vorbei, in dessen geräumigen Hof vorzeiten die Karossen der Herzoginnen von Montpensier, von Guermantes und Montmorency einfuhren, wenn irgendwelche Streitigkeiten mit Pächtern oder Pflichten der Repräsentation sie nach Combray führten. Wir gelangten auf den Wall, zwischen dessen Bäumen der Glockenturm von Sankt Hilarius sich zeigte. Dort hätte ich mich hinsetzen, den ganzen Tag lesen und den Glocken lauschen mögen; denn es war dort so schön und so still, daß der Stundenschlag nicht eigentlich die Stille des Tages durchbrach, sondern sie vielmehr von allem befreite, was ihren Inhalt ausmachte, und daß der Glockenturm nur mit der lässigen und gepflegten Pünktlichkeit einer Person, die nichts weiter zu tun hat, im richtigen Augenblick aus der Fülle des Schweigens die paar goldenen Tropfen preßte und niederfallen ließ, die die Hitze dort langsam und dem Laufe der Natur gemäß hatte anwachsen lassen.

Der größte Reiz der Gegend von Guermantes bestand darin, daß man dort fast die ganze Zeit vom Lauf der Vivonne begleitet war. Wir überquerten sie ein erstes Mal, zehn Minuten nachdem wir das Haus verlassen hatten, vermittels eines Steges, der die ›Alte Brücke‹ hieß. Gleich an dem unsrer Ankunft folgenden Tage, am Ostermorgen, nach der Predigt lief ich, wenn schönes Wetter war, um in der gelockerten Ordnung eines großen Festtages, an dem, gemessen an den großartigen Vorbereitungen, ein paar noch herumliegende Haushaltsgegenstände um so werktäglicher erschienen, den Fluß anzuschauen, der schon in reinstem Himmelsblau die noch schwarzen und kahlen Fluren durchzog, begleitet nur von einem schmalen Rand vorzeitiger Kuckucksblumen und verfrühter Primeln, während hier und da ein Veilchen mit blauer Haube seinen Stengel unter der Last eines Dufttropfens niedersinken ließ, den es in seinem kleinen Horn verborgen aufbewahrte. Die alte Brücke mündete auf einen Treidelweg, dessen Boden im Sommer an dieser Stelle von dem blaugrünen Blätterwerk eines Haselstrauches verdeckt war, unter dem ein Fischer mit Strohhut Wurzel geschlagen zu haben schien. In Combray, wo ich genau wußte, welches Hufschmieds oder Krämerjünglings Individualität sich unter der Robe des Kirchenschweizers oder dem Hemd des Chorknaben verbarg, blieb dieser Fischer die einzige Person, deren Identität mir niemals bekannt geworden ist. Er kannte offenbar meine Eltern, denn er lüftete den Hut, wenn wir vorübergingen; ich wollte jedesmal nach seinem Namen fragen, wurde dann aber verwiesen, ich solle doch still sein und den Fisch nicht verscheuchen. Wir schlugen den Treidelweg ein, der in einer Böschung mehrere Fuß hoch über der Strömung verlief; die andere Seite des Flusses war eine einzige weite Wiesenniederung, die bis zum Dorf reichte und zum Bahnhof, der etwas entfernt davon lag. Sie war mit halb im Grase versunkenen Resten des Schlosses der ehemaligen Grafen von Combray übersät, die im Mittelalter auf dieser Seite den Lauf der Vivonne zur Verteidigung gegen die Herren von Guermantes und die Äbte von Martinville nutzten. Jetzt waren nur noch die Trümmer von ein paar über die Wiesen herausragenden Türmen übrig, von denen man nicht viel sah, einige wenige Zinnen, von denen einst der Armbrustschütze Steine schleuderte und der

Türmer Novepont, Clairefontaine, Martinville-le-Sec und Bailleau-l'Exempt überwachte, alles Ortschaften, die zur Herrschaft Guermantes gehört hatten und zwischen denen Combray als Enklave lag; heute waren sie alle dem Erdboden gleichgemacht, das Gras wuchs, wo die Kinder der von Brüdern geleiteten Schule ihre Schulaufgaben machten oder die Freizeit genossen – alles gehörte einer Vergangenheit an, die fast in die Erde zurückgesunken war oder sich nur noch am Ufer des Flusses lagerte wie ein Spaziergänger, den es ins Freie gezogen hat, doch sie beschäftigte mich noch sehr, da ich mir zu der kleinen Stadt Combray von heute eine ganz andere stattliche Gemarkung hinzudachte, die meine Phantasie durch ihr ganz unbegreifliches Gesicht von ehemals fesselte, das sie heute fast ganz unter den Hahnenfußblüten vergrub. Sie waren sehr zahlreich an dieser Stelle, die sie für ihre Rasenspiele ausgewählt hatten, allein, zu zweien, in Gruppen, eidottergelb und um so strahlender, schien mir, als ich das Vergnügen, das ich bei ihrem Anblick empfand, nicht mit einer angenehmen Geschmacksempfindung in Verbindung bringen konnte, sondern einzig auf ihre goldene Oberfläche konzentrieren mußte, bis es schließlich zu etwas wie zweckloser Schönheit wurde; dies Gefühl hatte ich schon in meiner frühesten Kindheit gehabt, wenn ich vom Wege aus die Arme nach ihnen ausstreckte, bevor ich noch ihren hübschen Namen »Bouton-d'Or« buchstabieren konnte, der wie der eines Prinzen aus einem französischen Märchen klingt; vielleicht waren sie vor Jahrhunderten schon aus Asien zu uns gekommen, hatten sich aber dann für immer, zufrieden mit dem bescheidenen Horizont, im Dorfe heimisch gemacht, genossen die Sonne und ihren Uferplatz, hielten treu zu der kleinen Bahnhofsansicht und behielten dennoch wie manche alten Bilder bei aller volkstümlichen Schlichtheit einen zarten Schimmer von orientalischer Poesie.

Es machte mir Spaß, die Flaschen anzuschauen, die die Dorfbuben in die Vivonne hängten, um kleine Fische zu fangen; sie waren gleichzeitig vom Fluß erfüllt und von ihm umgeben, dadurch in ihrem durchsichtigen Rund ein gleichsam fest gewordenes Wasser ›enthaltend‹ und selbst in einem größeren Gefäß aus flüssigem, fließendem Kristall enthalten; sie riefen die Vorstellung von kühler Frische auf eine weit köstlichere und aufregendere Weise wach, als wenn sie auf einer Tafel stünden, da sie sie sonst immer nur trügerisch in dem gestaltlosflüssigen Wasser, wo die Hände sie nicht fassen konnten, oder in dem Glase verhießen, das nicht flüssig war und den Gaumen nicht zu laben vermochte.

Ich nahm mir vor, später selbst mit Angelgerät an diese Stelle zu gehen; ich erreichte, daß etwas Brot von unserem mitgenommenen Vesper hervorgeholt wurde, und warf kleine Brocken in die Vivonne, in der sie sofort ein Phänomen der Übersättigung hervorzurufen schienen, denn das Wasser verfestigte sich alsbald rings um sie her in Gestalt von eierförmigen Trauben völlig durchscheinender Kaulquappen, die so lange wahrscheinlich aufgelöst, unsichtbar, fast wie reine Kristalle darin enthalten waren.

Bald gerät der Lauf der Vivonne durch Wasserpflanzen ins Stocken. Erst tauchten nur vereinzelte auf wie jene Seerose, der die Strömung, in der sie auf eine höchst unglückliche Weise ihren Standort gewählt hatte, so wenig Ruhe ließ, daß sie wie eine mechanisch betriebene Fähre an das eine Ufer nur anstieß, um gleich darauf an das eben verlassene wieder zurückzukehren, und zwar wiederholte sie ohne Unterlaß diese Pendelbewegung. Wenn sie nahe ans Ufer geriet, dehnte, streckte, spannte ihr Stiel sich bis zum Rande aus, wo ihn die Strömung von neuem erfaßte, das grüne Tauwerk sich zusammenzog und die arme Pflanze bis zu dem zurückführte, was man mit Recht als ihren Ausgangspunkt bezeichnete, da sie dort nicht eine Sekunde blieb, sondern sofort wieder zur Wiederholung des gleichen Manövers aufbrach. Ich fand sie von einem Spaziergang zum anderen wieder vor, immer in gleicher Lage, so daß ich an gewisse Neurastheniker denken mußte – zu denen mein Großvater auch meine Tante Léonie rechnete –, die uns durch Jahre hindurch immer das gleiche Schauspiel ihrer bizarren Gewohnheiten gewähren, von denen sie stets annehmen, daß sie sie in kürzester Zeit wieder aufgeben werden, und die sie stets beibehalten; einmal vom Räderwerk ihres Mißbehagens und ihrer Schrullen erfaßt, machen sie unnütze Anstrengungen, um sie abzulegen, und sichern dadurch nur um so zuverlässiger das Funktionieren, das Auslösungssystem ihres seltsamen, unausweichlichen und verderblichen Regimes. So war diese Seerose, die zugleich auch noch an jene Unglücklichen erinnerte, durch deren unaufhörlich in alle Ewigkeit sich erneuernde Qual die Neugier Dantes erregt wurde, der sich ihre Eigenart und die Gründe dafür noch ausführlicher von dem Delinquenten selbst hätte erzählen lassen, wenn ihn nicht der mächtig ausschreitende Virgil gezwungen hätte, ihm schleunigst nachzueilen, so wie es mir mit meinen Eltern erging.

Etwas weiter fort verlangsamte sich die Strömung, sie durchschnitt dort einen Besitz, der für das Publikum geöffnet war dank dem Eigentümer, der sich mit Wasserpflanzenkulturen beschäftigte und in den kleinen Teichen, die die Vivonne hier bildete, wahre Nymphäengärten angelegt hatte. Da die Ufer hier sehr waldig waren, gaben die tiefen Schatten der Bäume dem Wasser einen gewöhnlich tiefgrünen Untergrund, nur manchmal, wenn wir in den wieder heiteren Abendstunden nach einem gewittrigen Nachmittag heimkehrten, habe ich ihn in einem hellen, harten, ins Violette spielenden Blau gesehen, etwa im Cloisonné- oder japanischen Geschmack. Hier und da rötete sich erdbeerengleich auf der Oberfläche eine Nymphäenblüte mit scharlachrotem Herzen, das an den äußeren Blättern bis zu reinem Weiß überging. Dahinter standen andere Blüten dichter beieinander, die bleicher, weniger glatt, körniger, faltiger und vom Zufall in so anmutigen Gewinden angeordnet waren, daß man gelöste Moosrosengirlanden im melancholischen Zerflattern nach einem Liebesfest glaubte dahinschwimmen zu sehen. An einer anderen Stelle schien eine Ecke für geringere Arten ausgespart zu sein, die das saubere Weiß und Rosa von Sommerlevkojen hatten, frisch gewaschen wie mit hausfraulicher Sorgfalt behandeltes Porzellan, während noch weiter fort, dicht aneinandergedrängt wie ein schwimmendes Blumenbeet, etwas wie Gartenstiefmütterchen die blauen, erstarrten Schmetterlingsflügel auf die trügerisch durchsichtige Wasserfläche aufgesetzt hatte, die eher einer Himmelsfläche glich: denn der Himmel gab den Blumen einen Untergrund von erlesenerer und eindrucksvollerer Färbung, als die der Blumen selbst es war; und ob er nun am Nachmittag unter den Seerosen das Kaleidoskop eines lebendig wachen, schweigenden und beweglichen Glücks aufschimmern ließ, oder ob er sich zum Abend hin wie ein ferner Hafen mit dem Rosenrot und der Verträumtheit des Sonnenuntergangs füllte, wobei er unaufhörlich wechselte, um stets rings um die mit beständigeren Farben getönten Blumenblätter her mit dem, was an Tiefstem, an Flüchtigstem, an Geheimnisvollstem – was an Unendlichem – in der Stunde liegt, im Einklang zu bleiben, immer schien er sie mitten in sich, im Himmel, erblühen zu lassen.

Beim Verlassen des Parks gewinnt die Vivonne ihre Strömung zurück. Wie oft habe ich dann einen Ruderer gesehen – wie oft mir gewünscht, sobald ich einmal ganz nach meiner Neigung leben könnte, es ihm nachzutun – der mit eingelegten Riemen und zurückgelegtem Kopf flach auf den Rücken gelagert den Nachen treiben ließ, nichts sah als den Himmel, der langsam über ihn dahinzog, und auf seinem Antlitz einen Vorgeschmack des Glückes, des Friedens trug.

Zwischen den Schwertlilien am Uferrand ließen wir uns nieder. Im feiertäglichen Himmel glitt langsam eine müßige Wolke dahin. Von Langeweile bedrückt hob sich von Zeit zu Zeit ein ängstlich schnappender Karpfen aus dem Wasser. Es war Vesperzeit. Bevor wir wieder nach Hause gingen, aßen wir Obst, Brot und Schokolade und verweilten lange hier im Gras, wo flach über die Ebene gleitend, schwach, doch noch dicht und metallisch von Sankt Hilarius her der Klang der Glockenschläge zu uns herüberkam, der, unvermischt mit der Luft, die er nun so lange schon durchmaß, in aufeinanderfolgenden Wellen über die Blumen zu unseren Füßen strich.

Manchmal stießen wir am Ufer des von Wäldern eingerahmten Wassers bis zu einem sogenannten Lusthaus vor, das einsam, verloren dalag mit dem Blick allein auf den Fluß, der seine Grundmauer umspielte. Eine junge Frau, deren nachdenkliches Gesicht und elegante Schleier nicht von dieser Gegend waren und die sich zweifellos, wie man sagt, in diesem Winkel ›vergraben‹ hatte, um die bittere Genugtuung zu haben, ihren Namen und vor allem den Namen des Mannes, dessen Herz sie nicht hatte bewahren können, hier völlig unbekannt zu wissen, zeigte sich im Rahmen des Fensters, von dem aus sie nicht weiter sehen konnte als bis zu dem Boot, das vor der Haustür angekettet lag. Zerstreut hob sie den Blick, wenn sie hinter den Bäumen des Flusses die Stimmen Vorübergehender hörte, von denen sie schon, noch ehe sie ihre Gesichter gesehen hatte, wußte, daß sie den Ungetreuen nie gekannt hatten und auch nie kennen würden, daß nichts in ihrer Vergangenheit von ihm gezeichnet war und daß auch ihre Zukunft keine Spur von ihm tragen würde. Man ahnte, daß sie in ihrem großen Verzicht willentlich die Stätten, wo sie wenigstens den, den sie liebte, noch hätte sehen können, mit solchen vertauscht hatte, die von ihm nichts wußten. Ich sah ihr zu, wie sie von irgendeinem Ausgang heimkehrend auf einem Wege, von dem sie wußte, daß er ihr dort nicht entgegenkommen konnte, mit einer Gebärde zweckloser Anmut die langen Handschuhe von ihren schicksalergebenen Händen zog.

Niemals konnten wir auf unserem Spaziergang in der Gegend von Guermantes bis zu den Quellen der Vivonne gelangen, an die ich oft dachte und die für mich etwas so Abstraktes und Ideelles waren, daß ich ebenso erstaunt gewesen war, als man mir gesagt hatte, sie befänden sich in unserem Departement in einer gewissen in Kilometern ausdrückbaren Entfernung von Combray, wie als man mir erzählte, an einem anderen genau zu bestimmenden Ort befände sich ein Punkt, wo im Altertum die Erde sich in die Unterwelt geöffnet habe. Niemals auch konnten wir ihn bis zu einem Ziel ausdehnen, zu dem ich so sehr gern vorgestoßen wäre, nämlich bis Guermantes. Ich wußte, daß dort Schloßherren residierten, der Herzog und die Herzogin von Guermantes, ich wußte, daß sie wirkliche und gegenwärtig existierende Personen waren, aber wann immer ich an sie dachte, stellte ich sie mir bald als Gestalten auf einem Gobelin wie die Gräfin von Guermantes in der ›Krönung Esthers‹ in unserer Kirche oder aber in den wechselnden Schattierungen vor, in denen Gilbert der Böse auf dem Kirchenfenster in Tönen von Grasgrün bis Prunefarben schillerte, je nachdem ich noch Weihwasser entnahm oder schon bei unseren Stühlen angelangt war, manchmal aber auch völlig ungreifbar wie das Bild der Genoveva von Brabant, der Ahnfrau der Familie Guermantes, das die Laterna magica über meine Fenstervorhänge oder zur Zimmerdecke hinauf hatte gleiten lassen – kurz, immer vom Geheimnis merowingischer Zeiten umhüllt und wie im Abendrot jenes orangefarbenen Lichtes gebadet, das der Silbe ›-antes‹ entströmt. Wenn sie aber dennoch für mich als Herzog und Herzogin von Guermantes wirkliche, wenn auch fremde Personen waren, so weitete sich doch andererseits ihre herzogliche Persönlichkeit aus und entstofflichte sich, um in sich das ganze Guermantes aufnehmen zu können, von dem sie Herzog und Herzogin waren: die besonnte Gegend von Guermantes, den Lauf der Vivonne, seine Wasserrosen und großen Bäume und viele, viele schöne Nachmittage. Ich wußte, daß sie nicht nur den Titel eines Herzogs und einer Herzogin von Guermantes führten, sondern daß sie seit dem vierzehnten Jahrhundert, wo sie nach vergeblichen Versuchen, ihre alten Lehnsherrn zu besiegen, sich mit ihnen durch Heirat alliiert, Grafen von Combray geworden waren, die ersten der Bürger Combrays mithin und doch die einzigen, die in der Stadt nicht wohnten. Grafen von Combray, die Combray in ihrem Namen trugen, in ihrer Person und sicher auch in Gestalt jener seltsamen frommen Trauer, die Combray eigen war; Besitzer der Stadt, doch keines Hauses darin, sondern außerhalb beheimatet in der Straße zwischen Himmel und Erde wie jener Gilbert von Guermantes, von dem ich, wenn ich zu Camus Salz holen ging und den Kopf hob, nichts als den schwarzen Lack auf der Rückseite der Apsisfenster von Sankt Hilarius sah.

Manchmal ging ich in der Gegend von Guermantes an Gärtchen vorbei, an deren niederen feuchten Mauern Trauben dunkler Blüten emporkletterten. Ich blieb dann stehen und glaubte einen kostbaren Begriffszuwachs zu erfahren, denn ich meinte ein Stück jener Flußregion vor Augen zu haben, die ich so gern kennenlernen wollte, seitdem ich ihre Beschreibung bei einem meiner Lieblingsschriftsteller angetroffen hatte. Mit ihr, mit ihrem nur in meiner Phantasie vorgestellten, von sprudelnden Wasserläufen durchzogenen Boden wurde dann Guermantes, das in meinen Gedanken eine Wandlung durchmachte, identisch, wenn ich Doktor Percepied von den Blumen und schönen Wasserspielen im Park des Schlosses erzählen hörte. Ich malte mir aus, Madame de Guermantes ließe mich kommen auf Grund einer plötzlichen launenhaften Zuneigung, die sie zu mir gefaßt habe; den ganzen Tag fischten wir dann zusammen Forellen. Und am Abend führte sie mich bei der Hand zu den kleinen Gärten ihrer Vasallen und zeigte mir die an den niederen Mauern lehnenden rotvioletten Blütentrauben und nannte mir ihre Namen. Sie ließ sich von mir erzählen, über welche Gegenstände ich Gedichte verfassen wollte. Bei diesen Träumen wurde mir klar, daß ich eines Tages Schriftsteller werden wollte, und daß es Zeit sei zu wissen, was ich zu schreiben beabsichtigte. Aber sobald ich mich danach fragte und versuchte, einen Gegenstand zu finden, dem ich eine allumfassende philosophische Ausdeutung geben könnte, hörte mein Geist zu arbeiten auf, ich fand mich einer Art von Leere gegenüber, ich fühlte, daß ich kein Genie besaß, oder hatte die Vorstellung, daß vielleicht eine Krankheit meines Gehirns es nicht aufkommen ließ. Manchmal rechnete ich darauf, daß mein Vater das alles in Ordnung bringen werde. Er war so mächtig, stand sich so gut mit allen zuständigen Stellen, daß wir mit seiner Hilfe sogar die Gesetze überschreiten durften, die nach dem, was Françoise mir sagte, unumstößlicher als die des Lebens und Todes waren; es gelang ihm für unser Haus als einziges in der Straße die Terrainsenkungsarbeiten aufzuhalten, beim Minister für den Sohn von Madame Sazerat, der einen Kuraufenthalt brauchte, zu erreichen, daß er das Abiturium schon zwei Monate früher in der Reihe der Kandidatèn machen konnte, deren Namen mit A anfing, anstatt warten zu müssen, bis die mit S daran waren. Wäre ich ernstlich erkrankt oder von Räubern entführt worden, hätte ich in der Überzeugung, daß mein Vater auf zu gutem Fuß mit den höchsten Stellen wäre und zu unwiderstehliche Empfehlungsbriefe für den lieben Gott besäße, als daß meine Krankheit oder Gefangenschaft mehr als gefahrlose Farcen wären, in aller Ruhe die unweigerlich nahende Stunde der Rückkehr in die harmlose Wirklichkeit, die Stunde der Befreiung, der Heilung abgewartet; vielleicht war dies Versagen des Genius, das schwarze Loch, das in meinem Geiste entstand, wenn ich nach einem Gegenstand meiner künftigen Schriften suchte, nur eine haltlose Illusion, die beim Einschreiten meines Vaters, der gewiß mit der Regierung und der Vorsehung längst vereinbart hatte, daß ich der erste Schriftsteller meiner Zeit sein werde, gleich verschwinden müßte. Andere Male aber, wenn meine Eltern ungeduldig wurden, daß ich immer zurückblieb und nicht Schritt mit ihnen hielt, kam mir mein Leben im Gegenteil – anstatt mir als eine künstliche und leicht zu regelnde Schöpfung meines Vaters zu erscheinen – wie etwas vor, das in eine nicht für mich geschaffene Wirklichkeit verstrickt war, gegen die es keinen Einspruch gab, in der ich keinen Verbündeten besaß und hinter der nichts anderes lag. Ich hatte dann den Eindruck, daß ich auf die gleiche Weise existiere wie alle anderen Leute, altern und sterben werde wie sie und in ihrer Mitte auf alle Fälle nur zu denjenigen gehörte, die keine Veranlagung zum Schreiben hätten. Resigniert verzichtete ich dann für immer auf die Literatur trotz der Ermutigungen, die Bloch mir zuteil werden ließ. Das tief innerliche, unmittelbare Gefühl von der Nichtigkeit meines Denkens war stärker als alle schmeichelhaften Reden, die man an mich wenden mochte, so wie bei einem bösen Menschen, dessen gute Taten jedermann rühmt, die Stimme des eignen Gewissens.

Eines Tages sagte meine Mutter zu mir: »Du sprichst doch immer von Madame de Guermantes; also höre, Doktor Percepied hat sie wieder sehr gut in die Höhe gebracht vor vier Jahren, und jetzt kommt sie nach Combray zur Trauung ihrer Tochter. Da könntest du sie bei der Zeremonie in der Kirche sehen.« Doktor Percepied war übrigens derjenige, den ich am meisten von Madame de Guermantes hatte sprechen hören; er hatte uns sogar die Nummer einer Zeitschrift gezeigt, in der sie in dem Kleide abgebildet war, das sie auf einem Kostümfest der Fürstin von Léon getragen hatte.

Bei der Trauungszeremonie sah ich auf einmal, als der Schweizer etwas zur Seite rückte, in einer Kapelle eine blonde Dame sitzen mit großer Nase, blauen, durchdringenden Augen, einer wallenden Krawatte aus mauvefarbener, glatter, neuer, glänzender Seide und einem kleinen Pickel im Nasenwinkel. Und weil ich auf ihrem roten Gesicht, das aussah, als sei sie sehr erhitzt, in verwischter und kaum merklicher Form Spuren einer Ähnlichkeit mit dem Bilde entdeckte, das mir gezeigt worden war, auch weil ich die hervorstechenden Züge, die ich an ihr bemerkte, wenn ich sie zu bezeichnen versuchte, genau mit den gleichen Ausdrücken: große Nase, blaue Augen benennen mußte, die Doktor Percepied gebraucht hatte, als er in meiner Gegenwart die Herzogin von Guermantes beschrieb, sagte ich mir: ›Diese Dame sieht aus wie die Herzogin von Guermantes.‹ Die Kapelle aber, von der aus sie der Trauungszeremonie folgte, war die Gilberts des Bösen, unter deren flachen Grabsteinen, die wie goldene gefüllte Honigwaben dalagen, die ehemaligen Herzöge von Brabant ruhten; wie ich mich erinnerte gehört zu haben, war sie für die Familie Guermantes reserviert, wenn eines ihrer Glieder zu einer kirchlichen Handlung nach Combray kam; es konnte aber mit Wahrscheinlichkeit nur eine einzige dem Porträt der Herzogin von Guermantes ähnliche Frau geben, die gerade an dem Tage, an dem jene kommen sollte, sich in dieser Kapelle befand, es war die Herzogin selbst! Meine Enttäuschung war groß. Sie rührte daher, daß ich bei meiner Vorstellung von Madame de Guermantes mir nicht klargemacht hatte, daß ich sie immer mit den Farben eines Gobelins oder einer Glasmalerei vor mir sah, in einem anderen Jahrhundert also und aus anderem Stoff gemacht als alle anderen Menschen. Niemals war ich auf den Gedanken gekommen, daß sie ein rotes Gesicht und eine mauvefarbene Krawatte wie Madame Sazerat haben könnte, und die Rundung ihrer Wangen erinnerte mich so sehr an Personen, die ich bei uns im Hause gesehen hatte, daß der allerdings sich gleich wieder verflüchtigende Verdacht in mir aufstieg, diese Dame sei in ihrem Grundprinzip, in ihren einzelnen Molekülen vielleicht gar nicht wesensmäßig die Herzogin von Guermantes, sondern sie gehöre physisch betrachtet vielmehr ohne Rücksicht auf den Namen, den sie trug, einem gewissen weiblichen Typus an, den es auch bei Gattinnen von Ärzten und Geschäftsleuten gab. ›Das also, bloß das ist die Herzogin von Guermantes!‹ besagte die aufmerksame, verwunderte Miene, mit der ich mich diesem Anblick hingab, der naturgemäß nichts mit jenen Bildern gemeinsam hatte, die mir so häufig in meinen Träumen erschienen waren unter dem Namen ›Madame de Guermantes‹, da diese, die ich hier vor mir sah, nicht willkürlich von mir gestaltet, sondern mir eben erst, vor einem Augenblick, ganz plötzlich in der Kirche vor die Augen getreten war: sie war nicht von gleicher

Substanz wie jene, ließ sich nicht wie sie nach Belieben färben, sich nicht mit dem Orangeton einer Endsilbe tönen, sondern war so wirklich, daß alles, selbst der kleine entzündete Punkt an der Nasenwurzel darauf hinwies, daß sie den Gesetzen des Lebens unterstand, so wie in einer Schlußapotheose im Theater ein Faltenzittern am Kleide der Fee, ein Beben in ihrem kleinen Finger die körperliche Gegenwart einer lebenden Schauspielerin verrät, wo wir vorher zweifelten, ob wir nicht vielleicht eine bloße Bildprojektion vor uns hätten.

Gleichzeitig aber versuchte ich auf diese Erscheinung, die sich durch die vorspringende Nase und die durchdringenden Augen in meinem Blickfeld fixiert hatte (vielleicht weil diese Züge es als erste getroffen, den ersten Einbruch darin verursacht hatten in dem Augenblick, wo ich noch nicht Zeit gehabt hatte, zu denken, daß die Frau da vor mir die Herzogin sein könnte) auf dieses ganz neue also, doch schon nicht mehr auswechselbare Bild die Idee zu heften: ›Dies ist Madame de Guermantes‹, ohne daß es mir gelang, die beiden besser in Einklang zu bringen als etwa zwei Grammophonplatten, deren Tonaufnahmen um ein Intervall auseinanderliegen. Diese Madame de Guermantes aber, von der ich so oft geträumt hatte, bekam jetzt, als ich sah, daß sie tatsächlich außerhalb von mir existierte, um so mehr Macht über meine Phantasie, die nach einem Augenblick der Lähmung beim Kontakt mit einer von meinen Erwartungen so sehr verschiedenen Wirklichkeit in Bewegung geriet und mir zuflüsterte: ›Ruhmreich schon vor Karl dem Großen, hatten die Guermantes das Recht über Leben und Tod ihrer Untertanen; die Herzogin von Guermantes ist eine Nachfahrin Genovevas von Brabant. Sie kennt keine der Personen hier und würde auch nicht geruhen, eine kennenzulernen.‹

Und – o über die wunderbare Unabhängigkeit des menschlichen Blicks, der nur durch ein so loses, so langes, so dehnbares Band mit dem Antlitz verbunden ist, daß er sich weit von ihm entfernt bewegen kann – während Madame de Guermantes in der Kapelle über den Gräbern der Toten ihres Hauses saß, schweiften ihre Augen bald hierhin und bald dorthin, glitten an den Pfeilern empor, hafteten selbst auf mir wie ein flüchtiger Sonnenstrahl im Kirchenschiff, aber ein Sonnenstrahl, der mir in dem Augenblick, da er mich berührte, ein eignes Bewußtsein zu haben schien. Madame de Guermantes selbst aber saß unbeweglich da wie eine Mutter, die die kecken Vorstöße und unbefangenen Unternehmungen ihrer Kinder nicht zu sehen scheint, wenn sie spielen und Personen anrufen, die sie gar nicht kennt; es war unmöglich für mich zu wissen, ob sie in ihrer unbeschäftigten Seele das Umherirren ihrer Blicke guthieß oder mißbilligte.

Ich fand sehr wichtig, daß sie nicht etwa aufbräche, bevor ich sie genügend angeschaut hätte, denn ich erinnerte mich, daß mir seit Jahren schon ihr Anblick überaus erwünscht erschienen war; ich wendete die Blicke nicht von ihr, als ob jeder von ihnen rein stofflich etwas mitnehmen und für mich aufbewahren könnte von der Erinnerung an die vorspringende Nase, die roten Wangen und alle jene Einzelheiten, die mir wie ebenso viele kostbare, authentische und eigenartige Aussagen über ihr Antlitz erschienen. Jetzt, da ich auf Grund aller Gedanken, die ich mit ihr in Verbindung brachte – und besonders vielleicht von jener Form des Erhaltungstriebes, der den besten Seiten unseres Inneren eigen ist, nämlich dem Wunsch beseelt, nicht enttäuscht zu werden, den jeder von uns in sich trägt – ihr wieder (weil eben doch diese Herzogin von Guermantes und jene, die ich bis dahin erträumte, ein und dieselbe Person waren) den alten Platz außerhalb der übrigen Menschheit zuerkannte, mit der ich sie bei dem einfachen, schlichten Anblick ihrer körperlichen Erscheinung hatte gleichsetzen können, ärgerte es mich, in meiner Umgebung Meinungen äußern zu hören wie: ›Sie sieht besser aus als Madame Sazerat, als Mademoiselle Vinteuil‹, als ob sie überhaupt mit jenen zu vergleichen wäre. Als meine Blicke auf ihren blonden Haaren, den blauen Augen und dem Halsansatz ruhten unter Übergehung aller jener Züge, die mich an andere Gesichter hätten erinnern können, rief ich angesichts dieser bewußt lückenhaften Skizze aus: »Wie schön sie ist! Welche Vornehmheit! Die Frau, die ich vor mir habe, ist jeder Zoll eine Guermantes, Nachkommin Genovevas von Brabant!« Die Aufmerksamkeit, mit der ich alles Licht meines Bewußtseins auf ihr Gesicht fallen ließ, hob sie so sehr aus allem andern heraus, daß es mir heute, wenn ich an jene Trauung zurückdenke, unmöglich ist, eine einzige der Personen vor mir zu sehen, die dabei anwesend waren, außer ihr selbst und dem Schweizer, der mir bejahend antwortete, als ich ihn fragte, ob die Dame da drüben die Herzogin sei. Sie aber sehe ich zumal im Schlußdéfilé in der Sakristei, die von der heißen und zeitweilig verdunkelten Sonne eines stürmischen Gewittertages beleuchtet war, und wo Madame de Guermantes sich inmitten all der Leute von Combray befand, deren Namen sie nicht einmal kannte, deren untergeordnete Art jedoch zu sehr ihre eigene Überlegenheit ins Licht rückte, als daß sie nicht aufrichtiges Wohlwollen für sie hätte verspüren sollen, und denen sie außerdem durch Liebenswürdigkeit und Schlichtheit nur um so mehr zu imponieren dachte. Da sie aber nun nicht die vom Willen gelenkten und mit einer bestimmten Bedeutung beladenen Blicke aussenden konnte, wie man sie Menschen zuwirft, die man kennt, sondern nur ihre zerstreuten Gedanken unaufhörlich in einer Flut von blauem Licht ergoß, die sie nicht zurückhalten konnte, wollte sie dennoch nicht diese kleinen Leute, denen sie auf ihrem Wege begegnete und auf die ihr Auge unwillkürlich fiel, in Verlegenheit bringen noch den Anschein erwecken, als verachte sie sie. Ich sehe noch über ihrer mauvefarbenen, seidig sich bauschenden Krawatte das sanfte Staunen ihres Blicks, dem sie, ohne doch zu wagen, es einem einzelnen zu bestimmen, sondern nur, damit alle ihren Teil davon auf sich beziehen könnten, das etwas schüchterne Lächeln einer Lehnsherrin mitgab, die sich bei ihren Untertanen zu entschuldigen und sie zu lieben scheint. Da erinnerte ich mich wieder an den Blick, blau wie ein durch das Fenster Gilberts des Bösen filtrierter Sonnenstrahl, den sie auf mir hatte ruhen lassen, und ich sagte mir: ›Ganz sicher bin ich ihr besonders aufgefallen.‹ Ich glaubte, ich gefalle ihr, sie werde noch nach Verlassen der Kirche an mich denken und meinetwegen vielleicht am Abend traurig sein in Guermantes. Auf der Stelle aber liebte ich sie, denn wenn es manchmal genügen kann, damit wir eine Frau lieben, daß sie uns mit Verachtung anblickt – wie ich glaubte, daß Mademoiselle Swann es getan habe – und daß wir denken, sie werde uns niemals angehören, so genügt es ein anderes Mal, daß sie uns mit Güte anschaut, wie Madame de Guermantes es tat, und daß wir uns vorstellen, sie könne einmal näher zu uns gehören. Ihre Augen wurden so blau wie ein Sinngrün, das man nicht pflücken kann und das sie mir zum Geschenk gemacht hätte; und die Sonne, die von einer Wolke bedroht war, aber noch mit aller Kraft auf den Platz und in die Sakristei hineinprallte, färbte die roten Teppiche, die für die Feierlichkeit auf dem Boden ausgebreitet waren und auf denen Madame de Guermantes lächelnd einherschritt, mit leuchtendem Geranienrot und überdeckte gleichzeitig das Wollgewebe, aus dem sie bestanden, mit etwas rosig Samtigem, einem Überzug von Licht, jener Art von warmer Zärtlichkeit des Tons, von ernster Süße im Prunk und in der Freude, die für einzelne Stellen im Lohengrin und gewisse Bilder Carpaccios charakteristisch ist und die verstehen läßt, weshalb Baudelaire den Klang der Trompete mit dem Epitheton ›köstlich‹ versehen hat.

Wieviel betrübender noch als zuvor schien es mir seit jenem Tage auf meinen Spaziergängen in die Gegend von Guermantes, daß ich keine Begabung fürs Schreiben besaß und darauf verzichten mußte, je ein berühmter Schriftsteller zu werden. Das Bedauern, das ich darüber empfand, während ich allein und abseits träumte, machte mich so niedergeschlagen, daß mein Geist, damit ich es weniger fühlte, von sich aus in einer Art von Zurückweichen vor dem Schmerz ganz und gar vermied, bei dem Gedanken an Verse, Romane oder an eine Dichterzukunft zu verweilen, auf die ich offenbar aus Mangel an Talent nicht würde rechnen können. So nun, völlig außerhalb von jeder literarischen Absicht und ohne einen Gedanken daran, fühlte ich meine Aufmerksamkeit gefangen von einem Dach, einem Sonnenreflex auf einem Stein, dem Geruch eines Weges, und zwar gewährten sie mir dabei ein spezielles Vergnügen, das wohl daher kam, daß sie aussahen, als hielten sie hinter dem, was ich sah, noch anderes verborgen, das sie mich zu suchen aufforderten und das ich trotz aller Bemühungen nicht zu entdecken vermochte. Da ich genau fühlte, daß es in ihnen war, blieb ich unbeweglich stehen, um sie anzuschauen, einzuatmen, um den Versuch zu machen, mit meinem Denken über das Bild oder über den Duft noch hinauszugelangen. Wenn ich dann meinen Großvater einholen und meinen Weg fortsetzen mußte, suchte ich sie wiederzufinden, indem ich meine Augen schloß; ich konzentrierte mich völlig darauf, genau die Linie des Daches, den exakten Farbton des Steines wiederzufinden, die, ohne daß ich begreifen konnte warum, mir mit etwas angefüllt schienen und bereit sich zu öffnen, um mir auszuliefern, wovon sie selbst nur die Hülle waren. Gewiß waren es nicht Eindrücke dieser Art, die mir die verlorene Hoffnung wiedergeben konnten, eines Tages Schriftsteller und Dichter zu werden, denn sie waren immer an einen bestimmten Gegenstand ohne allen geistigen Gehalt und ohne Beziehung zu einer abstrakten Wahrheit geknüpft. Aber wenigstens vermittelten sie mir ein fragloses Vergnügen, eine Illusion von Fruchtbarkeit, und lenkten mich dadurch von meinem Kummer, jenem Gefühl der Ohnmacht ab, von dem ich immer befallen worden war, wenn ich nach einem philosophischen Gegenstand für ein großes literarisches Werk gesucht hatte. Aber die Arbeit meines Bewußtseins war so angreifend – eine Arbeit, die diese Eindrücke von Formen, Düften oder Farben mir auferlegten – nämlich zu erfassen, was sich hinter ihnen verbarg, daß ich bald anfing, vor mir selbst Entschuldigungen zu finden, um mich dieser Anstrengung zu entziehen und mich nicht damit länger ermüden zu müssen. Zum Glück riefen meine Eltern nach mir; ich fühlte, daß ich im Augenblick nicht über die nötige Ruhe verfügte, um mit Nutzen weiterzuforschen, daß es besser sei, nicht mehr daran zu denken, bis ich zu Hause wäre, und mich nicht zuvor zwecklos abzuquälen. Ich beschäftigte mich dann also nicht mehr mit jenem Unbekannten, das sich in einer Form oder einem Duft verbarg, trug es aber unter der Hülle von Bildern mit mir fort, unter denen ich es lebendig vorfinden würde wie die Fische, die ich an den Tagen, wo man mich fischen ließ, in meinem Korbe unter einer Schicht von Kräutern kühl und frisch mit nach Hause brachte. War ich erst daheim, so dachte ich an anderes, und so häufte sich in meinem Geist (wie in meinem Zimmer die Blumen, die ich auf meinen Spaziergängen gepflückt hatte, oder die Dinge, die mir geschenkt worden waren) mancherlei an: ein Stein, auf dem ein Lichtreflex spielte, ein Dach, ein Glockenton, ein Blätterduft, viele verschiedene Bilder, unter denen seit langem schon die einst geahnte Wirklichkeit weggestorben war, die zu entdecken meine Willenskraft damals nicht ausgereicht hatte. Eines Tages jedoch – als wir unseren Spaziergang weit über die gewohnte Zeit ausgedehnt hatten und so glücklich waren, am späten Nachmittag auf halbem Heimweg Doktor Percepied zu begegnen, der in seinem Wagen gemütlich des Weges kam, uns erkannte und zu sich einsteigen ließ – hatte ich einen Eindruck dieser Art, bei dem ich nicht nachgab, bis ich tiefer in ihn eingedrungen war. Man hatte mich zum Kutscher auf den Bock sitzen lassen, und wir fuhren wie der Wind, weil der Doktor vor der Heimkehr noch in Martinville-le-Sec einen Patienten besuchen mußte, vor dessen Tür wir auf ihn warten sollten. An einer Wegbiegung hatte ich auf einmal jenes besondere Lustgefühl, das keinem anderen glich, beim Anblick der beiden Kirchtürme von Martinville, auf denen der Widerschein der sinkenden Sonne lag und die infolge der Wagenbewegung und der Windung der Straße den Platz zu wechseln schienen; es kam dann noch der von Vieuxvicq hinzu, der, von den beiden anderen durch einen Hügel und ein Tal getrennt, etwas höher in der Ferne liegt und ihnen dennoch ganz nahe benachbart schien.

Beim Feststellen und Einprägen der Form ihrer Spitze, der Verschiebung ihrer Linien, der Oberflächen, auf denen die Sonne lag, fühlte ich, daß ich noch nicht am Ende meiner Eindrücke war, daß etwas sich noch hinter dieser Bewegung dieser Helligkeit befand, etwas, das sie zu enthalten und zugleich zu verbergen schienen.

Die Kirchtürme wirkten so fern, und es sah aus, als ob wir uns ihnen nur wenig näherten, so daß ich ganz erstaunt war, als wir gleich darauf vor der Kirche von Martinville hielten. Ich wußte nicht, weshalb es mich glücklich gemacht hatte, sie am Horizont zu erblicken, und der Zwang, nach dem Grunde zu forschen, lastete quälend auf mir; ich hatte Lust, die Erinnerung an die sich verschiebenden Linien in meinem Kopfe aufzubewahren und im Augenblick nicht mehr daran zu denken. Hätte ich es getan, so wären wahrscheinlich die beiden Türme zu den zahllosen Bäumen, Dächern, Düften und Klängen hinübergewallt, die mir vor andern aufgefallen waren wegen der unbestimmten Lust, die ihre Wahrnehmung mir verschaffte, der ich jedoch nicht nachgegangen war. Ich stieg vom Wagen und sprach mit meinen Eltern, während wir auf den Doktor warteten. Dann fuhren wir weiter, ich nahm meinen Platz auf dem Bock wieder ein, ich wendete den Kopf, um die Türme noch einmal anzuschauen, die ich etwas später an einer Biegung des Weges noch ein letztes Mal sah. Da der Kutscher, der nicht zum Reden aufgelegt schien, auf meine Bemerkungen kaum eine Antwort gab, blieb mir nichts anderes übrig als mangels anderer Gesellschaft mich ganz meiner eigenen zu überlassen und zu versuchen, mir meine Kirchtürme nochmals vorzustellen. Bald darauf war es, als ob ihre Umrißlinien und besonnten Flächen wie eine Schale sich öffneten und etwas, was mir in ihnen verborgen geblieben war, nunmehr erkennen ließen; es kam mir ein Gedanke, der einen Augenblick zuvor noch nicht in meinem Bewußtsein war und der sich in meinem Hirn zu Worten gestaltete, und die Lust, die mir soeben der Anblick der Türme bereitet hatte, war so gesteigert dadurch, daß ich, von einer Art von Rausch erfaßt, an nichts anderes dachte. In diesem Augenblick – wir waren schon weit von Martinville entfernt – erkannte ich sie von neuem, diesmal ganz schwarz, denn die Sonne war untergegangen. Durch eine Wendung des Weges wurden sie mir für Sekunden entzogen, dann zeigten sie sich ein letztes Mal, dann sah ich sie nicht mehr.

Ohne mir zu sagen, daß das, was hinter den Türmen von Martinville verborgen war, einem wohlgelungenen Satz entsprechen mußte, da es mir ja in Gestalt von Worten, die mir Freude machten, aufgegangen war, bat ich den Doktor um Bleistift und Papier, und trotz der Stöße des Wagens verfaßte ich, um mein Bewußtsein zu entlasten und aus Begeisterung das folgende kleine Stück Prosa, das ich später wiederfand und hier nur wenig abgeändert habe:

›Einsam über die Ebene und wie auf weiter Fläche verloren stiegen die beiden Türme von Martinville zum Himmel empor. Bald sahen wir ihrer drei: mit einer kühnen Wendung sich ihnen gegenüberstellend hatte ein Säumiger, der Kirchturm von Vieuxvicq, sich zu ihnen gesellt. Die Minuten vergingen, wir fuhren schnell, und dennoch lagen die drei Türme immer in der Ferne vor uns wie drei Vögel, die unbeweglich, in der Sonne sichtbar, auf der Ebene hockten. Dann trennte der Turm von Vieuxvicq sich ab, er rückte weiter fort, und die Türme von Martinville blieben allein, bestrahlt vom Licht des Sonnenuntergangs, den ich selbst in dieser Entfernung auf ihren abfallenden Flanken spielen und lächeln sah. Wir hatten lange gebraucht, um ihnen näher zu kommen, so daß ich mir vorstellte, wieviel Zeit es noch dauern würde, bis wir sie erreichten, als auf einmal der Wagen nach einer kurzen Wendung uns unmittelbar an ihren Fuß geführt hatte; sie ragten so plötzlich vor uns auf, daß wir mit einem Ruck halten mußten, um nicht ans Portal zu stoßen. Wir setzten unseren Weg wieder fort; wir hatten Martinville schon ein Weilchen verlassen, und das Dorf, das uns erst noch sekundenlang das Geleit gab, verschwand, als allein am Horizonte stehend und Zeugen unserer Flucht die beiden Türme und der von Vieuxvicq uns noch ein Lebewohl zuwinkten mit ihren leuchtenden Spitzen. Manchmal trat einer von ihnen zurück, damit die anderen uns noch einmal sehen könnten; aber nun wendete sich der Weg nach einer anderen Richtung, sie kreisten noch einmal im Abendlicht wie drei goldene Zapfen und entzogen sich dann meinem Blick. Ein wenig später aber, als wir schon nahe bei Combray waren und die Sonne untergegangen war, sah ich sie ein letztes Mal in sehr weiter Ferne nur noch wie drei Blumen aufgemalt auf den Himmel über der flachen Horizontlinie der Felder. Sie erinnerten mich an drei junge Mädchen der Sage, die in der Einsamkeit zurückgeblieben waren, als es schon dunkelte; und während wir uns im Galopp entfernten, sah ich sie verschüchtert ihren Weg suchen, nach mehrmaligem ungeschicktem Straucheln die edeln Silhouetten aneinanderdrängen, die eine hinter die andere gleiten und schließlich auf dem noch rosigen Himmel nur mehr eine einzige anmutige, in ihr Schicksal ergebene schwarze Gruppe bilden, um dann in der Nacht zu verschwinden.‹ Ich dachte niemals an diese Zeilen zurück, aber damals in dem Augenblick, als ich auf der Ecke des Bockes, wo der Kutscher des Doktors gewöhnlich in einem Korb das auf dem Markt von Martinville eingekaufte Geflügel abstellte, sie beendet hatte, spürte ich, daß sie mich so vollkommen von diesen Kirchtürmen und von dem, was sich hinter ihnen verbarg, zu befreien vermocht hatten, daß ich, als sei ich selber ein Huhn, das ein Ei gelegt hat, mit schriller Stimme zu singen begann.

Den ganzen Tag lang hatte ich auf solchen Spaziergängen mir das Vergnügen ausmalen können, das es für mich bedeuten würde, mit der Herzogin von Guermantes befreundet zu sein, mit ihr Forellen zu fischen oder eine Bootsfahrt auf der Vivonne zu machen und glücksbegierig in diesen Augenblicken vom Leben nichts sonst zu verlangen, als daß es sich immer aus einer Folge beseligter Nachmittage zusammensetzen möge. Aber als ich nun auf der Rückfahrt zur Linken etwas abseits von zwei anderen sehr benachbarten einen Bauernhof sah, der von Combray nur noch durch eine Eichenallee getrennt war, die auf der einen Seite von Wiesen begrenzt wurde, deren jede zu einem kleinen, in gleichen Abständen mit Apfelbäumen bepflanzten Grundstück gehörte und im Schein der Abendsonne mit einer Art von japanischem Schattenmuster marmoriert war, fing mit einem Male mein Herz heftig zu schlagen an; ich wußte, daß wir in längstens einer halben Stunde zu Hause angelangt sein würden und daß man, wie jedesmal, wenn wir nach Guermantes zu gegangen waren und es mit dem Abendessen später wurde, mich zu Bett schicken würde, sobald ich meine Suppe gegessen hätte; meine Mutter, die noch bei Tisch bleiben mußte, wie wenn wir Gäste hätten, käme mir dann ebensowenig gute Nacht sagen. Die Sphäre der Trauer, in die ich eintrat, hob sich dann so deutlich von der Sphäre ab, in die ich mich eben noch voll Freude hineingestürzt hatte, wie manchmal auf dem Abendhimmel ein rosa Streifen gegen einen grünen oder schwarzen ganz klar abgegrenzt ist. Man sieht dann einen Vogel in dem rosigen Streifen fliegen, er erreicht die Grenze, berührt den schwarzen Bezirk und verschwindet auf einmal darin. Die Wünsche, die mich eben noch bewegten, nach Guermantes zu gehen, zu reisen, glücklich zu sein, lagen mir mit einem Male so fern, daß mir ihre Erfüllung keine Freude mehr gewährt haben würde. Wie gern hätte ich das alles dafür hingegeben, die ganze Nacht in meiner Mutter Armen weinen zu können! Ich fröstelte, ich wendete meinen angstvollen Blick von Mamas Antlitz nicht mehr ab; sie würde heute abend nicht in meinem Zimmer erscheinen, wo ich mich in Gedanken schon sah; ich hätte sterben mögen. Und dieser Zustand würde nun bis morgen früh andauern, wenn die ersten Sonnenstrahlen wie der Gärtner seine Leiter ihre lichten Streifen an die mit

Kapuzinerkresse bekleidete Hausmauer lehnen und bis zu meinem Fenster emporstrecken würden, und wo ich dann sicherlich aus dem Bett sprang und in den Garten hinuntereilte, ohne noch daran zu denken, daß der Abend wieder die Stunde der Trennung von meiner Mutter heraufführen werde. So habe ich durch die Gegend von Guermantes diese verschiedenen Zustände unterscheiden lernen, die in meinem Innern zu gewissen Zeiten aufeinanderfolgen und schließlich jeden Tag sich in der Weise teilen, daß mit der Pünktlichkeit eines Wechselfiebers der eine den anderen vertreibt; dicht beieinanderliegend haben sie doch so wenig miteinander zu tun, es besteht so gar keine Verbindung zwischen ihnen, daß ich nicht mehr verstehen und mir überhaupt nicht vorstellen kann, was ich mir in dem einen gewünscht, was gefürchtet habe, und was in dem andern getan.

Daher bleiben die beiden Spaziergänge, der nach Méséglise und der nach der Seite von Guermantes, für mich mit vielen kleinen Etappen desjenigen von den vielen verschiedenen Leben, die wir nebeneinander führen, verknüpft, das die meisten Peripetien mit sich bringt und am episodenreichsten ist, nämlich dem geistigen Leben. Zweifellos schreitet es in uns nur ganz unmerklich fort, und die Wahrheiten, die für uns seinen Sinn und die Vorstellung, die wir von ihm haben, abgewandelt und uns neue Wege gewiesen haben, sind von uns in ihren Anfängen schon lange zuvor entdeckt, doch merkten wir es nicht; in unserm Bewußtsein datieren sie erst von dem Tage, von der Minute an, da sie uns sichtbar geworden sind. Die Blumen, die damals auf dem Grase spielten, das Wasser, das hinfloß im Sonnenschein, die ganze Landschaft, die ihr Erscheinen umrahmte, begleiten auch die Erinnerung daran mit ihrem seiner selbst nicht bewußten, gedankenlosen Gesicht; und gewiß, wenn sie lange betrachtet wurden von dem bescheidenen Wanderer, von dem seinen Träumen nachhängenden Kind – so wie ein König von einem in der Menge verlorenen Chronisten unbemerkt begleitet wird – hat dies Eckchen hier der Natur, jener Gartenwinkel dort nicht geahnt, daß sie es ihm zu danken haben, wenn sie dazu berufen sind, in ihren flüchtigsten Eigentümlichkeiten die Zeiten zu überdauern; und doch hat meine gesteigerte Aufnahmebereitschaft damals den Duft des Weißdorns, der über den Hecken schwebte, wo die Heiderosen ihn bald schon ablösen würden, das gedämpfte Geräusch von Schritten auf dem Kies einer Gartenallee, eine Blase, die das Wasser des Flusses am Stengel einer Seerose nach oben steigen und zerplatzen ließ, durch so viele aufeinanderfolgende Jahre hindurch mit sich weitergetragen, während ringsum die Wege verschwunden und die Menschen gestorben sind, die darauf wandelten. Manchmal löst sich ein Stück Landschaft, das ich bis auf den heutigen Tag lebendig erhalten habe, so völlig von allem übrigen ab, daß es ganz für sich und unbestimmbar in meinen Gedanken umherschwimmt wie ein blühendes Delos, ohne daß ich sagen kann, aus welcher Gegend, aus welcher Zeit – vielleicht aus welchem Traum auch einfach nur – es stammt. Aber wie an tiefe Schichtungen meines geistigen Heimatbodens, wie an festgegründete Bezirke, auf denen ich noch heute sicher schreiten kann, denke ich besonders an die beiden Wege nach Méséglise zu und nach Guermantes zurück. Weil ich an Dinge und Wesen noch geglaubt, während ich jene Gegenden durchschritt, sind die Dinge und Wesen, die ich in ihnen kennenlernte, die einzigen, die ich heute noch ernst nehmen kann und die mir Freude schenken. Ob nun der schöpferische Glaube in mir versiegt ist oder die Wirklichkeit sich nur aus der Erinnerung formt, jedenfalls kommen mir Blumen, die man mir heute zeigt, nicht mehr wie richtige Blumen vor. Die Gegend nach Méséglise zu mit ihren Fliederbüschen, den Weißdornhecken, den Kornblumen und dem Mohn, den Apfelbäumen, die Gegend von Guermantes mit dem Fluß, mit Kaulquappen, Seerosen und dem Hahnenfuß haben für alle Zeiten das Antlitz des Landes geprägt, in dem ich leben, Kahn fahren, Ruinen mittelalterlicher Befestigungen ansehen und mitten im Getreidefeld, so wie in Saint-André-des Champs, eine wuchtige, ländliche Kirche antreffen möchte, die den goldenen Schimmer von reifen Garben hat; und die Kornblumen, der Weißdorn, die Apfelbäume, die ich zufällig, wenn ich reise, auf den Feldern sehe, knüpfen, weil sie auf der gleichen Höhe oder Tiefe mit meiner Vergangenheit gelegen sind, sofort mit meinem Herzen eine Verbindung an. Und doch, da ja auch die Stätten Individuen sind, würde es nicht genügen, wenn ich den Wunsch verspürte, die Gegend von Guermantes wiederzusehen, daß man mich an das Ufer eines Flusses führte, wo es ebenso schöne, ja schönere Seerosen gibt als auf der Vivonne, ebensowenig wie ich mir beim Nachhausekommen – zu der Stunde, wo in mir jene Angst aufstieg, die später in die Liebe übergeht und von ihr unzertrennlich werden kann – jemals gewünscht hätte, eine schönere und klügere Mutter als die meinige wäre gekommen, mir gute Nacht zu sagen. Nein; wie das, was ich brauchte, um glücklich einzuschlafen, in jenem ungetrübten Frieden – den seither keine Geliebte mir zu schenken vermochte, weil man an ihr noch zweifelt im Augenblick, da man an sie glaubt, und weil man ihr Herz niemals so besitzt, ungeteilt, ohne Vorbehalt oder Hintergedanken, ohne den Bodensatz einer Absicht, die nicht für einen bestimmt ist, wie ich in einem Kuß das meiner Mutter geschenkt bekam – eben sie selber war, ihr Antlitz, das sich mir entgegenneigte und in dem unter dem Auge etwas sichtbar war, was ich, obwohl es als ein Schönheitsfehler galt, genauso liebte wie alles übrige, ist auch das, was ich wiedersehen will, die wirkliche Gegend von Guermantes, die ich gekannt habe, mit dem Bauernhof, der von den beiden anderen dicht beieinander gelegenen etwas abseits steht am Eingang der Eichenallee; jene Wiesengründe, auf denen, wenn in der Sonne die Dinge sich darin zu spiegeln scheinen wie in einem Teich, die Blätter der Apfelbäume sich abzeichnen, die Landschaft, deren ganz persönliche Art mich manchmal des Nachts in meinen Träumen phantastisch machtvoll umfängt und die ich doch beim Erwachen nicht wiederfinden kann. Durch die Tatsache, daß sie in mir verschiedene Eindrücke unauflöslich miteinander verknüpft haben, weil ich sie in ihnen zu gleicher Zeit erlebte, haben mich die Gegend von Méséglise und die von Guermantes in der Zukunft vielen Enttäuschungen ausgesetzt und tragen an manchem meiner Fehler die Schuld. Denn oft habe ich einen Menschen wiedersehen wollen, ohne mir darüber klar zu sein, daß es nur deswegen war, weil er mich an eine Weißdornhecke erinnerte, und bin durch ein bloßes Reisebedürfnis verleitet worden, an einen Nachsommer der Liebe zu glauben und andere daran glauben zu machen. Aber gerade dadurch und durch ihre Kraft, in solchen meiner heutigen Eindrücke gegenwärtig zu bleiben, mit denen jene Gegenden eine Verbindung eingehen können, geben sie diesen einen festeren Untergrund, eine größere Tiefe, eine weitere Dimension, als alle anderen haben. Sie fügen ihnen einen Zauber und eine Bedeutung hinzu, die nur für mich spürbar sind. Wenn an Sommerabenden der scheinbar friedliche Himmel grollt wie ein Tier in der Wüste, und alle anderen dem nahen Gewitter gram sind, fühle ich mich ganz allein auf dem Wege nach Méséglise und atme voller Entzücken beim Geräusch des fallenden Regens den Duft von unsichtbaren, nie welkenden Fliederbüschen ein.

So dachte ich oft bis zum Morgen an die Zeiten von Combray zurück, an meine traurigen schlaflosen Abende, an viele Tage auch, deren Bild mir viel später erst durch den Duft – das ›Aroma‹ hätte man in Combray gesagt – einer Tasse Tee wiedergeschenkt worden war und dadurch, daß ich gewisse Erinnerungen mit dem zusammengestellt hatte, was ich viele Jahre nach Verlassen der kleinen Stadt – und zwar mit einer Genauigkeit in den Details, wie sie manchmal im Hinblick auf seit Jahrhunderten verstorbene Personen leicht zu erreichen ist, jedoch in bezug auf das Leben unserer besten Freunde unmöglich erscheint, so wie es als unmöglich galt, von einer Stadt zur anderen zu sprechen, bis man das Auskunftsmittel fand, durch das diese Schwierigkeit überwunden wurde – über eine Liebesaffäre Swanns, die vor der Zeit meiner Geburt lag, erfuhr. Alle diese aneinandergefügten Erinnerungen bildeten eine Art fester Masse, dennoch gab es zwischen den älteren und den neueren, solchen, die aus einem Duft aufgestiegen und solchen, die eigentlich Erinnerungen anderer Menschen waren, von denen ich sie erst übernahm, wenn nicht gerade Risse so doch kleine Spalten oder wenigstens Äderungen und farbliche Unterschiede, wie sie bei manchen Gesteinsbildungen, besonders den Marmorarten, auf die Verschiedenheit des Ursprungs, des Alters oder der ›Formation‹ zurückzuführen sind.

Gewiß, wenn der Morgen nahte, war lange schon die kurze Unsicherheit des Erwachens verflogen. Ich wußte, in welchem Zimmer ich mich befand, ich hatte es um mich her in der Dunkelheit wieder aufgebaut, und zwar – sei es einzig auf Grund meiner Erinnerung oder unter Zuhilfenahme eines schwachen Lichtscheins, unter dem ich die Fenstervorhänge vermutete – mit allen Einzelheiten; ich hatte es ausgestattet wie ein Innenarchitekt oder ein Dekorateur, der Fenster und Türen an ihren ursprünglichen Stellen beläßt, ich hatte Spiegel und die Kommode an ihren richtigen Platz gerückt. Kaum aber zeichnete das Tageslicht – und nicht mehr der Widerschein einer letzten Kaminglut auf einer Kupferstange, den ich dafür gehalten hatte – in die Dunkelheit wie mit Kreide einen ersten weißen berichtigenden Strich, als Fenster und Vorhänge den Türrahmen verließen, in die ich sie versehentlich eingesetzt hatte, während gleichzeitig der Schreibtisch da, wo mein Gedächtnis ihn fälschlich hingestellt, schleunigst das Weite suchte, wobei er den Kamin vor sich herschob und die Zwischenwand zum Korridor hin zerteilte; ein kleiner Durchgang nahm die Stelle ein, wo eben noch der Waschraum war, und die Wohnung, die ich im Dunkeln um mich aufgebaut hatte, gesellte sich zu den vielen anderen, die ich im wirren

Zustand des Erwachens undeutlich vor mir sah, in die Flucht geschlagen durch jenes bleiche Mal, welches der Tag mit erhobenem Finger über die Vorhänge schrieb.

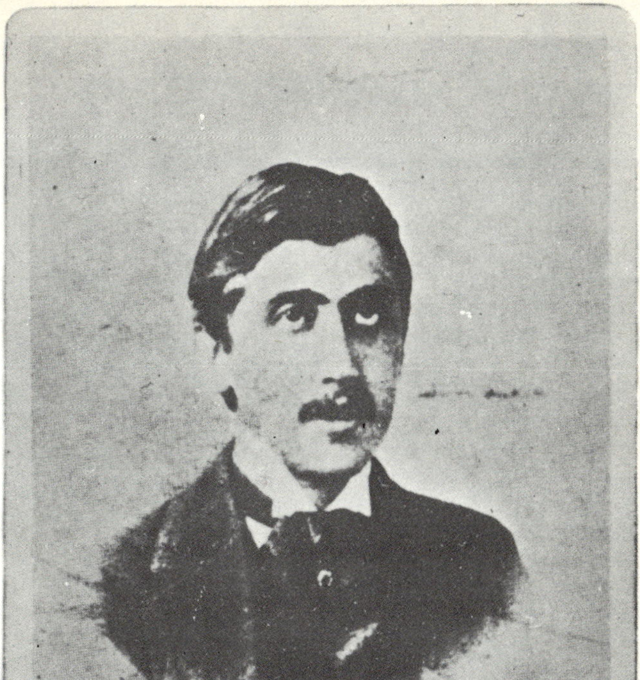

Das Proust-Album
Leben und Werk im Bild. Zusammengestellt und erläutert von Pierre Clarac und André Ferré. Deutsch von Hilda Born-Pilsach. 348 Seiten. Leinen. Suhrkamp Verlag

dtv

Moderne Theoretiker

Herausgegeben von Frank Kermode
Deutsche Erstausgaben

A. Alvarez:
Samuel Beckett
1008

Alfred Jules Ayer:
Bertrand Russell
935

David Caute:
Frantz Fanon
719

John Gross:
James Joyce
854

Edmund Leach:
Claude Lévi-Strauss
747

George Lichtheim:
Georg Lukács
748

John Lyons:
Noam Chomsky
770

Alasdair MacIntyre:
Herbert Marcuse
764

Jonathan Miller:
Marshall McLuhan
825

David Pears:
Ludwig Wittgenstein
780

Charles Rycroft:
Wilhelm Reich
847

Andrew Sinclair:
Che Guevara
718

Anthony Storr:
C. G. Jung
988

Richard Wollheim:
Sigmund Freud
803

George Woodcock:
Mahatma Gandhi
1049